HEIDELBERGER HEXENTANZ

Marlene Bach wurde 1961 in Rheydt geboren und wuchs nahe der holländischen Grenze auf. 1997 zog die promovierte Psychologin nach Heidelberg, wo sie seit 2006 als Schriftstellerin tätig ist. Neben Kriminalromanen schreibt sie Kurzgeschichten, mit denen sie unter anderem den Walter-Kempowski-Literaturpreis gewann.
www.marlene-bach.de

MARLENE BACH

HEIDELBERGER HEXENTANZ

Der Badische Krimi

emons:

Bibliografische Information der Deutschen Nationalbibliothek
Die Deutsche Nationalbibliothek verzeichnet diese Publikation
in der Deutschen Nationalbibliografie; detaillierte bibliografische
Daten sind im Internet über http://dnb.d-nb.de abrufbar.

© Emons Verlag GmbH
Alle Rechte vorbehalten
Umschlagmotiv: photocase.de/.marqs
Umschlaggestaltung: Nina Schäfer, nach einem Konzept
von Leonardo Magrelli und Nina Schäfer
Umsetzung: Tobias Doetsch
Gestaltung Innenteil: DÜDE Satz und Grafik, Odenthal
Lektorat: Dr. Marion Heister
Druck und Bindung: CPI – Clausen & Bosse, Leck
Printed in Germany 2023
ISBN 978-3-7408-1848-7
Der Badische Krimi
Originalausgabe

Unser Newsletter informiert Sie
regelmäßig über Neues von emons:
Kostenlos bestellen unter
www.emons-verlag.de

Verlassen sei, was selber sich verlässt.

William Shakespeare

Das erste Rätsel ist in der Welt. Es erscheint schwierig, ist aber letztlich einfach zu lösen. Es ist den Hexen gewidmet, denn die Hexen sind schuld, sie waren schuld, und sie werden immer schuld sein. An allem. Natürlich sind sie auch dafür verantwortlich, dass Menschen krank werden. Wer bitte schön hat denn die Pest verursacht? Gott kann es nicht gewesen sein, er hätte all die Toten niemals zugelassen. Das muss schon Teufelswerk gewesen sein, und die Hexe, das weiß jeder, ist die Verbündete des Teufels. Die Hexen waren schuld an der Pest, sie waren es, die den Schwarzen Tod brachten, sie sind es, die Öl in die Flammen jeder Pandemie gießen.

Alles Übel, das sich nicht einfach erklären lässt, kann man getrost den Hexen und ihrer Zauberei zuschreiben. Heute heißen Hexen nur anders und sehen auch anders aus. Schließlich sind sie extrem schlau, sie passen sich an, erscheinen zum Beispiel als Sendemasten, die mit ihrer 5G-Strahlung Viren verbreiten. Früher wurden sie auf dem Scheiterhaufen verbrannt, heute werden Sendemasten angezündet. Das ist nur folgerichtig.

Es ist ein schönes Rätsel. Eigentlich kann ich zufrieden damit sein, wie es bisher gelaufen ist. Ausgenommen diese eine Panne natürlich. Ein Mord kam in meinem Plan eigentlich nicht vor. Eine unschöne Angelegenheit. All das Blut. Aber ich war sehr vorsichtig.

1

Heute glaube ich, der Himmel wollte mich warnen. Vielleicht war es auch meine Tante Flo, die mir aus dem Jenseits eine Botschaft schickte: Da draußen lauert das Böse. Wenn du jetzt hinausgehst, kannst du ihm nicht mehr entkommen. Ich hätte das tun sollen, was Menschen tun, wenn der Wind den Hahn von der Kirchturmspitze weht und abgebrochene Äste Autodächer zertrümmern. Ich hätte zu Hause bleiben sollen. Aber ich verstand die Nachricht nicht.

Die ganze Nacht über hatte der Sturm mich wachgehalten. Ein wütender Drache, der seinen zerstörerischen Atem in die Stadt hineinspie und damit endgültig den schwülheißen Sommer vertrieb. Die alten Holzläden an der Pension hatten geklappert, als würde die nächste Böe sie abreißen, und der Regen war mit einer solchen Wucht auf das Dachfenster über meinem Bett geprasselt, dass ich glaubte, wir müssten alle ertrinken. Hugo, Emilio, unsere Pensionsgäste und die ganze Mäuseschar, die in unserem Keller lebte. Doch es war nicht nur der Sturm, der mich wachhielt. Es war vor allem der Kummer, der wieder einmal dafür sorgte, dass ich nachts grübelte, statt zu schlafen.

Erst am späteren Vormittag ließ der Regen endlich nach. Die zwei Gäste, die zurzeit bei uns wohnten, waren auf ihren Zimmern verschwunden, die Küche war aufgeräumt, also zog ich meine Jacke über und ging aus dem Haus. Es war auf jeden Fall besser, als mich wieder in meine Dachkammer zu verkriechen, selbst bei diesem Wetter.

Im Eingang vor der Haustür lag noch die Zeitung vom Morgen. Oder, besser gesagt, der Rest davon. Der Wind hatte sie auseinandergezerrt und einen Teil davon auf die Gasse geweht. Eine Seite hatte er in die Höhe gewirbelt, sodass sie an der regenfeuchten Haustür kleben geblieben war wie ein

Steckbrief. »Brutaler Raubmord – Leiche am Königstuhl gefunden«, stand dort. Daneben war das wächsern bleiche Gesicht eines Mannes abgebildet. Es war nicht zu übersehen, aber ich schenkte dem Toten keine Beachtung, ich war viel zu sehr in Gedanken.

Der Kummer, der mich aus dem Haus trieb, hatte einen Namen: Emilio. An ihn dachte ich, als ich mich in die Augustinergasse treiben ließ. An seine braunen Augen und das kleine Grübchen, das an seinem Kinn auftauchte, wenn er lachte. An den flüchtigen Kuss, den er mir gestern Abend auf die Wange gedrückt und der für ihn wahrscheinlich nichts bedeutet hatte. Denn Emilio liebte meinen Chef Hugo, der mein bester Freund war. Und Hugo liebte Emilio. Genauso wie ich. Mit jeder Faser meines vierunddreißigjährigen Herzens. Die Tatsache, dass Emilio in der Vergangenheit auch einmal eine Freundin gehabt hatte, machte die Sache nicht einfacher. Ganz im Gegenteil, sie war der Quell all meiner Hoffnung.

Wir drei betrieben gemeinsam die kleine Pension »Chez Rosel« in der Heidelberger Altstadt und lebten auch zusammen dort. Alles hätte so gut laufen können, aber seit einigen Wochen fuhr ich jeden Tag Achterbahn. Ein liebes Wort von Emilio, eine zufällige Berührung, und ich war die glücklichste Frau auf Erden. Dann wieder hatte ich ein schlechtes Gewissen Hugo gegenüber, dass ich so für seinen Freund empfand. Und nachts, allein in meiner Dachkammer, fühlte ich mich wie der einsamste Mensch auf der Welt. Flo, meine Tante, die mich großgezogen hatte, war vor einigen Monaten gestorben. Mein altes Zuhause in Ülske gab es nicht mehr, weil es Flo nicht mehr gab. Und nun hatte ich Angst, auch mein neues Zuhause zu verlieren, denn wenn ich in der Pension blieb, würde ich auf Dauer an Emilios und Hugos Glück zugrunde gehen.

Wäre ich nicht so mit meiner Misere beschäftigt gewesen, vielleicht hätte ich die verstörte Frau früher bemerkt. Doch ich nahm sie erst wahr, als sie direkt auf mich zukam, mit einer Verzweiflung auf dem blassen Gesicht, als wäre sie die letzte Passagierin auf der untergehenden »Titanic«.

»Kennen Sie sich hier aus?«, fragte sie.

Der Wind hatte ihre halblangen roten Haare zerzaust, und auf ihren Wangen schimmerten hektische Flecken. Die Ärmel ihrer hellblauen Regenjacke reichten fast bis über ihre Hände. Vielleicht wirkte sie deshalb so verloren.

»Ich muss etwas über die Hexen hier wissen. Ich meine, über einen Ort ...« Ihr Blick irrte umher. »Der Turm da im Hof ist doch der Hexenturm, nicht wahr?«

Sie deutete in Richtung des hohen Gittertors, durch das man in den Innenhof der »Neuen Universität« gelangte. Darin gab es nicht nur eine große Rasenfläche mit kniehohen Steinen drumherum, wo man im Sommer die Nase in die Sonne halten konnte, sondern auch einen hohen Turm aus rotem Sandstein, an den sich rechts und links die Gebäude der Universität anschlossen.

»Ja, genau, das ist der Hexenturm.«

»Ich suche etwas.« Die Unbekannte strich sich eine Haarsträhne aus dem Gesicht. »Aber es ist da nicht. Ich habe überall nachgeschaut. Vielleicht bin ich hier falsch.« Sie zog ein zerknittertes Papier aus ihrer Jackentasche. »Hier, da muss ich hin: ›Roter Sandstein, von des Kurfürsten Gnaden. Fünfzig Meter hoch, genug Platz für Riesen. Suche dort, wo eine der bösen Frauen, die den Schwarzen Tod über Heidelberg brachten, verlor, was niemand gern verliert.‹«

Sie hielt das Blatt mit beiden Händen fest, damit der Wind es ihr nicht entriss.

»Der Schwarze Tod, das ist die Pest. Da bin ich mir ziemlich sicher«, sagte sie. »Dann ist mit der bösen Frau bestimmt eine Hexe gemeint. Die hat man früher für die Pest verantwortlich gemacht. Der Turm da drin ist aus rotem Sandstein. Und es ist der Hexenturm. Dann muss das doch hier sein!«

Ich stülpte die Kapuze meines Anoraks über. Lange, lockige

Haare waren nichts für dieses Wetter, sie entwickelten im Wind ein Eigenleben wie Seetang im Meer.

»Ich glaube nicht, dass der Turm hier für die Hexen gedacht war. Soviel ich weiß, war das einmal ein Gefängnis. Der Turm heißt nur Hexenturm, aber da waren keine drin.«

Seit ich wegen meiner Unwissenheit über den Faulen Pelz einmal fast gestorben wäre, hatte ich fleißig dazugelernt und jede Menge Reiseführer studiert. Inzwischen wusste ich so viel über Heidelberg, dass ich sogar ab und zu kleine Führungen für unsere Pensionsgäste anbot. Der Turm war einmal Teil der Stadtmauer gewesen, aber davon, dass dort angebliche Hexen ermordet worden waren, hatte ich nirgends etwas gelesen. Wahrscheinlich hatte es auch in Heidelberg solche Gräueltaten gegeben, aber ich hatte keine Ahnung, wo.

»Der Turm ist bestimmt auch nicht fünfzig Meter hoch«, wandte ich ein.

Vielleicht waren es zwanzig, dreißig Meter, aber keine fünfzig.

»Gibt es denn in der Stadt einen Turm, der so hoch ist?«

»Auf jeden Fall gibt es höhere als den Hexenturm. Zum Beispiel den an der Jesuitenkirche. Oder oben am Schloss, da sind mehrere Türme. Aber wie hoch die genau sind, kann ich Ihnen nicht sagen. Tut mir leid.«

»Ja, schon gut.« Die rothaarige Unbekannte steckte den Zettel wieder ein, den Kopf leicht gesenkt. Dabei wirkte sie so enttäuscht, dass es mir leidtat, ihr nicht weiterhelfen zu können.

Ob das eine neue Idee des Heidelberger Stadtmarketings zur Touristenunterhaltung war? Aber irrte man deshalb kreidebleich bei diesem Wetter in der Stadt herum? Wie auch immer, für enttäuschte Menschen war ich im Moment die falsche Ansprechpartnerin, ich hatte genug mit mir zu tun.

»Dann viel Glück!«, wünschte ich und ging weiter.

Hätten meine Finger in der Jackentasche nicht das Bonbon berührt, das dort geduldig darauf wartete, gegessen zu werden, wäre es mir wahrscheinlich nicht mehr eingefallen. Emilio liebte diese Bonbonsorte genauso wie ich. Ich überlegte, noch zum Zuckerladen zu gehen, um ihm eine Tüte davon mitzubringen. Der Heidelberger Zuckerladen mit dem Zahnarztstuhl im Schaufenster. Bonbons. Zahnarzt. Zähne. Dann erinnerte ich mich: an die Geschichte von der Hexe, die ihre Zähne in Heidelberg verloren hatte. Ich hatte sie in einem der Reiseführer gelesen. Wie konnte ich das nur vergessen? Aber das kam davon, wenn man nachts kaum schlief.

Ich drehte mich um und kehrte zurück, doch die Fremde war verschwunden. Ich fand sie im Hof der Universität, wo sie an der Mauer des Turms entlanglief, offenbar immer noch suchend.

»Hallo!«, rief ich. »Mir ist da etwas eingefallen!«

Sie sah hoch, dann kam sie mit schnellen Schritten auf mich zu.

»Vielleicht sind es die Zähne! Das, was niemand gern verliert. Oben am Schloss gibt es einen Turm mit einem Türklopfer. Einem großen eisernen Ring. Angeblich hat sich daran einmal eine Hexe die Zähne ausgebissen, weil der Kurfürst versprochen hatte, dass der alles von ihm erbt, der den Ring durchbeißen kann. Es sollen die Spuren von den Hexenzähnen daran zu sehen sein. Wenn man's denn glauben will. Auf jeden Fall heißt er Hexenring.«

»Ein Turm, eine Hexe und etwas, das niemand gern verliert. Zähne. Das würde passen.« Die hübsche Fremde schaute zurück zum Hexenturm. »Dann ist das der falsche Turm.«

Ich hatte gedacht, sie würde sich über meinen Einfall freuen, aber sie schaute nur hektisch auf ihre Uhr.

»Ich muss zu diesem Hexenring! Wie komme ich von hier aus dorthin?«

»Mit der Bergbahn. Oder zu Fuß, das geht wahrscheinlich genauso schnell. Sie können den Stufenweg nehmen, dann kommen Sie gleich oben in der Nähe des Turms raus.«

»Zeigen Sie mir, wo dieser Weg ist? Ich kenne mich nicht

so gut aus, ich wohne noch nicht lange in Heidelberg. Bitte, es ist wirklich sehr, sehr wichtig für mich!«

Ihre Augen waren so hellblau wie ihre Regenjacke. Sie glänzten, als würde sie gleich anfangen zu weinen. Der Stufenweg hoch zum Schloss war eigentlich nicht zu verpassen, aber zurück zur Pension musste ich sowieso in dieselbe Richtung.

»Am besten, wir gehen da hinten raus, zur Seminarstraße. Ich heiße übrigens Mila«, stellte ich mich vor. »Mila Böckle.«

»Und ich bin Emma«, erwiderte sie und eilte gleich los. »Danke. Nett, dass du mir hilfst, Mila.«

Emma duzte mich mit einer Selbstverständlichkeit, als wären wir alte Bekannte. Zum ersten Mal tauchte der Anflug eines Lächelns auf ihrem Gesicht auf. Eines, in das sich schon kleine Falten um Mund und Augenwinkel eingegraben hatten. Sie sah aus, als wäre sie ein wenig älter als ich. Vielleicht Ende dreißig, Anfang vierzig, konditionsmäßig aber war sie von uns beiden definitiv die Jüngere, so schnell, wie sie die Straße langlief.

»Was suchst du denn am Hexenring?«, fragte ich.

»Also … Es ist so …«

Emma zog ein Taschentuch heraus und putzte sich umständlich und ausgiebig die Nase. Sie hätte sich auch ein Schild umhängen können: Dazu will ich nichts sagen.

»Schon gut.« Dann eben nicht.

»Doch, doch.« Sie steckte das Taschentuch wieder ein. »Wenn du mir hilfst, willst du auch wissen, um was es geht. Das kann ich verstehen. Ich … mache bei einem Spiel mit. Einem ganz besonderen Spiel. Man kann dabei etwas gewinnen.«

»Wenn du deshalb bei diesem Wetter vor die Tür gehst, muss sich das aber richtig lohnen.«

Natürlich hatte ich erwartet, Emma würde mir jetzt erzählen, was für ein Spiel das sein sollte. Vor allem, was man gewinnen konnte: einen kleinen Goldbarren, einen Reisegutschein, ein Ticket nach Neuseeland? Aber Emma schwieg.

»Und was ist der Gewinn?«, ließ mich meine Neugier schließlich fragen.

Emma hatte die Hände tief in den Taschen ihrer Jacke vergraben. Sie drehte sich im Gehen kurz um, als wollte sie sicher sein, dass niemand hinter uns war, der ihre Antwort mithören konnte.

»Es ist etwas Wertvolles. Etwas sehr Wertvolles. Aber um was es genau geht, das ist ein Geheimnis. Das gehört zum Spiel dazu. Tut mir leid. Mehr kann ich darüber nicht sagen.«

»Wir müssen da drüben in die Straße.« Ich zeigte auf die andere Seite, wo der Untere Faule Pelz begann.

Ohne sich umzudrehen, trat Emma in der Kurve auf die Fahrbahn. Ich hatte den Radfahrer nicht gehört und nicht gesehen. Er musste hinter uns die Straße entlanggekommen sein. Einer dieser Kamikaze-Radler, bei denen man besser schnell die Bahn räumt. Emma war schon einen guten Meter auf der Fahrbahn. Er hätte noch an ihr vorbeikommen können, doch eine Böe trieb eine leere Plastikflasche über die Straße. Der Radfahrer wich aus, schrie noch etwas, dann prallte er mit Emma zusammen. Er stürzte und rutschte mitsamt Rad über den regenfeuchten Asphalt. Auch Emma war zu Boden gegangen.

Für den Bruchteil einer Sekunde schien die Welt den Atem anzuhalten. Im Nachhinein hätte ich schwören können, dass sogar der Wind aussetzte. Emma wimmerte leise. Wenige Meter weiter kroch der Radfahrer auf allen vieren über die Straße.

»Emma!« Ich kniete mich neben sie. »Alles in Ordnung?«

»Ja … ich glaube schon.«

Der Radfahrer war inzwischen wieder auf den Beinen und kam zu uns gelaufen. In seiner eng anliegenden schwarzen Kleidung und mit dem futuristischen neongelben Helm auf dem Kopf sah er aus wie ein riesiges Insekt. Der Schreck stand ihm ins hagere Gesicht geschrieben. Auch er beugte sich zu Emma hinunter.

»Ist Ihnen etwas passiert?«

»Nein, nein!«, antwortete Emma.»Es ist alles in Ordnung. Ich brauche nur einen Moment.«

An ihrem Kinn quollen kleine Blutstropfen aus der Haut. Auch an der Stirn hatte sie Abschürfungen.

»Kommen Sie, wir helfen Ihnen hoch«, sagte das Radfahrer-Insekt.»Mal sehen, ob Sie verletzt sind.«

Gemeinsam packten wir Emma und zogen sie in die Höhe. Als sie den rechten Fuß aufsetzte, stöhnte sie vor Schmerzen.

»Haben Sie sich etwas gebrochen?«, fragte der Radfahrer, der selbst ganz bleich war.»Können Sie auftreten?«

»Es ist alles gut.« Emma fuhr sich mit der Hand übers Kinn und betrachtete erstaunt ihre blutigen Finger.»Nur eine kleine Schramme. Mehr nicht. Nichts passiert.«

»Sind Sie sicher? Sollen wir Sie nicht lieber zu einem Arzt …«

»Nein! Kümmern Sie sich um Ihr Fahrrad«, wehrte Emma schroff ab.»Mir geht es prima. Wirklich. Ich habe nicht zur Seite gesehen, als ich auf die Straße getreten bin. Es tut mir leid. Vergessen wir das Ganze einfach. Ich gebe Ihnen Geld für Ihr Fahrrad, wenn es kaputt ist. Ist es kaputt? Wenn nicht, dann fahren Sie einfach weiter.«

Es war nur zu offensichtlich, dass sie ihn loswerden wollte.

»Sollten wir nicht doch lieber …«, versuchte es der Unfall-radler noch einmal.

»Haben Sie nicht gehört: Alles ist gut!«, blaffte sie ihn an. »Ist Ihr Fahrrad nun kaputt oder nicht? Wenn nicht, dann fahren Sie!«

»Okay, okay.« Der Radfahrer hob abwehrend die Hände. »Wie Sie möchten. Auf Ihre Verantwortung. Aber ich habe Ihnen meine Hilfe angeboten, damit das klar ist.«

Er ging zurück zu seinem Fahrrad, nicht ohne uns noch einmal einen skeptischen Blick zuzuwerfen, hob das Rad auf und prüfte es kurz, dann stieg er auf und fuhr davon. Emma war zurück auf den Gehweg gehumpelt und lehnte sich mit dem Rücken an die Hauswand.

»Ist wirklich alles in Ordnung?«

Kaum hatte ich es ausgesprochen, glitt sie langsam zu Boden, bis sie in der Hocke zu sitzen kam.

»Nur … einen Moment«, flüsterte sie. »Ich muss nur … kleinen Moment.«

Sie fasste sich an die Stirn. Ihre Augenlider flatterten.

»Mir ist so schwindlig.«

»Emma! Emma!«

Aber Emma schwieg. Ihre Stirn fing an, sich rot-blau zu verfärben. Möglicherweise war sie doch schwerer verletzt, als zu sehen war. Eine Hirnblutung. Irgendetwas Schreckliches, an dem sie sterben würde, wenn ich nichts unternahm. Ich holte mein Handy heraus.

»Ich rufe jetzt einen Krankenwagen.«

»Bitte nicht«, protestierte sie leise. »Ich muss aufs Schloss! Bitte!«

»Dann steh doch auf und geh«, sagte ich.

Sie rührte sich nicht. Ich hatte es nicht anders erwartet.

»Es ist besser, Emma. Glaub mir. Ich rufe jetzt Hilfe.«

»Keine Polizei! Bitte! Es hat keinen Unfall gegeben. Ich bin über die Flasche gefallen! Keine Polizei!«

Ich wählte die 112 und meldete eine Person, die gestürzt war. Als ich alles durchgegeben hatte, was benötigt wurde, setzte ich mich neben Emma und wartete. Nach einer Weile lehnte sie den Kopf an die Wand, schloss die Augen und bewegte sich nicht mehr. War sie bewusstlos?

»Emma? Emma!«

Da riss sie die Augen auf, packte meinen Arm und krallte ihre Finger hinein, wie eine Ertrinkende, die sich voller Verzweiflung an einen vorbeitreibenden Ast klammert.

»Du musst für mich hoch zum Schloss. Wenn der Hexenring die richtige Antwort ist, liegt dort ein Umschlag. Den musst du für mich holen.«

Ich wollte keinen Umschlag holen. Ich wollte, dass der Krankenwagen kam, Emma mitnahm, und dann würde ich in die Pension zurückgehen und diesen Scheiß-Morgen vergessen.

»Aber du darfst niemandem davon erzählen. Es ist so wichtig für mich!« Die Regentropfen mischten sich mit den Tränen auf Emmas Gesicht. »Bitte, Mila! Hilf mir doch!«

Das Blut tropfte von der Wunde am Kinn auf ihre Jacke. Endlich war das Martinshorn zu hören. Ich hatte dieses seltsame Rätsel für sie gelöst. Ich hatte Emma schon geholfen. Aber sie wirkte so verzweifelt, dass ich es nicht fertigbrachte, Nein zu sagen.

»Also gut«, antwortete ich. »Dann gehe ich und hole den Umschlag.«

Es war die letzte Chance, meinem Schicksal zu entrinnen. Ich hatte sie verpasst.

2

Sobald die Sanitäter aus dem Krankenwagen gestiegen waren und sich neben Emma knieten, erzählte sie stockend die Geschichte von der Plastikflasche, über die sie gestürzt sei. Als sie fertig war, beugte sie sich vor und übergab sich auf den Asphalt. Es war wohl das entscheidende Argument, sie mitzunehmen.

Ich stand an der Seite und wartete. Einer der Männer fragte mich, ob ich die Frau kennen würde. Nein, sagte ich, und beließ alles andere bei Emmas Version. Wenn sie es unbedingt so wollte, mir sollte es egal sein. In meiner Geldbörse hatte ich zum Glück eine Visitenkarte der Pension, und in meiner Jackentasche fand ich einen Bleistiftstummel. Ich schrieb meine Handynummer hinten auf die Karte und gab sie einem der Sanitäter mit der Bitte, sie an Emma weiterzureichen.

Der Wagen fuhr davon, und ich machte mich auf den Weg. Inzwischen ärgerte ich mich, dass ich mich auf diese Sache eingelassen hatte, aber ich hatte noch nie gut aushalten können, wenn jemand weinte. Ein paar Tränen, und man konnte mir aus den Rippen leiern, was immer man von mir haben wollte. Emma hatte anscheinend Angst davor, dass die Polizei von ihrem Spiel erfuhr. Etwas Wertvolles in einem Umschlag. Vielleicht eine Kette mit Diamanten, die jetzt in irgendeiner der Villen am Neckarufer fehlte? Hoffentlich nicht. Ich war in Heidelberg schon zweimal ins Visier der Polizei geraten, das reichte mir für die nächsten zwanzig Jahre.

Die Schlossruine lag am Nordhang des Königstuhls, ein wenig erhaben über der Stadt. Der schnellste Weg zum Turm mit dem Hexenring führte über den Kurzen Buckel. Ein Buckel, der es in sich hatte. Es waren gut dreihundert Stufen und eine ziemliche Herausforderung für eine Couch-Potato wie mich. Die Alternative wäre gewesen, die Bergbahn zu nehmen, die immerhin zwei Meter pro Sekunde schaffte und damit eindeutig schneller war als ich. Aber etwas für die Kondition zu tun, konnte nicht schaden. Emilio war sehr sportlich. Ich zurrte meine Kapuze fest und begann mit dem Aufstieg. Ab und zu musste ich stehen bleiben, weil ich Seitenstiche bekam. Die Treppe wand sich in einigen Biegungen nach oben. Ich brauchte fast fünfzehn Minuten, bis ich endlich nach Luft schnappend die letzten Stufen erreichte.

Auf der Treppe war ich etwas geschützt gewesen, aber kaum stand ich oben auf der Straße, traf mich eine Windböe mit einer solchen Wucht, dass es mir den Atem nahm. Leicht nach vorn gebeugt kämpfte ich mich vorwärts. Von hier aus waren es nur noch wenige Meter bis zum Schlossgelände.

Rechter Hand lag das Gebäude, in dem man die Eintrittskarten kaufen konnte, linker Hand das Brückenhaus, vor dem normalerweise jemand stand, der die Karten kontrollierte. Von dort aus gelangte man über eine steinerne Brücke zum Turm mit dem eigentlichen Eingangstor. Normalerweise tummelten sich hier die Besucher, um in den Schlosshof zu gelangen und sich das gigantische Weinfass anzuschauen oder um vom Großen Altan, einer Art Terrasse, auf die Altstadt und den Neckar zu schauen. Heute aber schien der Sturm alle davongeweht zu haben, ich war mutterseelenallein. Sogar die Eingangskontrolleure fehlten. Meine Chance, Geld zu sparen.

Rasch ging ich durch das Brückenhaus auf den Turm zu. Er war auf jeden Fall höher als der Hexenturm unten in der Stadt. Und da oben standen sie, auf halber Höhe: zwei überlebensgroße steinerne Ritter, auf kleinen Vorsprüngen, bewaffnet mit Schwertern und Lanzen, ganz so, als würden sie Wache halten. Ich war schon häufiger hier gewesen, trotzdem hatte ich die beiden Figuren nie bemerkt. Das sollten sicher die Riesen sein, die im Rätsel erwähnt waren.

Die mächtigen dunklen Torflügel waren zur Seite geklappt und an den Wänden dahinter mit eisernen Haken festgemacht. Im linken Torflügel befand sich eine kleine Tür. In früheren

Zeiten bestimmt sehr praktisch, um ohne viel Aufwand den Zugang zum Schloss zu ermöglichen. Perkeo, der Heidelberger Hofzwerg, der hier gelebt haben soll, hat sich sicher gefreut, dass es einen Eingang passend in seiner Größe gab. An dieser kleinen Tür hing der Hexenring. Um daran den Abdruck der Hexenzähne zu entdecken, brauchte man allerdings schon eine blühende Phantasie. Für mich sah es eher so aus, als wäre irgendwann einmal ein Stück Metall herausgebrochen.

Ich hatte gehofft, den Umschlag gleich zu finden. Dass man ihn vielleicht ans Tor geklebt hatte, damit der Wind ihn nicht davontrug, aber da war nichts. Also suchte ich die Umgebung ab. Zwischen den aufgeklappten Torflügeln und der Wand war jeweils ein Spalt, in den ein Mensch gerade so hineinpasste. Erst auf den zweiten Blick entdeckte ich dort einen Ziegelstein auf dem Boden. Etwas Weißes lugte darunter hervor. Ich kroch in den Spalt und hob den Stein an. Da lag er, ein jungfräulich weißer Briefumschlag. Weder auf der Vorder- noch auf der Rückseite stand etwas. Und wie es sich für einen mysteriösen Brief gehörte, war er zugeklebt. Aber ganz bestimmt war da keine Kette drin. Was war flach und so wertvoll? Ein Scheck? Ein Brief von Emmas Liebstem?

Nun kamen doch einige Besucher, die schon im Schloss gewesen waren, aus dem Hof auf mich zu. Rasch steckte ich den Umschlag ein und machte mich auf den Rückweg. Inzwischen war mein Anorak so klamm, als hätte ich unter einem Rasensprenger gestanden. Ich wollte nur noch nach Hause, Kaffee in unserer warmen Küche trinken und mit etwas Glück dort auf Emilio treffen. Der Gedanke trieb mich voran und ließ mich unachtsam werden. In einer der ersten Biegungen geriet ich mit dem Fuß auf einen Haufen nasser Blätter. Ich rutschte aus und konnte mich im letzten Moment am Handlauf festhalten. Mit klopfendem Herzen blieb ich stehen, froh, nicht gestürzt zu sein. Jetzt, als der Wind im Schatten des Berghanges nur noch ein Säuseln war, hörte ich die Schritte. Jemand musste hinter mir sein. Ich drehte mich um, aber ich konnte nicht sehen, wer da oben den Weg hinunterkam. Und schon war es wieder still.

Bis jetzt hatte ich nicht mehr an den Mord gedacht, an die Zeitungsseite, die der Wind an unsere Haustür geweht hatte. Der Tote vom Königstuhl. Brutaler Raubmord. Warum nur hatte ich nicht den Rest gelesen? War der Mörder noch hier in der Gegend, vielleicht auf der Suche nach seinem nächsten Opfer? Ich hatte in meiner Geldbörse nicht mehr als zwanzig Euro. Wie wütend wurde so jemand, wenn es keine Beute gab? Besser, ich beeilte mich, von hier wegzukommen. Bilder schwirrten durch meinen Kopf. Ein Mann, muskulös, mit blutunterlaufenen Augen, der nur ein paar Meter hinter mir war, der leise und geschmeidig wie ein Raubtier daherschlich, mit dem Ziegelstein in der Hand, unter dem der Brief gelegen hatte, um mir damit den Kopf einzuschlagen und mich dann auszurauben. Ich hastete die Stufen hinab und rutschte hinter der nächsten Biegung erneut aus. Unsanft fiel ich auf den Boden. Das war gerade noch mal gut gegangen. Nichts gebrochen, nichts verstaucht.

Jetzt war es genug. Schluss mit dem Quatsch. Ich wusste, ich war die Weltmeisterin des Kopfkinos. Ich konnte mir problemlos zehn solcher Geschichten ausdenken, eine schauriger als die andere, und noch nie war eine davon wahr geworden. Dafür würde ich mir den Hals brechen, wenn ich weiter in Panik hier runterrannte.

»Gespenster musst du dir ansehen«, hatte meine Tante Flo gesagt, wenn ich als Kind vor Angst nicht schlafen konnte, weil ich glaubte, ein Gespenst läge unter meinem Bett. Dann hatten wir uns zusammen auf den Boden gekniet und nachgeschaut. Wie wahrscheinlich war es, dass mir jemand hinterherlief, um mich auszurauben und gleich auch noch umzubringen? So wahrscheinlich wie das Gespenst unter dem Bett?

Ich rappelte mich auf, lehnte mich ans Geländer, holte mein Handy heraus und tat so, als wollte ich etwas nachsehen.

Der Mann, der wenige Sekunden darauf mit angewinkelten Armen an mir vorbeilief, hatte einen dünnen Schlaufenschal bis über die Nase gezogen, so wie es Sportler tun, um sich vor kalter Luft zu schützen. Die dunkle Mütze reichte ihm bis tief in die Stirn. Nur ein schmaler Spalt seines Gesichts war unbedeckt, gerade breit genug, um dazwischen herauszuschauen. Die anliegende Sporthose war etwas zu kurz, sodass man die hellblauen Socken mit den gelben Figuren darauf sehen konnte. Ich wusste gleich, was für eine Figur das war: Homer Simpson, ein alter Serien-Freund von mir. Solche Socken hatte ich Hugo einmal zum Geburtstag geschenkt. Sie hatten das gleiche leuchtende Hellblau wie das T-Shirt, das unter der königsblauen Windjacke des Mannes hervorschaute. Eine Jacke mit Taschen an den Seiten, in denen ganz offensichtlich kein Ziegelstein steckte.

Das also war der Killer, der mich verfolgte. Einer von diesen fanatischen Sportlern, die egal bei welcher Windstärke meinten, ihren Körper stählen zu müssen, bis ihnen beim Sturm eine Blumenampel auf den Kopf fiel. Der brachte eher sich selbst in Gefahr als mich. Trotzdem war ich heilfroh, als ich schließlich in die Gasse nahe der Heiliggeistkirche einbog, in der die Pension lag.

Unsere Haustür war nicht ganz so klein wie die am Torturm, aber auch nicht so hoch wie eine normale Tür. Eine alte Tür in einem alten Haus, das ein bisschen schief und krumm war. Das Zeitungsblatt mit dem Gesicht des Toten war fort, wahrscheinlich hatten Emilio oder Hugo es hereingeholt.

Im Flur roch es, wie so oft bei uns, nach Kaffee. Leise zog ich meine nassen Schuhe und den Anorak aus. Dann holte ich den Brief heraus. Hier im Geborgenen tastete ich den Umschlag noch einmal ab. Da gab es nicht die kleinste Unebenheit. Es konnte nichts anderes außer Papier darin sein. Vielleicht Fotos? Ich hielt ihn gegen das Licht der Flurlampe. Nichts war zu sehen.

Für einen Moment geriet ich in Versuchung. Ich könnte den

Umschlag aufmachen, schauen, was Emma so dringend hatte haben wollen, und es einfach in einen neuen Umschlag tun. Es war ein Allerwelts-Umschlag, so einen hatten wir bestimmt noch. Ich schnupperte daran. Er roch nach nichts außer nach feuchtem Papier. Aber Emmas Angst vor der Polizei musste einen Grund haben. Besser, ich ließ die Finger davon.

»Mila, bist du das?«

Das war Emilios Stimme. Rasch legte ich den Umschlag in die Schublade des Schränkchens bei der Garderobe. Ich ging zu ihm in die Küche, den Raum, in dem sich das Leben in unserer Pension abspielte, meist an dem großen Holztisch, um den lauter verschiedene Stühle standen.

Emilio, in weißem T-Shirt und Jeans, war dabei, Geschirr in die Spülmaschine zu räumen. Er sah aus wie der Typ aus der Coca-Cola-Reklame: schlank, durchtrainiert, mit dunklen kurzen Haaren. Es war schon ein Wunder, dass er und Hugo zusammengefunden hatten. Hugo war schmal, blass und erinnerte mich immer ein wenig an Harry Potter. Aber sie waren nur äußerlich so verschieden, in ihrem Wesen waren sie sich sehr ähnlich und die nettesten Menschen, die ich kannte. Ich weiß nicht, wie ich die ersten Wochen nach Flos Tod ohne sie überstanden hätte. Sie hatten mir geholfen, die Beerdigung zu organisieren, und mich danach mit durch den Alltag geschleppt, bis ich wieder halbwegs funktionierte.

»Wo warst du?«, fragte Emilio.

»Ach, nur spazieren.« Ich holte die Milchtüte aus dem Kühlschrank. »Oben am Schloss.«

»Bei dem Wetter? Bist du lebensmüde?«

»Ich brauchte ein bisschen frische Luft.«

»Ist etwas mit dir?« Emilio kam auf mich zu. »Du bist so blass.«

»Da war ein Unfall. Eine Frau ist gestürzt und mit dem Kopf aufgeschlagen. Ich musste den Krankenwagen rufen.«

Ich hätte ihm auch den Rest erzählen können. Die Wahrheit. Vom geheimnisvollen Umschlag mit seinem wertvollen

Inhalt. Aber ich schwieg. Solidarität mit einer Verzweifelten. Vielleicht hatte Emma mich verhext.

»Hör mal, Mila, ich finde es nicht gut, dass du da draußen allein rumläufst. Nicht bei dem Wetter.« Emilio legte die Hand unter mein Kinn, damit ich den Kopf hob und ihn ansah. »Wieder traurig wegen Flo?«

Ab und zu hatte meine verstorbene Tante als Ausrede herhalten müssen, wenn ich morgens mit verquollenen Augen aus meiner Dachkammer auftauchte. Ich konnte Emilio ja schlecht sagen, dass ich wegen ihm weinte.

»Oje.« Hugo war in der Tür aufgetaucht. »Was ist denn hier los?«

»Sie vermisst Flo«, erklärte Emilio.

Die beiden bugsierten mich an den Tisch, ich bekam einen Kaffee, das Croissant, das vom Frühstück übrig war, und einen Haufen aufmunternder Worte. Ich genoss es und konnte es trotzdem kaum ertragen, weil ich mir wie eine Betrügerin vorkam. Nach dem Kaffee flüchtete ich, begann die Zimmer sauber zu machen, schrubbte die Toilette und klaubte die Haare vom Badezimmerboden.

Ich hatte gedacht, Emma würde sich schon bald nach ihrer Einlieferung melden, so dringend, wie sie den Umschlag haben wollte. Aber es wurde Nachmittag, und ich hatte immer noch nichts von ihr gehört. Dafür klingelte es an der Haustür.

Manchmal, wenn jemand besonders fest auf den Klingelknopf drückte, blieb er stecken. Die Menschen, die das hinbekamen, nannten wir die Aggro-Klingler, weil es fast immer die Pensionsgäste waren, die Ärger machten, nachts betrunken durchs Haus polterten und neben die Toilette pinkelten. Es klingelte. Klingelte noch mal. Beim dritten Mal hörte es nicht mehr auf. Emilio und Hugo waren inzwischen zu einem Freund unterwegs, also lief ich hinunter und öffnete.

Vor mir stand eine leicht untersetzte ältere Frau in einem zeltähnlichen Regencape. Ihre halblangen dunklen Haare waren von grauen Strähnen durchzogen. Auf den ersten Blick sah sie aus, als wäre sie sympathisch, harmlos, vielleicht sogar gutmütig. Aber das war ein fataler Irrtum, wie ich nur zu gut wusste, denn ich kannte sie: Es war Maria Mooser, Hauptkommissarin bei der Kripo Heidelberg. Wir waren schon einmal in Heidelberg aufeinandergetroffen. Genauer gesagt, zweimal. Beide Male war ich in Verdacht geraten, an einem Verbrechen beteiligt zu sein. Wenn Frau Mooser in meinem Leben auftauchte, stand ich meistens schon mit einem Fuß im Gefängnis.

Wir hatten seit Monaten nichts mehr voneinander gehört. Weshalb war sie hier? Emma, schoss es mir durch den Kopf. Es konnte nur um Emma gehen.

»Kripo Heidelberg«, sagte Frau Mooser unnötigerweise. »Ich komme, um Sie zur Vernehmung abzuholen.«

Es lief mir eiskalt den Rücken hinunter. War Emma gestorben? Hatte sie sich deshalb nicht gemeldet? Doch eine Hirnblutung? Bestimmt hatte die Polizei die Karte von der Pension bei ihr gefunden.

»Kommen Sie wegen Emma?«, fragte ich gegen den schrillen Klingelton an. »Sie ist doch nicht tot, oder?«

Frau Mooser legte den Kopf leicht schräg und musterte mich mit diesem für sie so typischen undurchdringlichen Blick. Das Krokodil, so hatte ich sie im Geheimen genannt. Erst fixiert es sein Opfer, dann schnappt es ganz plötzlich zu. Krokodile sind Lauerjäger, Frau Mooser gehörte eindeutig dazu.

War es strafbar, bei einem Unfall nicht die Polizei zu rufen? Wussten sie von dem mysteriösen Umschlag?

»Ich wollte gleich die Polizei informieren. Emma wollte das nicht«, verteidigte ich mich. »Sie hat mich regelrecht angefleht, dass ich es nicht tue. Ich habe den Um…«

Da erst sah ich den Koffer. Er stand neben Frau Mooser, halb verdeckt von ihrem Regencape. Wenn man jemanden zur Vernehmung abholte, wozu brauchte man dann einen Koffer?

»Wieso haben Sie einen Koffer dabei?«

»Wollen Sie nicht erst einmal weitererzählen? Ich bin ganz Ohr.«

Ganz bestimmt nicht. Nicht bevor ich wusste, was hier eigentlich los war. Für ein paar Sekunden standen wir uns wortlos gegenüber, während die Klingel ihren grellen Dauerton von sich gab.

»Eigentlich wollte ich nur einen kleinen Witz machen«, erklärte Frau Mooser, nachdem ihr wohl klar geworden war, dass ich nichts mehr sagen würde. »Und jetzt wäre es nett, wenn Sie mich reinlassen würden.«

Ein Witz. Über Frau Moosers Witze lachte niemand außer sie selbst. Und ich Idiotin war darauf reingefallen.

»Moment mal.«

Ich ließ sie vor der Tür stehen und lief in die Küche, um ein Messer zu holen und mich innerlich zu wappnen. Warum hatte ich nicht einfach die Klappe gehalten! Nur jetzt nicht noch mehr herausplappern. Mit dem Messer in der Hand kehrte ich an die Tür zurück. Frau Mooser wich einen Schritt zurück.

»Ist nur wegen der Klingel«, sagte ich und hebelte den Knopf mit der Messerspitze wieder aus der Versenkung. Endlich war es still.

»Möchten Sie mir noch mehr über Emma erzählen?« Frau Mooser nahm ihren Koffer. »Ansonsten wäre ich Ihnen dankbar, wenn ich jetzt reinkommen könnte. Ich habe ein Zimmer bei Ihnen gebucht. Das mit dem Fernseher.«

»Davon weiß ich nichts. Sind Sie ganz sicher?«

»Vielleicht sollten Sie Ihre interne Kommunikation verbessern. Ich habe am Telefon mit einem freundlichen jungen Mann gesprochen, Elio oder so ähnlich. Ist der neu bei Ihnen?« Sie drängte sich mitsamt Koffer an mir vorbei in den Flur. »Wir haben einen Wasserrohrbuch im Haus. Da kann ich nicht bleiben. Wenn Sie mir den Zimmerschlüssel gegeben haben, müssen Sie mir aber unbedingt noch erklären, warum diese Emma tot sein soll.«

Ich ignorierte ihre Bemerkung einfach und schaute in unserer Anmeldeliste nach. »Mooser«, da stand es. Emilio hatte sie tatsächlich eingetragen. Eine Katastrophe. Emilio kannte sie nicht. Der wusste nicht, dass sie bei der Polizei war. Weder Hugo noch ich hätten ihr jemals ein Zimmer vermietet. Ich mochte Frau Mooser. Eigentlich. Irgendwie. Schließlich hatte sie mir einmal das Leben gerettet. Übel gelaunt war sie allerdings, gelinde gesagt, eine Herausforderung für ihre Mitmenschen. Viel schlimmer jedoch war, dass sie überall ihre Nase hineinsteckte.

Alle zwei Wochen bot Hugo für besondere Freunde einen Pokerabend in unserer Küche an, bei dem es um mehr Geld ging, als ich im Monat verdiente. Ein Zuverdienst, der uns über die schwierigen Corona-Zeiten hinweggeholfen hatte. Auch bei so einigem anderen bewegten wir uns nicht im Bereich der Legalität, schon allein aus steuerlichen Gründen. Eine Hauptkommissarin passte eindeutig nicht hierher. Aber vielleicht war sie gar nicht mehr bei der Polizei. Das letzte Mal, als ich sie getroffen hatte, trug Frau Mooser sich mit dem Gedanken, in den Ruhestand zu gehen. Wenn wir Glück hatten, war sie nur noch ein zahnloses Krokodil.

»Sie sind nicht mehr im Dienst, oder?«, platzte ich heraus.

»Doch, ich habe den Antrag auf vorzeitigen Ruhestand zurückgezogen. Es gab gute Gründe. Im Moment habe ich allerdings Urlaub.«

»Ach, und da sind Sie nicht bei Ihrem Freund?«

Ich wusste, sie hatte einen.

»Nein, Arno ist in Lappland. Ein neuer Reiseführer. Seine Wohnung liegt über meiner, da sieht es noch schlimmer aus als bei mir. Außerdem fahre ich wahrscheinlich noch kurzfristig zu meiner Tochter an die Nordsee, das klärt sich sicher bald. Da ich momentan nicht in meiner Wohnung sein kann, dachte ich, ich unterstütze unsere Heidelberger Jungunternehmer. Und so mittendrin in der Altstadt ist es doch auch ganz schön.«

Darüber allerdings gab es in Heidelberg durchaus geteilte Meinungen.

27

»Okay«, sagte ich, auch wenn es überhaupt nicht okay war. Aber was blieb mir schon übrig. »Dann zeige ich Ihnen Ihr Zimmer.«

Frau Mooser folgte mir die Treppe hoch.

»Also, wie war das? Weshalb vermuten Sie, dass Emma tot ist? Gehen Sie von einem natürlichen Tod aus?«

Natürlich ließ das Krokodil nicht locker, ich hätte es mir denken können.

»Ach, das.« Ich bemühte mich um einen gelassenen Tonfall. »Das war so eine Art Unfall heute Morgen. Eigentlich keine große Sache. Eine Frau ist unglücklich gestürzt. Als Sie auftauchten, dachte ich erst, es ginge darum. Sie ist auf den Kopf gefallen, deshalb hatte ich mir Sorgen gemacht.«

»Eine Freundin von Ihnen?«

»Nein. Ich habe sie noch nie vorher gesehen. Es war purer Zufall, dass ich dabei war.«

Ich hörte nicht mehr als ein Schnaufen hinter mir. Keine Nachfragen. Sehr gut. Ich zeigte ihr das Gemeinschaftsbad, vor allem den Haken mit ihrer Nummer, an den sie ihr Handtuch zu hängen hatte.

»Hugo ist da ziemlich penibel, besser, Sie halten sich dran.«

Dann gingen wir in ihr Zimmer. Frau Moosers Blick schweifte im Raum umher, über das Bett mit der geblümten Tagesdecke, das kleine Sofa mit den bunten Kissen und den Fernseher.

»Sehr gemütlich«, bemerkte sie.

»Sie können die Küche mitbenutzen, wenn Sie sich etwas kochen wollen. Sie müssen aber hinterher spülen und alles sauber hinterlassen. Auch den Herd.«

»Oh, kein Problem.« Frau Mooser hievte ihren Koffer auf das Bett. »Und weshalb wollte die Frau, von der Sie dachten, sie könnte tot sein, nicht, dass Sie die Polizei rufen?«

Wie konnte ich nur auf ihre blöde Masche mit der Vernehmung reinfallen und gleich von Emma anfangen! Aber vielleicht war das auch kein Witz gewesen, sondern ein Test, ob wieder einmal irgendetwas in meinem Leben los war, das die Polizei interessieren könnte. Zuzutrauen war es dem Krokodil. Aber diesmal hatte ich wirklich nichts Unrechtes getan. Jemandem zu helfen, war kein Verbrechen. Trotzdem musste Frau Mooser nichts davon wissen. Vor allem nicht, solange der geheimnisvolle Umschlag noch unten in der Schublade lag.

»Sie wollte es nicht, weil es nicht nötig war.« Ich lächelte harmlos. Unschuldig. »Sie ist über eine leere Plastikflasche gestolpert. Ich war im ersten Moment so aufgeregt, dass ich die Polizei rufen wollte. Die Polizei, dein Freund und Helfer, so heißt es doch. Aber sie war ja nur gestolpert, und Sie haben sicher genug anderes zu tun.«

»Das stimmt allerdings.« Frau Mooser befreite sich aus ihrem Regencape. »Sie glauben gar nicht, weshalb manche Leute bei uns anrufen. Weil die Katze nicht nach Hause gekommen ist oder der Nachbarjunge den Ball vor den Zaun gekickt hat. Wirklich unglaublich.«

Ich hatte den richtigen Punkt getroffen. Geschickt abgelenkt.

»Also dann, gutes Eingewöhnen. Frühstück gibt's von acht bis elf. Das ist im Preis inbegriffen.«

»Möchten Sie einmal ein Foto von meinem Enkelkind sehen?«

»Gern, später. Jetzt muss ich erst einmal weitermachen.«

Vor allem musste ich Hugo eine Nachricht schicken. Wenn er hier unvorbereitet auf Frau Mooser traf, würde ihn der Schlag treffen. Ich war noch nicht auf der Hälfte der Treppe, da klingelte mein Handy. Die Stimme am anderen Ende erkannte ich sofort. Es war Emma.

»Was ist mit dem Umschlag?«, stieß sie hastig hervor. »Hast du ihn?«

Mein schöner Plan – sabotiert! Erst glaubte ich, es läuft alles, wie es laufen soll. Dann sehe ich, dass die Frau, die zum Torturm geht, die falsche ist. Zunächst dachte ich, es wäre eine Touristin, wie sie da steht und zu den Rittern hochschaut. Aber dann beginnt sie zu suchen und schnappt sich den Umschlag. Sie hat danach gesucht! Sie wusste, dass er dort liegen würde.

Jetzt weiß so eine blöde Schlampe von meinem Spiel. Am liebsten hätte ich sie mit bloßen Händen erwürgt. Ich war auf dem Stufenweg hinter ihr. Ich habe mit meiner Wut gekämpft wie mit einem Löwen, der ein Stück blutiges Fleisch vor der Nase hat und es nicht fressen darf. Ich hätte meine Hände um ihre Kehle legen und zudrücken können. Aber ich habe mich beherrscht.

Mein Spiel, das ich mit so viel Herzblut erdacht habe, wurde verraten. Jeder einzelne Ort hat seine Berechtigung. Nichts habe ich dem Zufall überlassen.

Und jetzt? Was jetzt?

Wenn ein Spiel Regeln hat, dann, damit sie eingehalten werden. Ich habe gedacht, der Druck wäre so groß, dass befolgt wird, was ich verlange. Wie viel weiß die blonde Schlampe? Wer sonst weiß Bescheid? Was wird noch passieren?

Dieser Verrat ist die letzte verfickte Scheiße, aber es ist nicht einmal das Schlimmste. Das Schlimmste ist, dass ich nachlässig war. Ich kann mir selbst nicht trauen. Als ich oben im Schlosshof stehe und warte, entdecke ich die Blutspritzer auf meinen Turnschuhen. Dunkelrotes, getrocknetes Blut. Dabei war ich mir so sicher, alles beseitigt zu haben! Es hat mich völlig aus dem Konzept gebracht. Was, wenn ich noch etwas übersehen habe? Dabei war ich so vorsichtig. Ich habe bei allem Handschuhe getragen, mich bis zur Unkenntlichkeit hinter Maske oder Schal verborgen, die Haare abgedeckt. Sie werden von mir nichts finden, keine Spucke, keinen Fingerabdruck, kein Haar, gar nichts. Und dann das! Sein Blut auf meinen Schuhen!

3

Emma sprach so leise, dass ich mein Handy ans Ohr pressen musste, um sie zu verstehen.

»Hast du den Umschlag?«, fragte sie noch einmal.

»Ja, er lag oben am Turm unter einem Stein. Wie geht es dir?«

»Einigermaßen. Ich habe eine leichte Gehirnerschütterung, und die Achillessehne ist angerissen. Ich kann kaum auftreten. Würdest du mir den Umschlag geben? Heute Abend?«

»In welchem Krankenhaus bist du denn?«

»Am besten, du kommst zu mir nach Hause. Ab neunzehn Uhr bin ich auf jeden Fall wieder dort, dann bringt mein Cousin meine Tochter wieder. Ich brauche den Umschlag heute noch.«

Dann eben heute noch. War mir nur recht, Hauptsache, ich war ihn los.

Emma nannte mir ihre Adresse.

»Du hast doch niemandem etwas verraten, oder?«

Im Hintergrund erklangen Stimmen. Anscheinend stand Emma auf dem Klinikflur.

»Nein, ich habe kein Sterbenswort darüber verloren.«

»Gut. Danke. Ich gebe dir auch etwas dafür. Du willst sicher etwas dafür haben. Ich bezahle dich natürlich.«

Es war bestimmt nett gemeint, aber es machte mich sauer. Was sollte das? Sah ich so aus, als wollte ich aus allem Profit schlagen?

»Ich will kein Geld. Ich will nur den Umschlag loswerden. Und vor allem will ich in nichts reingezogen werden, von dem die Polizei nichts wissen darf!«

»Wirst du nicht, ganz bestimmt nicht. Dann bis heute Abend. Und mach dir keine Sorgen. Glaub mir, es ist wirklich nur ein Spiel.«

Nur ein Spiel. Na klar. Fünf Sekunden später stand ich vor

dem Schränkchen, in das ich den Umschlag gelegt hatte. Ich war so verärgert, dass ich ihn herausholte. *Niemandem etwas verraten. Alles nur ein Spiel.* Ich war diese verdammten dreihundert Stufen hochgestiegen, weil ich ihr helfen wollte, und sie unterstellte mir, ich hätte es getan, um abzukassieren. Emma schuldete mir wirklich etwas: die Wahrheit. Ich wollte wissen, was es mit diesem Rätsel und dem Umschlag auf sich hatte. Ich hatte es mir verdient. Wenn sie mich schon entlohnen wollte, dann eben so.

Vorsichtig zog ich an der zugeklebten Lasche, die leider ein wenig einriss. Es war ein einziges Blatt im Umschlag. Auf dem stand »Carroll2701«. Was sollte das? War das ein Passwort?

Über mir knarrte es. Noch bevor ich hochschauen konnte, hörte ich eine Stimme: »Haben Sie ein Badetuch für mich?«

Ich war so erschrocken, dass ich das Papier beinah hätte fallen lassen. Frau Moosers Kopf war über dem Geländer aufgetaucht. Mein Herz klopfte, als hätte sie mich beim Diebstahl der Kronjuwelen erwischt.

»Sicher, kleinen Moment.«

Rasch steckte ich das Blatt wieder in den Umschlag und legte ihn zurück. Hatte sie etwas von dem Telefonat mitbekommen? Eher nicht, ich hatte leise gesprochen. Aber es war mir eine Warnung. Mit einer Hauptkommissarin im Haus ging man zum Telefonieren besser in den Keller.

Ich holte das Handtuch aus unserem Wäscheschrank und stieg die Treppe hoch. Frau Mooser wartete im ersten Stock, bekleidet mit einem Bademantel und offenen Schlappen an den Füßen.

»Das ist nett. Wissen Sie, bei uns im Haus war das Wasser abgestellt«, sagte sie freundlich, nahm mir das Handtuch ab und schlurfte Richtung Bad.

Um halb neun machte ich mich auf den Weg zu Emma. Hugo hatte ich inzwischen eine Warnung geschickt, wer unser neuer Gast war. Seine Antwort kam sofort: »Krisensitzung morgen

vor dem Frühstück in der Küche.« Das Blatt mit »Carroll2701«
steckte in einem neuen Umschlag, auf den ich mit dem Blu-
menbestäuber einen Hauch Wasser gesprüht hatte, damit er
ähnlich gewellt aussah wie der alte.

Ich ging zu Fuß nach Neuenheim, dem Stadtteil, in dem
Emma wohnte. Der Sturm war endgültig vorbei, der Drache
hatte sich aus der Stadt verzogen. Hier und dort lag ein zer-
brochener Ziegel auf dem Pflaster, und auf den Straßen standen
teils noch große Wasserlachen, aber ansonsten war alles wie
sonst. Ich lief über die Alte Brücke, um auf die andere Fluss-
seite zu kommen, dann am Ufer unter den Platanen entlang,
vorbei an den prächtigen alten Villen und schicken Neubauten,
bog in Neuenheim in das Gewirr schmaler Straßen, bis ich
schließlich vor dem mehrgeschossigen Haus stand, das von
einem Garten umgeben war.

Es gab drei Klingeln, auf der untersten stand »Emma Brixener«. Nachdem ich geklingelt hatte, dauerte es eine Weile,
dann kam ein Mann aus dem Haus. Er war groß und schlank
und hatte dunkles, lockiges Haar. Vor allem aber hatte er eine
Narbe, die sich von seinem rechten Augenwinkel über die
linke Wange bis zum Mund zog. Sie war so auffällig, dass ich
wohl einen Moment zu lange hinschaute.

»Hallo!« Er hielt mir die Tür auf. »Ja, sehen Sie nur gut
hin, Quasimodo trifft man nicht alle Tage. Sind Sie die Frau,
wegen der Emma mich rausgeschmissen hat? Was gibt es denn
zu besprechen, Frauenkram?«

Ich war zu perplex, um zu antworten. Der Mann schien
das auch nicht zu erwarten, er ging hinaus, sobald ich an ihm
vorbei war.

Emma wartete bleich und mit dunklen Ringen unter den
Augen in der Tür der Erdgeschosswohnung. Ihr rechtes Bein
steckte in einem klobigen Schuh, der an einen überdimensio-
nalen Skistiefel erinnerte.

»Mach dir nichts aus Ferdis Bemerkungen, der ist heute
nicht gut drauf«, begrüßte sie mich. »Schön, dass du da bist.«

Ich folgte ihr in den Wohnungsflur, in dem allerlei Fotos an den Wänden hingen. Auf den meisten war ein kleines Mädchen zu sehen, mal mit einem finster dreinschauenden, etwas älteren Mann, dann mit dem, dem ich gerade an der Tür begegnet war. Von ihm gab es noch ein Foto mit Emma, Arm in Arm. So nebeneinander stehend sahen sie sich ein wenig ähnlich. »Ferdi ist mein Cousin.« Emma hatte meinen Blick auf das Foto bemerkt. »Und mein Hauself, wie er manchmal behauptet. Er muss von der Geschichte nichts wissen, deshalb habe ich ihn hinausbefördert.«

Sie humpelte voran ins Wohnzimmer, wo sich neben dem Sofa Berge von Kinderspielzeug in großen Plastikboxen stapelten. Der Geruch von Kamillentee hing in der Luft, als hätte Emma ihn aus dem Krankenhaus mitgebracht. Ich nahm in einem der Sessel Platz, holte den Briefumschlag heraus und legte ihn auf den Couchtisch. Emma hatte sich gegenüber auf das Sofa gesetzt und zog den Umschlag zu sich, als wollte sie sicher sein, dass ich ihn nicht wieder einsteckte. Aber sie öffnete ihn nicht.

»Du bist mir noch eine Erklärung schuldig.« So leicht wollte ich sie nicht davonkommen lassen. »Warum sagst du nicht, um was es wirklich geht? Ist es etwas Illegales?«

»Natürlich nicht. Es ist nur ein Spiel. Wenn man das Rätsel löst, kann man etwas gewinnen. Genauer gesagt, sind es mehrere Rätsel, die man lösen muss, bevor man den Preis bekommt. Aber der Teilnehmerkreis ist schon geschlossen. Du kannst dabei nicht mehr mitmachen. Deshalb macht es auch keinen Sinn, dich einzuweihen.«

Sie ließ sich gegen die Rückenlehne der Couch sinken.

»Mir ist immer noch übel. Und ab und zu wird mir schwindlig.«

»Warum bist du dann nicht im Krankenhaus geblieben?«

»Weil ich dazu keine Zeit habe. In dem Umschlag ist ein Code, den ich brauche. Außerdem muss ich mich um meine Tochter kümmern.«

Immerhin, das mit dem Code stimmte. Ich kannte ihn schon: Carroll2701.

»Was kann man gewinnen?«

»Also gut, dann erzähle ich es dir eben.« Sie richtete sich wieder auf. »Aber du musst wirklich versprechen, dass du den Mund hältst, okay?«

Ich nickte. Da mein zweiter Vorname »Neugier« war, hätte ich ihr alles versprochen.

»Es geht um ein Einfamilienhaus mit Garten. Weißt du, was das bedeutet? Hier in Heidelberg? Der geschätzte Wert liegt bei eins Komma fünf Millionen. Es gehört einem alleinstehenden alten Mann, der todkrank ist und keine Erben hat. Er will das Anwesen dem vermachen, der seine Rätsel lösen kann.«

Wie verrückt war das denn?

»Ist das nicht ein bisschen umständlich?«

»Stimmt, aber manche Leute sind eben skurril. Er hat sich die Rätsel ausgedacht, weil er sein Eigentum nur an einen intelligenten Menschen weitergeben möchte. Wenn mehrere der Teilnehmer alle Codewörter rechtzeitig an eine bestimmte E-Mail-Adresse geschickt haben, wird ausgelost, wer der Gewinner ist.«

Bei meinen neu erworbenen Heidelberg-Kenntnissen hätten meine Chancen, unter die Loskandidaten zu kommen, wahrscheinlich gar nicht schlecht gestanden. Schließlich hatte ich das Rätsel mit dem Hexenring gelöst.

»Kennst du den Mann?«

»Nein, ich habe ihn nie gesehen. Ich weiß auch nicht, wie er heißt.«

»Aber wie bist du dann ins Spiel gekommen?«

Emma schwieg, ihr Blick wanderte an mir vorbei.

»Hallo?« Was war jetzt los? »Emma?«

»Wie?« Sie wies auf die Zeitung, die auf dem Tisch lag. »Es stand da drin.«

»Wo? In der Tageszeitung?«

Hugo las jeden Morgen genau diese Zeitung. Wenn darin etwas von einem Rätsel gestanden hätte, bei dem man ein Haus in Heidelberg gewinnen konnte, wäre ihm das niemals entgangen.

»Wir lesen die auch. Das glaube ich dir nicht.«

»Doch. Es war vor ein paar Wochen in den Kleinanzeigen. Aber natürlich nicht so offen. Da stand nur »Haus sucht Erben« und eine Chiffre. Darauf habe ich mich gemeldet, weil ich neugierig war. Dann bekam ich einen Brief, in dem alles erklärt wurde. Ein Haus mit Garten in Heidelberg, das wäre mein Traum. Mein Mann und ich leben zurzeit getrennt. Allein kann ich die Wohnung hier auf Dauer nicht bezahlen.«

Haus sucht Erben. Ab morgen würde ich jeden Tag die Kleinanzeigen studieren. Emma griff nach einer Blisterpackung, die auf dem Tisch lag, presste eine der Tabletten heraus und spülte sie mit einem Schluck aus ihrem Wasserglas hinunter.

»Kannst du mir noch einmal helfen, Mila? Es wird bald das nächste Rätsel geben. Ich schaffe das noch nicht«, sagte sie matt. »Wenn ich ein paar Meter laufe, schmerzt meine Wade und ich kann kaum noch auftreten. Ich habe schwören müssen, dass von diesem Spiel niemand etwas erfährt. Absolut niemand, aber du weißt jetzt sowieso schon Bescheid. Und du machst den Eindruck, als könnte man sich auf dich verlassen. Also, hilfst du mir noch einmal?«

Was hatte ich davon? Nichts. Das war so, als würde man einen Lottoschein abgeben, der dann den Jackpot knackte, aber es stand ein anderer Name darauf. In diesem Fall: Emma. Heute Mittag hatte es mich noch verärgert, als sie mich bezahlen wollte. Aber da wusste ich auch noch nicht, was es zu gewinnen gab.

Emma schien meine Gedanken lesen zu können. Sie machte mir ein Angebot.

»Wie gesagt, ich bezahle dich auch. Was hältst du von fünfhundert Euro?«

Wie viel Prozent waren fünfhundert Euro von eins Komma fünf Millionen? Ziemlich wenig. Allerdings würde ich davon die Kaution für eine kleine Wohnung oder ein WG-Zimmer bezahlen können, falls ich Hugo und Emilio nicht mehr beim Händchenhalten zusehen konnte. Dann musste ich mir keine Lügen mehr ausdenken, die mein verquollenes Gesicht erklärten.

Trotzdem zögerte ich. Irgendwo tief in meinem Inneren sperrte sich etwas. Diese Geschichte hörte sich schräg an. Warum suchte der kranke alte Mann nicht unter seinen Freunden nach einem Erben?

Mit leisem Knarren öffnete sich eine der Zimmertüren. Ein kleines Mädchen im Schlafanzug streckte den Kopf herein. Es schaute zu mir, als wollte es sich überzeugen, dass kein gefährlicher Riese im Wohnzimmer saß. Dann lief es zu seiner Mutter und schmiegte sich an sie, ohne mich aus den Augen zu lassen. Die Kleine sah aus, als wäre sie fünf, sechs Jahre alt. Sie hatte die gleichen rötlichen Haare wie Emma und ein rundliches Gesicht mit großen grünen Augen, die von langen dunklen Wimpern umrahmt wurden.

»Paulina, geh bitte wieder in dein Zimmer.« Emma schob sie mit sanftem Druck weg. »Wir müssen hier etwas besprechen.«

Das Mädchen aber begann, in den Plastikboxen zu suchen, und holte eine Puppe heraus.

»Und jetzt gehst du bitte, Schätzchen!«

Paulina warf mir einen Blick zu, dann kehrte sie zu der Zimmertür zurück, um kurz davor umzudrehen und noch einmal zu den Kisten zu laufen. Jetzt war es ein Teddy, den sie hervorzog. Er hatte einen Verband um den Kopf, trug einen weißen Pulli mit einem roten Schriftzug und sah aus, als hätte er wie Emma einen Unfall gehabt. »Lörberg« stand auf dem Hemdchen des kranken Teddys. »Lörbär« wäre vielleicht passender gewesen.

»Wie heißt denn dein Teddy?«, fragte ich.

Emma ließ ihr keine Zeit zu antworten.

»Jetzt ist Schluss, Paulina! Ab in dein Zimmer«, befahl sie in scharfem Ton.

Ich zwinkerte der Kleinen zu, als sie mit ihrem kranken Teddy davonzog, und erntete dafür ein verstohlenes Lächeln. Ich mochte neugierige Kinder, ich war selbst mal eins gewesen. Emma blickte noch einmal zur Tür, als müsste sie sich vergewissern, dass ihre Tochter nicht schon wieder hereinschaute.

»Also abgemacht, du hilfst mir, ja?«

»Ich überlege es mir.«

»Ich rufe dich an, Mila. Sobald ich das Rätsel habe. In Ordnung?«

»Wie gesagt, ich überlege es mir. Ich muss jetzt gehen. Gute Besserung.«

Ich stand auf und ging Richtung Tür.

»Und zu niemandem ein Wort«, rief Emma mir hinterher.

Wieder auf der Straße war ich stolz, den Fünfhundert-Euro-Angelhaken nicht direkt geschluckt zu haben. Ich würde mich nicht wieder kopfüber in irgendetwas hineinstürzen. Es war die Strategie, mit der ich mich regelmäßig in Schwierigkeiten manövrierte. Diesmal nicht. Ich würde erst eine Nacht darüber schlafen.

Die belebte Straße neben mir, Menschen, die mir entgegenkamen, ich nahm sie nicht wirklich wahr. Eigentlich wäre es dumm, Emmas Angebot abzulehnen. Und warum sollte es das nicht geben, einen einsamen alten Mann auf der Suche nach einem Erben? Schließlich gab es sogar Menschen, die ihr Vermögen ihren Haustieren vermachten. Zumindest über Umwege. Karl Lagerfelds Katze führte ein Leben, von dem ich nur träumen konnte. Vielleicht war der Mann ein Griesgram, der keine Freunde hatte. Und auch keine Katze.

Ich war noch nicht allzu weit gekommen, vielleicht hundert Meter, als mein Handy einen wohlvertrauten Signalton von sich gab. Eine WhatsApp-Nachricht. Ich sah nach, wer geschrieben hatte, und bemerkte, dass direkt neben mir jemand stehen blieb. Irritiert schaute ich zur Seite. Es war ein Zelt auf zwei Beinen, aus dem ein Kopf herausschaute. Hauptkommissarin Mooser in ihrem Regencape.

»Und, ein neuer Auftrag?«, fragte sie mit Blick auf mein Handy. »Was transportieren Sie denn in diesen Umschlägen? Haben Sie jetzt einen Job als Drogenkurier?«

»Was?« Mehr bekam ich vor Schreck nicht heraus.

»Sparen Sie sich das Leugnen. Ich habe Ihr Telefonat heute Nachmittag mit angehört. Stundenlang habe ich hinter meiner Zimmertür gesessen und darauf gewartet, dass Sie endlich mit dem Umschlag losziehen.«

»Sie spionieren mir hinterher?«

»Sagen wir es so: Ich passe ein wenig auf Sie auf.«

»Sie sind mir tatsächlich gefolgt?«

»Es ist nur zu Ihrem Besten.«

Ich war fassungslos. »Das ist …«

»Erst stammeln Sie etwas von ›Ist sie tot?‹, statt freundlich Guten Tag zu sagen, dann muss ich auf meinem Weg ins Bad hören, dass Sie unbedingt einen Umschlag loswerden wollen und ganz offensichtlich befürchten, in dubiose Geschäfte verwickelt zu werden. Abgesehen von Ihren Schwüren, kein Sterbenswort zu verraten. Was war in dem Umschlag? Kokain? Crystal Meth? Ich konnte es von oben nicht sehen.«

»Ich wüsste nicht, was Sie das angeht.«

»Nach Ihrem Gerede an der Haustür war mir gleich klar, dass Sie schon wieder bis zum Hals in irgendeinem Mist stecken. Sie werden auch nicht klüger, oder?«

»Ich stecke nicht in ›irgendeinem Mist‹! Ich habe nichts Unrechtes getan!«

»Ach ja? Dann sagen Sie mir doch, was in dem Umschlag war, den Sie unbedingt wieder loswerden wollten.«

»Ein Blatt Papier mit einem Wort drauf. Mehr nicht.«

»Was für ein Wort?«

Ich spuckte es aus, sie konnte sowieso nichts damit anfangen.

»Carroll. Wenn Sie es ganz genau wissen wollen: Carroll2701. Sind Sie jetzt zufrieden?«

Die kleine Falte zwischen Frau Moosers Brauen wurde ein wenig steiler.

»Ja, damit bin ich zufrieden. Das klingt so unglaubwürdig, dass ich Ihnen glaube.« Sie hakte sich bei mir ein. »Und jetzt erzählen Sie mir noch den Rest. Was ist heute Morgen wirklich passiert? Weshalb sollten Sie die Polizei nicht rufen?«

Das Krokodil hatte zugeschnappt. Gefangen zwischen seinen riesigen Zähnen schüttelte es mich hin und her. Frau Mooser machte mir ein schlechtes Gewissen, sagte, dass es meine Pflicht sei, Verdächtiges zu melden. Sie traktierte mich, manipulierte mich, setzte mich unter Druck. Mit jedem Meter, den wir weitergingen, wurden ihre Unterstellungen abenteuerlicher. Ich hatte schon eine rege Phantasie, aber das war nichts gegen Frau Moosers Einfallsreichtum. Sie reimte sich aufgrund dessen, was sie gehört hatte, ein Verbrechen nach dem anderen zusammen, an dem ich beteiligt sein könnte. Die Idee, dass das Papier mit dem Codewort sogenanntes »Löschpapier« sei, das mit LSD getränkt war, um dann in kleinen Schnipseln als Trips verkauft zu werden, war dabei noch eine der harmlosesten. Kurzum: Sie ließ mir keine Wahl. Um mich von ihren immer ungeheuerlicher werdenden Verdächtigungen reinzuwaschen, erzählte ich ihr die Wahrheit. Bis wir bei der Pension angekommen waren, wusste Frau Mooser genauso viel über Emma und die Rätsel-Geschichte wie ich, und ich fühlte mich total mies, weil ich mein Versprechen, den Mund zu halten, gebrochen hatte.

»Kommen Sie, wir gehen in die Küche«, bestimmte Frau Mooser. »Ich koche uns etwas.«

Mein Widerstand war gebrochen. Ich ließ mich von ihr herumkommandieren. Tisch decken, Weingläser hinstellen, Käse reiben. Sie bediente sich an unseren Nudelvorräten, Emilios geliebtem Rotwein und brauchte Hugos teuren Bio-Speck für ihre Soße.

»Schauen Sie mal im Internet nach, ob Sie etwas unter Carroll2701 finden«, forderte sie, als ich mit dem Käsereiben fertig war.

Doch im Internet sah ich dazu keine Angaben.

»Dann probieren Sie es mal nur mit Carroll.«

Ich entdeckte einen Fußballspieler namens Carroll, eine Firma, ein College. Und Lewis Carroll, den britischen Schriftsteller, geboren am 27. Januar 1832 im englischen Daresbury.

»Lewis Carroll«, meldete ich. »Der Schriftsteller. Der ist am 27. Januar geboren.«

»Würde passen«, befand Frau Mooser. »Carroll2701.«

Ich schaute weiter, was es noch über Lewis Carroll gab.

»Hier steht, er hat Kinderbücher geschrieben.«

Frau Mooser wischte mit dem Spüllappen die roten Spritzer weg, die ihre blubbernde Tomatensoße auf der Tapete neben dem Herd hinterließ.

»Wenn Sie den Deckel draufmachen …«, begann ich.

»Soße muss einkochen, sonst schmeckt sie nicht. Lewis Carroll hat ›Alice im Wunderland‹ geschrieben. Eines der berühmtesten Kinderbücher überhaupt. Kennen Sie das etwa nicht?«

Ich hatte einmal von dem Buch gehört, musste aber gestehen, es nie gelesen zu haben.

»Es beschreibt die Abenteuer eines kleinen Mädchens, das in einem Kaninchenbau verschwindet und in einer phantastischen Welt landet.« Frau Mooser goss die Nudeln ab und verwandelte damit die Küche in eine Dampfsauna. »Carroll2701! Wenn es um irgendein Codewort geht, warum dann nicht ›Heidelberg123‹ oder, falls es etwas Klügeres sein soll, ›Semper apertus‹, das Motto der Uni Heidelberg?«

Frau Moosers Werk war beendet. Gigantische Portionen wurden verteilt, und sie füllte unsere Gläser mit Emilios Wein. Eine Weile saßen wir schweigend beieinander und vertilgten unsere Nudeln.

»Wir sollten Emmas Angebot annehmen«, entschied sie, während sie sich noch einmal nachschenkte.

Es überlebt nur, wer sich an neue Gegebenheiten anpasst. Die Kakerlake ist ein gutes Beispiel dafür. Kakerlaken gibt es seit dreihundert Millionen Jahren. Manche Menschen finden sie ekelhaft, verachten sie, denken, sie wären etwas Besseres. Dabei ist die Kakerlake ihnen haushoch überlegen, was die Anpassung an veränderte Umstände angeht. Es wird sich zeigen, wer die Klimakrise überlebt. Ich tippe auf die Kakerlake. Sie ist mein großes Vorbild.

Der Verrat war bitter. Die Missachtung meiner Regeln sehr, sehr bitter. Auch hier ist Anpassung gefragt. Ich habe mich entschieden: Das Spiel wird fortgesetzt. Es ist die beste Lösung. Die Weichen müssen neu gestellt werden. Natürlich bedeutet das ein Risiko. Aber – was macht das Leben denn spannend?

Jetzt aufzuhören, wäre ein Trauerspiel. Die Rätsel sind interessant und erweitern den Horizont. Auch die Codewörter. Carroll2701. Ein klarer Bezug zum Thema, etwas versteckt, aber doch verstehbar. Die kleine Alice mit ihren seltsamen Wahrnehmungsstörungen. Da haben sie dem armen Carroll doch glatt unterstellt, er hätte Drogen genommen. LSD. Dabei gab es das zu seiner Zeit noch gar nicht. Ein perfektes Codewort. Es wird vielleicht niemand zu schätzen wissen, aber wenn man in die Niederungen der Kriminalität absteigt, kann ein gewisses Niveau nicht schaden.

Ich bin überzeugt, vor mir liegt eine glänzende kriminelle Karriere. Früher konnte man Postkutschen überfallen, heute ist die Welt komplizierter. Es gibt andere Geschäftsfelder, die sich auftun. Ich nutze nur, was sich als Möglichkeit bietet. Wer schlau ist, macht das. Gut, wer schlau ist und nicht zu viele Skrupel hat. Ich weiß, was ich tue, ist verachtenswert. Widerlich. Aber die Kakerlake ist es auch. Und wer lebt immer noch?

4

Am nächsten Morgen schlich ich um sieben Uhr die Treppe runter zur Krisensitzung, möglichst leise, um niemanden zu wecken, vor allem nicht das Krokodil.

Als ich in die Küche kam, saßen Hugo und Emilio brav vor ihren Frühstücksbrettchen, Hugo blasser als Harry Potter im Angesicht von Lord Voldemort. Frau Mooser stand mit meiner Schürze um den Bauch vor dem Herd und war dabei, Rührei zu machen.

»Ah, da sind Sie ja«, begrüßte sie mich. »Setzen Sie sich, Mila. Das Frühstück ist gleich fertig. Sie sind ja alle wahre Frühaufsteher. Wie schön, ich auch.«

Zwischen dem ersten und dem zweiten Kaffee überredete sie Emilio, mit ihr einkaufen zu fahren, es fehle doch allerlei in unserem Haushalt, natürlich würde sie das sponsern. Dann gab sie bekannt, dass sie sich gern in die Organisation der Pension einarbeiten würde, sie hätte einige Verbesserungsvorschläge, vor allem das Anmeldeverfahren lasse offensichtlich zu wünschen übrig.

In den nächsten Tagen wurde es noch schlimmer. Frau Mooser bewirtete nicht nur uns, sondern auch unsere Gäste mit Kaffee, Heidelberg-Infos und Rührei. Stundenlang hielt sie in unserer Küche Hof. Als sie sich im Flur daran machte, die Zettel auf dem Infobrett neu zu ordnen, leistete Hugo zaghaften Widerstand. Frau Mooser bügelte ihn in zwei Sätzen nieder.

An diesem Tag bekam ich eine Nachricht von Emma. »Hast du dich entschieden? Hilfst du mir noch einmal? Bitte!« Es war der letzte Anstoß, den ich noch gebraucht hatte. Frau Mooser war nur wegen mir hier. Ich hatte früher einmal Mist gebaut, deshalb hatten wir uns kennengelernt, deshalb kannte sie die Pension überhaupt. Ich war schuld daran, dass sie hier war, also musste ich mich auch um das »Problem Mooser« kümmern.

Ich erklärte Hugo, dass ich mir ein Ferienprogramm überlegt hätte, mit dem ich Frau Mooser eine Weile von der Pension fernhalten könnte, wenn er und Emilio einen Teil meiner Arbeit übernehmen würden. Hugo hätte wahrscheinlich auch mit der Zahnbürste die Fugen im Badezimmer geschrubbt, so dankbar war er mir.

Ich ging zu Frau Moosers Zimmer und klopfte an, sie saß Zeitung lesend auf dem Sofa.

»Kommen Sie herein, Mila! Hier steht das Neueste über unseren Mordfall. Zumindest das, was die Kollegen an die Presse gegeben haben. Der Tote vom Königstuhl. Haben Sie das mitbekommen? Immerhin wissen sie jetzt, wer das Opfer ist. Aber wenn das ein Raubmord war, fresse ich einen Besen. Was gibt es denn?«

»Emma hat mir eben geschrieben und noch einmal um Hilfe gebeten. Ich werde ihr zusagen.«

»Eine gute Entscheidung!« Frau Mooser legte erfreut die Zeitung beiseite. »Das ist doch besser, als hier die Zeit totzuschlagen.«

Dieses Problem hatte ich nun wirklich nicht, aber ich sparte mir meinen Kommentar. Auf dem Tischchen neben dem Bett stand das Foto eines kleinen Jungen, der zahnlos in die Kamera lächelte. Eine junge Frau hielt ihn auf dem Arm, die langen Haare so lockig und wirr wie meine. Ich hatte sie schon einmal auf einem Bild in Frau Moosers Wohnung gesehen, es war ihre Tochter.

»Das ist mein Enkel Jannik«, erklärte sie stolz. »Vera ist mit ihm in einem Ferienhaus in Holland. Wir wollten mit dem Kleinen einen Mutter-Tochter-Urlaub machen.«

»Und warum sind Sie dann …«

»Wie geht es Ihrer Tante?«, fiel sie mir ins Wort. »Sie heißt Florentine, wenn ich mich recht erinnere.«

»Sie ist vor einigen Monaten gestorben.«

»Ach, das tut mir leid. Sie beide haben sich sehr gemocht, nicht?«

Allerdings, das hatten wir. Flo war nicht nur meine Tante, sie war für mich auch Mutter und Vater gewesen, meine Familie.

»Eine Freundin von mir hat sie im Garten tot im Liegestuhl gefunden. Vielleicht ein Schlaganfall. So genau weiß man es nicht. Für Flo war es wahrscheinlich gut so. Da musste sie nicht lange leiden.«

Das waren Katjas Worte. Friedlich habe sie ausgesehen. Ich wusste, wenn Flo sich einen Tod hätte aussuchen können, dann wahrscheinlich diesen. Aber trotzdem: Konnte irgendetwas an ihrem Tod gut sein?

»Kommen Sie, setzen Sie sich zu mir.« Frau Mooser klopfte auf den Platz neben sich. »Rufen Sie Emma an.«

»Jetzt gleich?«

»Natürlich jetzt gleich. Erklären Sie ihr, dass Sie wegen des Geldes mitmachen, das ist am glaubwürdigsten.«

Frau Mooser bestand darauf, dass ich mein Handy auf Mithören stellte. Ich ließ es läuten, niemand hob ab. Ich hoffte schon, Emma hätte es sich anders überlegt, aber ich hatte das Handy noch in der Hand, da rief sie zurück.

»Mila? Tut mir leid, mein Handy ist mir runtergefallen. Ich bin immer noch so durch den Wind. Wie schön, du hast es dir überlegt! Du hilfst mir! Deshalb rufst du doch an, oder?«

»Ja, ich brauche das Geld. Ich bin zurzeit etwas knapp bei Kasse.«

»Klar, das Geld bekommst du, wie abgemacht. Ich wusste gleich, dass du ein guter Mensch bist und mich nicht im Stich lassen wirst.«

Der gute Mensch, der versprochen hatte zu schweigen, ließ gerade eine Hauptkommissarin mithören. Der gute Mensch war vor allem eine miese Verräterin.

»Ich bin heilfroh. Ich hätte nicht gewusst, was ich ohne dich tun sollte. Das neue Rätsel ist da. Es kam heute mit der Post.

Ich habe keine Ahnung, um was es dabei geht. Warte, ich lese es dir vor.«

Es raschelte auf der anderen Seite.

»Hier: ›Suche, wo in Heidelberg einst die Ausgesetzten Unterkunft fanden. Dort findest du, was du brauchst. Es liegt neben der Warnung vor der Seuche.‹ Wo Ausgesetzte Unterkunft fanden – hast du eine Idee, was das bedeuten könnte?«

»So auf Anhieb nicht.«

»Du kennst dich hier aus, du hast auch das mit dem Hexenring gewusst, du wirst die Lösung finden, nicht wahr?«

»Ich hoffe es.«

»Du musst dich beeilen, hörst du! Es ist wichtig, dass wir das Rätsel schnell lösen. An dem Ort liegt wieder ein Umschlag. Ich vertraue dir, Mila, du schaffst das! Sag mir Bescheid, sobald du etwas herausbekommen hast!«

Sie schickte mir die Fotografie des Rätsels auf mein Handy. Drei gedruckte Zeilen, die Emma in Aufregung versetzt hatten. Ich hielt sie Frau Mooser hin.

»Wissen Sie, welcher Ort gemeint sein könnte?«

Frau Mooser wohnte schon viele Jahre in Heidelberg, die musste sich schließlich in der Gegend auskennen. Aber da hatte ich mich geirrt.

»Bin ich das Orakel von Delphi?«, knurrte sie.

»Bestimmt geht es wieder um die Pest«, war meine erste Idee. »›Suche, wo in Heidelberg einst die Ausgesetzten Unterkunft fanden.‹ Eine Unterkunft steht da, damit ist vielleicht ein Krankenhaus gemeint, in dem in Heidelberg früher Pestkranke behandelt wurden. Aber was soll ›Es liegt neben der Warnung vor der Seuche‹ bedeuten? Da steht sicher kein Schild mehr: ›Achtung Pest!‹«

»Möglicherweise gibt es eine Informationstafel, auf der etwas über die Pest zu lesen ist«, überlegte Frau Mooser. »Vielleicht ist die mit der Warnung vor der Seuche gemeint.«

»Oder es hat mit Corona zu tun, und der gesuchte Ort ist

die Klinik, in der besonders viele Corona-Patienten untergebracht waren.«

»Nein, das glaube ich nicht.« Frau Mooser runzelte skep-
tisch die Stirn. »So wie das Rätsel formuliert ist, hört es sich
eher an, als wäre etwas gemeint, das lange her ist.«

Ich holte den Laptop aus unserer Küche und setzte mich
wieder aufs Sofa, damit Frau Mooser mit aufs Display schauen
konnte.

Bald schon wusste ich einiges mehr über die Pest in Heidelberg. Allein im 16. Jahrhundert hatten sich deshalb Studenten und Professoren der Heidelberger Universität gleich
fünf Mal in Eberbach einquartiert, ein Ort im Neckartal,
nicht allzu weit von Heidelberg entfernt, der von der Pest
verschont geblieben war. Die Eberbacher waren alles andere
als erfreut über den aufgezwungenen Besuch gewesen und
hatten die Professoren und Studenten angeblich geschröpft,
wo sie nur konnten. Eberbach, der Fluchtort vor der Pest für
Angehörige der Heidelberger Uni, darüber fand ich einiges.
Aber nichts darüber, ob es in Heidelberg selbst eine besondere Einrichtung zur Unterbringung von Pestkranken gegeben hatte. Wenn es denn in dem Rätsel wirklich um die
Pest ging. Denn je mehr wir suchten, desto mehr erfuhren
wir über Seuchen, die ihre Spuren in der Stadt hinterlassen
hatten.

»Hier, das könnte etwas sein.« Ich war auf die Tuberkulose
gestoßen. »Da steht, dass im Rohrbacher Schlösschen früher
Männer untergebracht waren, die mit Tuberkulose aus dem
Ersten Weltkrieg zurückkehrten. Vielleicht ist das gemeint?«

Wirklich zufrieden schien Frau Mooser damit nicht zu sein.
»Möglich«, war ihr einziger Kommentar.

Dann entdeckte ich auch noch die Pocken. Ich hatte immer
geglaubt, Pocken wären längst kein Thema mehr, aber der
letzte Seuchenausbruch in Heidelberg vor der Corona-Pan-
demie, das waren die Pocken gewesen. Im Dezember 1958
waren zwei Menschen an den Pocken verstorben und mehrere

daran erkrankt, nachdem ein Arzt der Ludolf-Krehl-Klinik sich auf einer Indienreise infiziert hatte. Offensichtlich ein gefundenes Fressen für die Medien. »Der Schwarze Tod belagert Heidelberg«, hieß es da in einem Zeitungsartikel, oder »Die Stadt zittert vor den Pocken«.

»Das würde doch passen, die Ludolf-Krehl-Klinik! Hier steht, dort sind während eines Pockenausbruchs in Heidelberg an die vierhundert Menschen isoliert worden.«

»Pest, Tuberkulose, Pocken ...« Frau Mooser rieb sich über die Wange. »Lesen Sie mir den ersten Teil des Rätsels noch einmal vor.«

»›Suche, wo in Heidelberg einst die Ausgesetzten Unterkunft fanden.‹«

»Ausgesetzt ... Aussätzige ...«, murmelte sie vor sich hin. »Kennen Sie den Roman ›Papillon‹?«

Leider hatte ich davon noch nie gehört.

»Na, vielleicht sind Sie zu jung dafür«, gestand sie mir großzügig zu. »Das Buch handelt von einem Mann, der wegen eines angeblichen Mordes verbannt werden soll. Es geht vor allem um seine Flucht. Ich kann mich noch an den Film dazu erinnern. Eine Szene spielt auf einer Insel für Leprakranke. Lepra nennt man auch Aussatz. Darum muss es gehen, nicht um die Pocken oder um die Pest. Um die Lepra! Geben Sie einmal Heidelberg und Lepra ein und schauen Sie, was Sie finden!«

Ich landete bei den Gutleuthäusern.

»›Das waren Häuser, in denen Leprakranke isoliert wurden‹«, las ich aus einem Artikel vor. »Für Heidelberg gab es einen Gutleuthof in Schlierbach.«

Schlierbach war ein Ortsteil, der an die Altstadt angrenzte und sich östlich ins Neckartal zog. Allerdings hatte ich davon bislang noch nicht allzu viel gesehen.

»Nach dem, was hier steht, ist der Gutleuthof in Schlierbach später zur Gaststätte geworden und irgendwann abgebrannt.«

Wie es aussah, brachte uns das nicht weiter. »Wenn es den Hof nicht mehr gibt, dann geht es bestimmt doch um die Ludolf-Krehl-Klinik und die Pocken.«

»Nein, Sherlock, das denke ich nicht.« Frau Mooser rutschte auf den weichen Sofakissen ein Stück nach vorn. »Sie haben mich mit Ihren ganzen Seuchengeschichten nur abgelenkt. Aussätzige, das waren Leprakranke, da bin ich mir sicher. In Schlierbach existiert noch eine Kapelle, die sich Gutleuthof-kapelle nennt. Da war ich schon einmal. Sie liegt direkt an der Bundesstraße.«

Draußen im Treppenhaus rief Emilio nach mir.

»Mila, wo steckst du? Ich gehe joggen. Willst du mitkommen?«

Ich hasste Joggen. Aber mit Emilio war ich vor einer Woche das erste Mal joggen gewesen, oder, besser gesagt, ich war hinter ihm hergelaufen. Es war die Chance, eine Weile mit ihm allein zu sein. Liebend gern hätte ich den Laptop zugeklappt und wäre zu ihm gegangen. Aber ich spürte schon Frau Moosers kritischen Blick von der Seite.

»Sie haben einen Auftrag übernommen«, war alles, was sie sagte.

Warum hängte ich mir eine Seuche wie Frau Mooser an den Hals, wenn ich mit Emilio joggen konnte? Vielleicht sollte ich versuchen, sie in ein nettes kleines Hotel in Eberbach einzu-quartieren.

»Sagen Sie ihm, wir beide arbeiten uns gerade in die Buch-haltung ein«, schlug Frau Mooser vor.

Das würde ich ganz bestimmt nicht tun. Wenn Hugo das zufällig mithörte, würde er einen Herzinfarkt bekommen. Ich ging raus ins Treppenhaus und rief Emilio zu, dass ich Frau Mooser versprochen hätte, etwas mit ihr zu unternehmen. Er stand unten und schaute zu mir hoch, mit diesem Lächeln, bei dem mir das Herz aufging.

»Auch gut. Dann viel Spaß. Ciao bella.«

Bella. Schöne. Manchmal sagte er das zu mir. Und das Beste war: Ich glaubte, dass er es genau so meinte.

Als ich wieder zurückkam, saß Frau Mooser mit verschränkten Armen auf dem Sofa. Ich hatte den Eindruck, sie schaute geradewegs in meinen Kopf. Oder, besser gesagt, in mein Herz.

»Und, was machen wir jetzt?«, lenkte ich ab.

»Wir fahren nach Schlierbach und sehen uns bei der Kapelle um. Ich vermute, der eigentliche Hof war nicht allzu weit von dort entfernt. Vielleicht finden wir etwas, das man als ›Warnung vor der Seuche‹ verstehen könnte.« Sie kämpfte sich aus den Sofakissen. »Wir können mit meinem Auto fahren.«

Frau Mooser packte ihr Regencape, hängte sich ihre riesige schwarze Handtasche um und stapfte die Treppe hinunter. Unten im Flur wartete sie, bis ich meine Jacke von der Garderobe genommen hatte und die Haustür aufzog.

Vor unserem Haus stand ein Paar auf der Gasse, eine zierliche Brünette und ein großer blond gelockter Mann, beide mit dem Rücken zu uns.

»Ich finde, das hat was«, sagte die Brünette.

Was der Mann erwiderte, konnte ich nicht verstehen, aber als die beiden weitergingen, sah ich, was sie so interessiert hatte: Auf der Hauswand gegenüber gab es ein neues Graffiti. Ich hatte gesehen, dass dort wieder einmal jemand etwas auf die Wand gesprayt oder gemalt hatte. Schon gestern oder vorgestern. Aber ich war wie üblich in Eile gewesen und achtlos daran vorbeigelaufen. Erst jetzt registrierte ich, dass es ein Auge war, in schwarzer Farbe, fast so groß wie ein Regenschirm. Doch die Pupille war nicht rund wie bei einem Menschen, sondern ein schmaler Schlitz. Aus den Augenwinkeln schienen Tränen in dicken schwarzen Schlieren bis zum Boden hinunterzulaufen. Es starrte mich mit einem Ausdruck an, der etwas Bedrohliches hatte. Als gehörte es einem riesigen Raubtier, das sich im nächsten Moment auf seine Beute stürzen wird.

»Ganz schön scheußlich, diese Schmiererei.« Frau Mooser

schaute von hinten über meine Schulter. »Sollen die doch zu Hause ihre Zimmerwände verunstalten.«

Während wir die Gasse hinuntergingen, sah ich mich noch einmal um. Ich hätte schwören können, dass das Auge mich mit seinem feindseligen Blick verfolgte.

5

Manches nimmt man nicht wahr, auch wenn man hundert Mal daran vorbeikommt. Ich war nicht hundert Mal, aber doch schon etliche Male an dieser Kapelle vorbeigefahren. Immer dann, wenn ich mit Hugo und Emilio auf dem Weg ins Neckartal gewesen war, wohin wir in Coronazeiten ab und zu einen Ausflug gemacht hatten, weil außer der Natur alles andere geschlossen hatte. Das kleine Kirchlein zwischen Straße und Bahngleisen war mir nie aufgefallen.

Vor der Brücke, über die man auf die andere Neckarseite gelangen konnte, bog Frau Mooser von der Straße ab, und wir fuhren auf einen etwas erhöht liegenden Parkplatz nahe dem Schlierbacher Bahnhof. Von hier aus führte eine Treppe vorbei an Bäumen und Buschwerk den Hang wieder hinunter zur Kapelle. Schon vor dem Treppenabgang erwartete uns ein Schaukasten.

»Na also«, sagte Frau Mooser und studierte die Informationen, die darin zur Gutleuthofkapelle ausgehängt waren. »Würde mich nicht wundern, wenn wir hier schon unsere Seuchenwarnung finden.«

Auf dem Aushang war zu lesen, dass es vom ehemaligen Gutleuthof aus einen Übergang zur Kapelle gegeben hatte. Wir waren also richtig: Die Unterkunft für die »Aussätzigen«, der eigentliche Gutleuthof, musste auch hier gewesen sein. Ansonsten handelte der Aushang von der Restaurierungsgeschichte der Kapelle und dem Kirchenbau. Nichts, was man als »Warnung vor der Seuche« hätte verstehen können. Trotzdem suchten wir, doch ein Umschlag war nirgends zu finden. Es gab auch keinen Stein, unter dem etwas hätte versteckt sein können, so wie oben am Schloss. Fehlanzeige.

»Dann gehen wir mal runter«, bestimmte Frau Mooser. Das Klingeln ihres Handys ließ sie allerdings erst einmal hektisch in ihrer Handtasche suchen. Sie zog es heraus und schaute auf das Display.

»Da muss ich ran!«

Rasch entfernte sie sich einige Schritte in Richtung Parkplatz.

»Hallo, Bea«, hörte ich sie sagen. »Hast du mit ihr reden können?«

Ein Gespräch, das anscheinend nicht für fremde Ohren bestimmt war. Sollte sie in Ruhe telefonieren, ich würde mich derweil schon einmal an der Kapelle umsehen.

Die Treppe machte einen kleinen Bogen. Unten angekommen führte ein Weg in wenigen Schritten zur Kapelle, vorbei an einigen Bänken, die in kleinen Nischen zum Hang hin standen. Auf einer saß ein Mann, den Kopf mit den grauen Haaren, in die sich Geheimratsecken hineingefressen hatten, auf die Hände gestützt. Er schaute zu Boden, ganz so, als wäre er in Gedanken versunken. Als ich an ihm vorbeikam, murrte er etwas vor sich hin, dann stand er auf und ging davon. Anscheinend hatte ich gestört.

Das Holzportal der Kapelle lag nach Norden, zur Straßenseite hin. Daneben hing eine Informationstafel, die den interessierten Bürger darüber aufklärte, dass die Kapelle vor knappen sechshundert Jahren von einem Pfalzgrafen gestiftet worden war, und zwar als Kapelle des »Leprosenhauses«.

War das eine »Warnung vor der Seuche«? Wohl eher nicht. Ob in der Kapelle etwas zu finden sein würde? Ich rüttelte an der Klinke. Doch das Schild mit den Öffnungszeiten bestätigte, dass sie heute geschlossen war. Hoffentlich hatte der Rätselsteller das in seiner Planung berücksichtigt.

Ich sah unter jede der Bänke, ging bis zum Papierkorb und spähte hinein, blieb ratlos stehen und schaute mich um. Was konnte mit der »Warnung vor der Seuche« gemeint sein? Vielleicht die Kapelle selbst?

Mit suchendem Blick ging ich die wenigen Meter zum Kirchlein zurück. Vorhin war mir der Buchsbaum, der sich klein und gedrungen an die Kapellenwand schmiegte, nicht sonderlich aufgefallen. Direkt daneben war ein rötlicher Stein, etwa kniehoch und oben abgerundet. Der Grabstein eines Leprakranken? Vor langer Zeit hatte jemand etwas eingemeißelt, das aussah wie ein Schneeglöckchen. Oder ein Fallschirm? Ich bückte mich, um es besser erkennen zu können. Was immer dort stand, es hatte seine Tiefe verloren, so als hätten Wind und Regen es mit den Jahren abgeschliffen.

Jemand, der nicht genau hinschaute, hätte wohl kaum entdeckt, dass etwas zwischen dem Stein und dem Busch steckte. Nur eine schmale weiße Linie war zu sehen, die Kante eines Briefumschlags. Mit klopfendem Herzen zog ich ihn heraus. Weiß, länglich, unauffällig. Wie der am Schloss. Den Umschlag in der Hand richtete ich mich wieder auf – und erschrak.

Vor mir stand ein Mann mit kantigem Gesicht, den Kragen der Lederjacke hochgeschlagen. Er sah nicht mich an, sondern den Briefumschlag in meiner Hand, mit einem Begehren im Blick, als wäre der Umschlag ein Glas Wasser in der Wüste. Er musste von der anderen Seite gekommen sein. Mit der Sonnenbrille, die er ins dichte dunkle Haar geschoben hatte, wirkte er wie jemand, der gut zu einem BMW-Cabrio gepasst hätte.

»Wissen Sie, was das ist?« Er zeigte auf den Stein.

»Ich denke, es ist ein alter Grabstein.«

»Leider liegen Sie da falsch. Das ist ein Besitzstein. Die Kapelle gehörte zum Gutleuthof, das war eine Unterkunft für Leprakranke. Die Kranken mussten andere vor sich warnen. Mit einer Leprosenrassel. Was da auf dem Stein zu sehen ist, ist so eine Rassel.«

Stimmt. Mit etwas Phantasie konnte man in der Abbildung statt eines Fallschirms auch eine Art Rassel oder Klapper erkennen. Das war sie also, die Warnung vor der Seuche! Aber warum erzählte er mir das? Das war bestimmt kein Zufall. Ich schaute zur Treppe, doch Frau Mooser war nicht in Sicht. Besser, ich verschwand von hier.

Ich steckte den Umschlag in meine Anoraktasche.

»Danke für die Info. Ich muss jetzt weiter.«

Aber bevor ich auch nur einen Schritt tun konnte, hatte der Fremde sich mir in den Weg gestellt.

»Geben Sie mir den Umschlag!« Das Lächeln war aus seinem Gesicht verschwunden. »Ich habe das Rätsel gelöst! Nicht Sie. Sie haben nur Glück gehabt. Der Umschlag gehört Ihnen nicht.«

Er kam noch näher. Der penetrante Geruch seines Aftershaves stieg mir in die Nase.

»Ich habe keine Ahnung, wovon Sie reden. Lassen Sie mich durch.«

Der Mann beugte sich vor, als wollte er mir ein Geheimnis zuraunen.

»Ich weiß, wir beide sind in der gleichen Situation.« Seine Stimme war leise geworden. »Aber ich wusste die Antwort. Seien Sie fair und geben Sie mir den Umschlag!«

Ich versuchte, mich seitlich an ihm vorbeizuschieben. Doch der Fremde packte mich am Arm, mit einem Griff, so fest, dass es wehtat.

»Jetzt hören Sie mal gut zu: Sie haben kein Anrecht auf diesen Umschlag! Sie haben verloren, so ist es nun mal. Er steht Ihnen nicht zu!«

»Ich … ich bin nicht allein«, stammelte ich. »Sie … kommt jeden Moment.«

»Geben Sie mir jetzt den Umschlag! Dieses Rätsel habe ich gelöst!« Seine Stimme kippte. Nun klang er fast flehentlich. »Bitte! Wir sitzen doch alle in einem Boot. Zwingen Sie mich nicht, etwas zu tun, das ich nicht tun will!«

Ich wich zurück und stieß gegen die kalte Wand der Kapelle. Von wegen ein harmloses Spiel. Dieses verdammte Heidelberg. In was war ich da nur hineingeraten?

Er kam mir so nah, dass ich jede einzelne Bartstoppel an seinem Kinn erkennen konnte. Ich spürte seinen warmen Atem auf meinem Gesicht, wollte nach Frau Mooser rufen, doch die Angst schnürte mir die Kehle zu.

»Ich will nur mein Recht!«, sagte er. »Dieser Umschlag gehört mir! Ich habe auch Angst, genau wie Sie. Bestimmt gibt es bald eine weitere Runde. Außerdem ist doch alles gut in Hyderabad. Jetzt geben Sie ihn schon her!«

Mit zitternder Hand zog ich den Umschlag wieder aus meiner Anoraktasche. Inzwischen ging mein Atem so schnell, als stünde ich auf dem Himalaja.

»Hey! Lassen Sie die Frau in Ruhe!« Wie ein Donnergrollen schallte Frau Moosers Stimme zu uns herüber. »Polizei, treten Sie sofort zurück!« Sie stürmte vom Fuß der Treppe auf uns zu. »Lassen Sie sie sofort los!«

Der Fremde hatte mir den Briefumschlag aus der Hand gerissen und sich kurz zu Frau Mooser umgeschaut. Im selben Moment trudelte etwas kleines Weißes zu Boden. Er sah hinunter, dann zu Frau Mooser. Zögerte. Rannte los. An der Kapelle vorbei Richtung Straße.

Nur zwei, drei Sekunden, und Frau Mooser war bei mir.

»Mila! Sind Sie okay?«

Sie neigte sich zu mir, suchte meinen Blick, während ich auf den kleinen weißen Zettel starrte, der vor mir auf dem Boden lag, und nach Luft schnappte.

»Mila!« Frau Mooser legte die Hand unter mein Kinn und zwang mich, den Kopf zu heben. »Sehen Sie mich an! Sind Sie verletzt?«

»Keine Luft«, presste ich hervor.

Es kribbelte in meinen Händen, auf meinem Rücken, in meinem Nacken.

»Sonst nichts?«

Ich schüttelte den Kopf.

»Atmen Sie in Ihre Hände! Los! Hände vors Gesicht!«

Ich tat, was sie befahl. Hielt mir die Hände über Nase und Mund.

»War er allein?«

Ich nickte.

»Setzen Sie sich hierhin. Ich bin gleich wieder bei Ihnen.«

Damit ließ sie mich stehen und lief weiter. Ich rutschte an der Kapellenwand hinunter, bis ich auf dem Boden zu sitzen kam. Atmete in meine hohlen Hände. Schnaufte wie eine Dampflok. Den Blick auf den Zettel geheftet. Die Luft zwischen meinen Handflächen wurde warm und stickig. Ausatmen. Ich musste vor allem ausatmen.

Nach und nach bekam ich mich wieder unter Kontrolle. Ich nahm die Hände vom Gesicht und lehnte meinen Kopf an die Mauer. Ich hätte ihm mein Knie in die Weichteile rammen können. Hätte mich irgendwie verteidigen sollen. Aber das Einzige, was ich getan hatte, war, unendlich viel Luft in mich hineinzupumpen und mich damit selbst außer Gefecht zu setzen. Monatelang hatte ich keine Panikattacke mehr gehabt. Ich wusste selbst, was ich tun musste, wenn die Angst mich dazu brachte, so viel und so schnell zu atmen, dass ich paradoxerweise glaubte, ersticken zu müssen. Ich vergaß es nur jedes Mal aufs Neue. Ich hatte es wieder einmal verbockt.

Ich weiß nicht, wie lange ich dort saß. Das Adrenalin in meinen Adern machte mich fertig. Ich fühlte mich, als hätte ich einen Marathonlauf hinter mir.

Frau Mooser tauchte wieder auf und setzte sich zu mir auf den Boden.

»Geht's wieder?«, fragte sie und schien selbst kaum Luft zu bekommen.

»Ja, alles gut.«

»Er ist mir entwischt. Das wäre mir früher nicht passiert.«

»Ich habe ihm den Umschlag einfach gegeben. Ich bin so ein Feigling. Ich habe nicht einmal …«

Ich war so fertig, dass ich anfing zu weinen.

»Ach, Mila!« Frau Mooser legte ihren Arm um mich und zog mich zu sich. »Nun weinen Sie doch nicht. Ihnen ist nichts passiert, das ist die Hauptsache. Es war meine Schuld. Ich hätte Sie hier nicht allein lassen dürfen … Das ist alles nur wegen dieser blöden Mütze passiert.«

Ich hatte keine Ahnung, was für eine Mütze sie meinte. Es interessierte mich auch nicht.

Frau Mooser stand auf und holte ihre Handtasche, die sie bei ihrem Spurt verloren hatte. Sie zog ein Päckchen Papiertaschentücher hervor, hielt es mir hin und setzte sich wieder neben mich.

»Jetzt erzählen Sie mir, was hier los war.«

Ich musste ihr jedes Detail zweimal berichten. Leider hatte ich in meiner Aufregung einiges nicht behalten. Vor allem nicht den Namen, den der Fremde genannt hatte.

»Wie hieß das, Heidebad?«

»Vielleicht war es auch Hydrobad. Irgendein Bad auf jeden Fall.«

Es wollte mir einfach nicht mehr einfallen.

»Und was ist da gut?«

»Keine Ahnung. Auf jeden Fall hat er gesagt, er hätte Angst.«

»Hört sich nicht so an, als ginge es um das lustige Spiel ›Erbe gesucht‹, oder sehen Sie das immer noch anders, Sherlock?«

Ich schwieg. Mit dem, was gerade passiert war, schien Emmas Erben-Geschichte in der Tat nicht mehr besonders glaubwürdig. Emma hatte mich belogen.

Ein kleiner Spatz ließ sich vertrauensvoll vor uns nieder, pickte hier und da etwas auf und zupfte an dem kleinen Zettel, der immer noch dort lag.

»Jetzt wissen wir auf jeden Fall, dass Ihre Emma nicht die Einzige ist, die bei dem Spiel mitmacht«, sagte Frau Mooser. »Der Mensch, der die Rätsel in die Welt setzt, nutzt ihre Angst, um Emma und diesen Mann hier antanzen zu lassen. Wenn ich den Kerl erwischt hätte, dann wüssten wir jetzt, um was es geht. Ich bin so verdammt langsam geworden.«

Wir hatten beide nicht gehört, dass jemand von der Straße hochgekommen war. Eine ältere Frau mit silbergrauen Haaren und einem kleinen Hund an der Leine tauchte plötzlich an der Ecke der Kapelle auf.

»Was gibt das denn hier?« Die Missbilligung in ihrem Blick

war nicht zu übersehen. »Warum setzen Sie sich nicht auf eine der Bänke? Das ist eine Kapelle. Da lümmelt man sich nicht einfach auf den Boden. Fehlt nur noch, dass Sie hier einen Hut aufstellen und anfangen zu singen.«

»Wir singen nicht, und wir betteln auch nicht«, erwiderte Frau Mooser. »Und jetzt gehen Sie weiter!«

»Wann ich weitergehe oder nicht, das überlassen Sie mal schön mir«, schimpfte die grauhaarige Frau.

Der kleine Hund, ein weißer Terrier mit schwarzbraunen Flecken, hatte angefangen, an Frau Moosers Schuhen zu schnüffeln. Dann drehte er sich um, schnupperte am Boden und leckte an dem Zettel. Fast zeitgleich hob er das Bein, und ein paar Tröpfchen spritzten in unsere Richtung.

»Nehmen Sie Ihren Hund weg«, knurrte das Krokodil. »Und zwar ...«

»Den hat der Mann eben verloren!«, fiel ich ihr ins Wort. »Den Zettel!«

Der Hund hatte ihn schon halb im Maul, halb hing er noch heraus. Der Zettel war nicht da gewesen, als ich kam. Ich hatte ihn zu Boden flattern sehen, als der Fremde mir den Umschlag abgenommen hatte. Das war in meiner Panik untergegangen, abgesoffen in all dem Adrenalin.

»Er muss ihm aus der Tasche gefallen sein!«

Dann ging alles sehr schnell. Frau Mooser stürzte nach vorn, packte den Hund am Nacken und klemmte ihn wie ein Paket unter ihren Arm. Der Terrier kläffte wütend und wand sich, so gut er konnte. Inzwischen klebte der Zettel an seiner Lefze.

»Lassen Sie meinen Hund los!«

Die alte Frau holte aus und schlug mit ihrer Handtasche auf Frau Mooser ein. Ich zupfte den Zettel von der Lefze. Der Hund schnappte nach mir, aber ich hatte das Papier, auch wenn ein kleines Stück davon fehlte.

»Lassen Sie ihn los!«, schrie die alte Dame und schlug noch einmal mit ihrer Tasche zu. »Das wird Konsequenzen haben! Ihr Penner! Ihr Dreckspack!«

Frau Mooser ließ den Hund wieder frei. Der lief ein paar Meter weg, kam gleich wieder zurück und stellte sich bellend vor uns. Tänzelte mit aufgestellter Rute, wich wieder zurück. Das Krokodil erhob sich. »Kommen Sie, Mila, wir gehen.« Sie nahm ihre Tasche, half mir hoch, ignorierte den Hund, ignorierte die alte Frau. Ging einfach los. Ich folgte ihr unter dem wütenden Gekläff des Hundes, der uns eine Weile begleitete, und den noch wütenderen Beschimpfungen, die seine Besitzerin hinter uns herschrie.

Am Treppenaufgang drehte Frau Mooser sich um. »Rufen Sie doch die Polizei«, rief sie der alten Frau zu. »Am besten die Kripo.« Und zu mir sagte das Krokodil: »Die kann froh sein, dass ich Hunde mag.«

Es hörte sich ganz danach an, als hätte sie den kleinen Terrier sonst gefressen.

Oben an der Treppe angekommen, standen wir wieder vor dem Aushang, als wäre nichts passiert.

»Und jetzt geben Sie mir den Zettel!«, forderte sie.

Ich reichte ihr das kleine Stück Papier. Frau Mooser zog es auseinander und strich es glatt, studierte es sorgfältig, hielt es mal nah, mal weiter weg.

»Und, was steht drauf?«

»Wenn wir Glück haben, genug. Kommen Sie, wir haben einiges zu tun.«

»Jetzt sagen Sie schon, was steht drauf?«, drängte ich.

Sie gab mir den Zettel wortlos zurück, während wir zum Parkplatz gingen. Der Aufdruck war blass, aber ich konnte ein Datum erkennen, eine Adresse und »Super95«. Es war die Quittung von einer Tankstelle.

»Wenn ich etwas vorschlagen darf, Sherlock: Sie reden jetzt mit Emma und erzählen ihr, was gerade passiert ist. Mal sehen, ob sie dann immer noch lügt.« Frau Mooser öffnete den Wagen. »Und danach fahren wir aufs Polizeirevier. Sie zeigen den Mann an, der Ihnen den Umschlag abgenommen hat. Nötigung, Körperverletzung. Da findet sich schon was.«

»Wir wissen doch gar nicht, wer das war.«

»Wir haben die Tankquittung. Es würde mich sehr wundern, wenn die Tankstelle keine Videoüberwachung hätte. Ich fahre Sie jetzt bei Emma vorbei.«

Ich hatte keine Lust, Emma in die Augen zu sehen, wenn ich ihr erzählen musste, dass ich mir den Umschlag einfach hatte abnehmen lassen. Ich hatte auch keine Lust, bei ihr im Wohnzimmer zu sitzen und mich weiter belügen zu lassen. Ich hatte die Nase voll von Emma.

»Nein, ich schreibe ihr eine SMS.«

»Wollen Sie schon aufgeben, Sherlock? Rufen Sie sie wenigstens an. Konfrontieren Sie Emma mit dem, was passiert ist. Sie hat Sie offensichtlich belogen, wollen Sie nicht wissen, warum? Emma benutzt Sie für etwas, bei dem Sie in Gefahr geraten, und Sie schicken ihr eine nette SMS? Am besten machen Sie noch ein Herzchen dran. Lassen Sie sich eigentlich alles gefallen?«

Nett wäre die SMS nicht geworden, eher kurz.

»Auf jeden Fall zeigen Sie den Mann an. Dann kann man die Sache strafrechtlich verfolgen.«

Es brauchte einen Moment, ehe es bei mir ankam, aber Frau Mooser hatte recht: Emma hatte mich benutzt. Was dachte die sich eigentlich? Dass ich der Laufbursche war, der für sie die Kartoffeln aus dem Feuer holte?

Im Auto zog ich das Handy heraus und stellte auf »Mithören«. Emma meldete sich sofort.

»Und, hast du schon etwas herausgefunden?«, fragte sie.

»Ja, dass du eine Lügnerin bist. Es geht nicht um ein Einfamilienhaus. Ich habe das Rätsel gelöst, und ich habe auch den Umschlag gefunden. Dann kam ein Mann und hat ihn mir abgenommen.«

Ich erzählte, was der Fremde gesagt hatte, von seiner Angst, die wir teilen würden, davon, wie er mich bedrängt hatte.

»Du hast den Umschlag hergegeben?«

»Ganz genau. Weil ich nicht wusste, was sonst noch passieren würde. Ich habe Todesängste ausgestanden. Dafür verdiene ich die Wahrheit! Das bist du mir schuldig, Emma! Sonst gehe ich zur Polizei.«

Frau Mooser schien mit meiner Gesprächsführung einverstanden zu sein. Sie hob anerkennend den Daumen in die Höhe. Doch am anderen Ende blieb es still.

»Emma?«

»Es tut mir leid«, sagte Emma leise. »Ich hätte dich da nicht mit hineinziehen dürfen. Aber ich dachte ... weil du mir sowieso schon geholfen hattest ... Das Geld bekommst du natürlich trotzdem. Willst du es gleich abholen?«

Verdient hätte ich es. Brauchen konnte ich es auch. Aber auch das wollte ich nicht mehr. Emma sollte endlich ausspucken, wofür sie mich benutzt hatte.

»Um was geht es?«

Keine Antwort.

»Um Drogen?«

Die Trips auf dem Löschpapier. Frau Moosers ursprüngliche Idee.

»Um Drogen?« Emma lachte, aber es hörte sich bitter an. »Da liegst du genau richtig, es geht um eine Droge. Um eine ganz besondere Droge. Soll ich dir verraten, um was für eine?«

6

»Es ist die Droge, von der man absolut abhängig wird, ohne die man nicht mehr sein will«, sagte Emma so entschieden, als wäre es die Erkenntnis ihres Lebens. »Es geht um die große Liebe, Mila. Das ist meine Droge. Wenn du zur Polizei gehen willst, dann tu es. Aber du wirst damit nur Schaden anrichten.« Frau Mooser machte eine Handbewegung, die ich nicht ganz verstand. Vermutlich sollte ich weiter nachhaken.

»Das ist keine richtige Antwort auf meine Frage«, sagte ich.

»Doch, das ist es. Das ist die Antwort auf deine Frage. Leider liegen Liebe und Leid manchmal nah beieinander. Für seine große Liebe tut man Dinge, die man sonst nicht tun würde. Glaub mir, ich wollte dich nicht in eine solche Situation bringen. Mach's gut.«

Sie drückte das Gespräch einfach weg.

»Na super, was für ein Hinweis: die große Liebe! Was soll das bedeuten? Welche Liebe? Emmas Liebe zu Gänseblümchen?« Frau Mooser ließ den Motor an. »Dann fahren wir jetzt aufs Revier. Mal sehen, ob der Kerl, der Ihnen den Umschlag abgenommen hat, auch etwas von Liebe faselt.«

Es ließ sich nicht leugnen, Hauptkommissarin Mooser war unzufrieden. Auch ich hätte ärgerlich sein können, weil Emma mich mit Andeutungen abgespeist hatte. Aber ich war es nicht. Die große Liebe, für die man alles tun würde. Natürlich kannte ich die. Ich würde für Emilio auch alles tun. Lügen, betrügen, stehlen.

Das Krokodil murrte vor sich hin, bis wir vor dem Gebäude angekommen waren, in dem früher die Heidelberger Kripo untergebracht gewesen war. Aber auf dem Schild, das vor dem Gebäude zu sehen war, stand nur noch »Polizeirevier Heidelberg-Mitte«.

»Sind Sie und Ihre Kollegen nicht mehr hier?«, fragte ich.

»Doch, wir sind vorerst geblieben. Aber alle anderen Abteilungen sind schon in die Campbell Barracks umgezogen. Auch das Revier geht bald hier raus. Bei uns dauert es noch, es gab keine Umzugskartons mehr.« Wahrscheinlich war das einer der typischen Mooser-Witze. Ich vermutete eher, man hatte die Abteilung erst einmal dagelassen, um eine Weile Ruhe vor ihr zu haben.

Auf dem Revier landete ich bei einer jungen Beamtin, die Frau Mooser anscheinend gut kannte. Ich erstattete Anzeige gegen unbekannt wegen Nötigung. Die Tankquittung, die der Mann an der Kapelle fallen gelassen hatte, ließ ich bei ihr.

»Kümmert euch möglichst bald drum«, bat Frau Mooser. »Nach der Uhrzeit auf der Quittung hat er dort vor drei Stunden getankt. Das sollte noch nicht gelöscht sein, wenn sie eine Videoüberwachung haben.«

Danach gingen wir hoch in Frau Moosers Abteilung. An einigen der Büros standen die Türen offen, es wurde telefoniert, getippt, geredet, und durch den Flur schwebte der Geruch von Kaffee. Frau Mooser schien keinen großen Wert auf Kontakt zu den Kollegen zu legen. Selbst an Roland Alsbergers Büro, der schließlich nicht nur ihr Vertreter, sondern auch ihr Schwiegersohn war, eilte sie vorbei und schob mich in das Zimmer von Arthur Pöltz, einem guten Freund von ihr, wie ich von unseren früheren Begegnungen wusste. Ein Mann, groß und schwer wie ein Bär, der mich mit einem freundlichen Lächeln begrüßte.

»Frau Böckle, wie schön, Sie wieder einmal zu sehen! Ich hoffe, Sie sind dieses Mal völlig grundlos hier und wollen nur eine Tasse von meinem guten Kaffee schnorren?«

»Nicht ganz«, antwortete das Krokodil für mich. »Frau Böckle hat eine Anzeige aufgegeben.«

Herr Pöltz versorgte uns mit einem Kaffee, von dem jeder Tote wiederauferstanden wäre, und hörte sich unsere Geschichte an. »Alles ein wenig seltsam, was ihr da erzählt«, meinte er, als ich meinen Bericht beendet hatte.

»Seltsam oder kriminell, das ist die Frage.« Frau Mooser trank von ihrem Kaffee, dann wechselte sie abrupt das Thema. »Wie kommt ihr bei eurem Mordfall weiter?«

Herr Pöltz konnte sich ein Grinsen nicht verkneifen. »Ahnte ich doch, warum du gekommen bist. Es hätte mich sehr gewundert, wenn du nicht nachfragt hättest.«

»In der Zeitung stand, ihr geht von einem Raubmord aus?« Der große Mann schaute etwas verunsichert zu mir, ein Blick, den seine Chefin zu deuten wusste.

»Nun erzähl schon, Arthur.« Frau Moosers Ungeduld war nicht zu überhören. »Frau Böckle wird es für sich behalten, sonst kommt sie in die Arrestzelle.«

»Nein, wir gehen nicht von einem Raubmord aus.« Der Bürostuhl ächzte unter Herrn Pöltz' Gewicht, als er sprach. »Nicht wirklich. Aber es schadet nicht, wenn der Täter das denkt.«

»Oho, ihr habt eine Strategie.«

»Maria! Roland macht das alles sehr gut. Nur weil ihr Familienkrach habt, musst du nicht gleich so ätzend sein. Unser Opfer ist ein Ludwig Porchertz aus Bruchsal, achtunddreißig Jahre. Er hatte keine Brieftasche dabei, kein Handy, keinen Schlüssel. Sein Wagen stand in einiger Entfernung von dem Waldweg, auf dem die Leiche gefunden wurde. Er muss von dort aus zu Fuß weitergegangen sein. Leider hat es gedauert, bis wir den Wagen entdeckt haben und darüber seine Identität ermitteln konnten.«

Herr Pöltz nahm eine Akte, die auf seinem Schreibtisch lag, zog einige Bilder hervor und reichte sie Frau Mooser.

»Porchertz hatte zwei Einstiche im Bauch. Er ist verblutet.«

Ich hätte schon die Augen schließen müssen, um nicht zu sehen, was darauf abgebildet war: Es war die Leiche des Mannes, dessen Gesicht ich schon aus der Zeitung kannte. Allerdings lag er auf diesen Fotos nackt bis zum Bauchnabel auf einem Metalltisch. Die blutverkrusteten Stellen, an denen das Messer ihn getroffen hatte, konnte selbst ich erkennen.

»An den Händen keine Verletzungen.« Frau Mooser betrachtete eingehend die Fotos. »Das heißt, er hat sich nicht gewehrt.«

»Ja, vermutlich kannte er seinen Mörder und war mit ihm verabredet. Der Angriff muss für ihn überraschend gekommen sein. Er ist zwischen zweiundzwanzig und vierundzwanzig Uhr gestorben, da geht man nicht mehr im Wald spazieren. Leider war es an dem Abend am Königstuhl total neblig. Es waren zwar einige Gäste oben in dem Hotelrestaurant, die noch runter in die Stadt gefahren sind, aber gesehen hat niemand etwas.«

»Seid ihr schon in seiner Wohnung gewesen?«

»Da gab es nicht viel, was uns weiterhelfen würde. Allerdings haben die Kollegen in einer Plastiktüte im Schrank eine rot-gelbe Jacke und eine Kappe von einem Paketlieferdienst gefunden. Porchertz war aber arbeitslos gemeldet. Wir haben bei dem Paketdienst angefragt. Da kennt man niemanden mit dem Namen.«

»Infos aus dem Umfeld?«

»Scheint ein Einzelgänger gewesen zu sein. Die Nachbarn sagen, er habe den halben Tag im Bett gelegen und die andere Hälfte in der Kneipe gesessen. Da war er wohl tatsächlich, sobald die geöffnet hatte. In der letzten Zeit mit auffällig viel Geld. Hat Lokalrunden geschmissen und stundenlang am Automaten gespielt. Sieht aus, als hätte er einen lukrativen Nebenverdienst gehabt. Vielleicht hat er sich als Paketbote gekleidet Zugang zu Häusern verschafft, um auszuspionieren, wie er am besten einbrechen kann. Oder hat gleich etwas mitgenommen. Die Kleidung kann man im Internet bestellen, ist kein Problem.«

Frau Mooser gab Herrn Pöltz die Bilder zurück. Ich war froh, als sie wieder in der Akte verschwunden waren. Ich wollte keine Fotos von Männerbäuchen mit Messerstichen darin sehen. Nur gut, dass mich das nichts anging.

»Na, da bin ich gespannt, wie ihr weiterkommt«, verabschiedete sich Frau Mooser. »Roland soll sich melden, wenn er Hilfe braucht.«

»Richte ich ihm aus. Wusste ich doch, dass du eigentlich ein netter Mensch bist.« Und zu mir sagte Herr Pöltz leise, als Frau Mooser schon zur Tür heraus war: »Passen Sie auf sich auf, Frau Böckle. Wenn sie in dieser Stimmung ist, beißt sie auch schon mal. Aber Sie kennen das ja.«

Sobald wir in der Pension angekommen waren, klingelte Frau Moosers Handy. Sie ging sofort ran, und ich hörte ein enttäuschtes »Ach, du bist es!«, während sie die Treppe hochstieg. Inzwischen war es schon fast zwei Uhr. Hugo hatte die Zimmer gemacht, aber es gab noch genug zu tun. Unter anderem wartete ein ganzer Berg Wäsche auf mich. Nachdem ich alles endlich erledigt hatte, war der Nachmittag fast rum, und ich verkroch mich in meine Kammer.

Nicht lange darauf klopfte es, und Emilio schaute herein. »Da bist du ja.« Er kam zu mir und setzte sich auf die Bettkante. »Das mit Frau Mooser tut mir wirklich leid, Mila. Mir war nicht klar, wem ich da ein Zimmer vermiete. Wie war die VIP-Betreuung?«

Diesmal erzählte ich ihm, was passiert war. Von Emma, den Rätseln, dem Umschlag am Schloss und dem Mann an der Kapelle, der mich bedroht hatte. Vielleicht ein klein wenig dramatischer, als es gewesen war. Auf jeden Fall war Emilio entsetzt. Es tat mir gut, wenn er sich Sorgen um mich machte.

»Warum hast du uns nicht erzählt, was am Schloss passiert ist?«

»Weil ich versprochen hatte, nichts zu sagen. Aber da Emma mich belogen hat, muss ich mich auch nicht dran halten.«

»Was für eine absurde Geschichte. Nur gut, wenn die Polizei jetzt etwas unternimmt ...« Er zögerte. »... Mila ...«

Erst jetzt bemerkte ich, wie bedrückt Emilio aussah.

»Was denn?«

»Hugo und ich ... wir hatten heute einen Riesenkrach. Ich

bin in die Küche gekommen, und Hugo stand da, mit meinem Smartphone in der Hand. Ich konnte merken, dass ihm das total peinlich war. Als ich ihn gefragt habe, was das soll, hat er gesagt, er wollte nur das Display putzen.«

Emilio fuhr sich mit der Hand durch das dichte schwarze Haar.

»Weißt du, mein Ex Caspar hat ständig in meinem Handy rumgeschnüffelt. Der hat mich andauernd kontrolliert. Ich will nicht noch einmal in so einer Beziehung landen.«

Das war der Anfang vom Ende! Misstrauen. Der rosarote Honeymoon war vorbei, der graue Beziehungsalltag fing an. Vielleicht wurden meine Gebete doch noch erhört, und die beiden trennten sich.

»Hugo war stinksauer, weil ich ihm unterstellt habe, er hätte meine Nachrichten gecheckt. Ich meine, er kennt meine PIN, das wäre überhaupt kein Problem. Er war so sauer, dass ich Zweifel bekommen habe, ob ich ihm nicht Unrecht tue. Was meinst du dazu? Du kennst ihn viel länger als ich.«

Was ich dazu meinte? Hugo war ziemlich zwanghaft, und Putzen war seine Leidenschaft. Wenn Hugo erst einmal anfing, mit dem Wischmopp durch die Etagen zu fegen, hörte er nicht mehr auf, bis die letzte Staubflocke aus der allerletzten Ecke verschwunden war. Deshalb war das Putzen in der Pension eigentlich auch mein Job. Ja, ich konnte mir vorstellen, dass Hugo nur das Display reinigen wollte. Ich konnte es mir sogar sehr gut vorstellen. Eine Weile lang hatte er jedes Mal, wenn er sein Notebook aufklappte, erst einmal lange und gründlich mit einem Speziallappen den Bildschirm bearbeitet. Und was sagte ich?

»Ich halte mich da lieber raus. Das ist eure Angelegenheit.«

Was war ich nur für eine egoistische Zicke! Ließ meinen besten Freund in einem falschen Licht dastehen. Dafür kam ich bestimmt in die Hölle.

»Ja, da hast du wahrscheinlich recht. Vielleicht geht mich das auch nur deshalb so an, weil ich meinen Ex gestern hier in der Stadt getroffen habe. Das hat die ganze alte Geschichte wieder aufgewühlt.«

Emilio erzählte mir von Caspar, von dem er erst geglaubt hatte, er wäre die Liebe seines Lebens, bis er Hugo traf und wusste, dass er sich geirrt hatte. Dann schwärmte er lange und ausgiebig von Hugo, sodass meine Hoffnung, es könnte eine ernsthafte Krise geben, wieder etwas zusammenschmolz. Aber immerhin, er saß bei mir. Und jede dieser Sekunden war kostbar.

Erneut klopfte es. Ich hatte nicht einmal Zeit, »Herein« zu sagen, da steckte das Krokodil schon den Kopf ins Zimmer.

»Habe ich doch richtig gehört, dass Sie beide hier sind.«

Mir war, als hätte sie mich dabei erwischt, wie ich mir nachts in der dunklen Küche einen Löffel Nutella in den Mund schob. Die Wärme kroch an meinem Hals hoch bis zum Haaransatz. Bestimmt war ich puterrot. Zum Glück reagierte Emilio an meiner Stelle.

»Brauchen Sie etwas?«, fragte er.

Frau Mooser kam herein und schaute sich um.

»Auch ein hübsches Zimmer«, bemerkte sie.

»Ja, aber leider ein bisschen klein«, erwiderte ich. »Es passt immer nur ein Besucher rein.«

»Kein Problem. Ich wollte nicht lange stören. Ich bin nur gekommen, um zu berichten, dass die Tankquittung ein Erfolg war. Das Nummernschild war auf der Videoaufzeichnung gut zu erkennen, sie haben den Halter des Wagens ermitteln können. Der Mann heißt Hannes Freutner. Er ist in Wiesloch gemeldet. Die Kollegen haben zugesagt, ihn sobald es geht vorzuladen. Ich dachte, es interessiert Sie vielleicht. Also …«, sie schaute noch einmal von Emilio zu mir, »bis später dann.«

Frau Mooser ging. Emilio gleich darauf. Mein kleines Glück war schon wieder vorbei.

Am Abend trieb mich der Hunger in die Küche. Ich machte mir ein Käsebrot und setzte mich an den Tisch. Kurz darauf enterte das Krokodil die Küche. Frau Mooser nahm sich Tee aus der Thermoskanne und setzte sich ungefragt zu mir. »Ihre beiden Kollegen sind zu einem Spieleabend gegangen. Es könnte spät werden.«

Na prima, immerhin wusste einer Bescheid, was hier los war.

»Ist Ihnen schon etwas zu Emmas großer Liebe eingefallen?«, fragte sie.

»Nein«, antwortete ich knapp.

Meine Lust auf eine Plauderei mit einer Hauptkommissarin beim Abendbrot ging gegen null.

»Wie sieht es denn bei Ihnen aus mit der großen Liebe? Läuft nicht gut, was?«

Ihre Frage traf mich völlig unerwartet. Was sollte das jetzt? Am besten, ich bot erst gar keine Angriffsfläche.

»Alles paletti. Ich bin gerade solo und genieße es.«

»Soso.« Frau Mooser nahm zwei Stück Zucker aus der Dose und ließ sie in ihren Becher fallen. »Also, wenn ich das richtig mitbekommen habe, dann sind Hugo und Emilio ein Paar.«

Was ging die das an? Aber bitte, das war kein Geheimnis, wenn sie darüber reden wollte, kein Problem.

»Ja, sind sie. Und die beiden sind sehr glücklich miteinander.«

»Warum hängen Sie Ihr Herz an einen Mann, der offensichtlich schwul ist?«

»Was soll das heißen?«

»Na, dass Sie in Emilio verliebt sind, ist nicht zu übersehen. Dafür muss man nicht einmal bei der Kripo sein.«

»Das stimmt nicht!«

Nein, ich würde ihr jetzt nicht erzählen, dass Emilio Männer und Frauen liebte. Das ging sie nichts an. Das alles ging sie überhaupt nichts an.

»Wenn es Sie tröstet, in meinem Leben sieht es im Moment auch nicht besonders rosig aus.« Sie holte sich einen Teelöffel aus der Besteckschublade. »Meine Tochter hat mich von unse-

rem geplanten Urlaub wieder ausgeladen. Wir hatten einen ...
sagen wir mal ... eine Meinungsverschiedenheit. Nur weil ich
dem Kleinen eine Mütze für den Urlaub gestrickt habe. Vera
fand, sie kratzt, und wollte sie nicht mitnehmen ... Na ja,
vielleicht ging es auch nicht nur um die Mütze«, schob sie
hinterher. »Meine Tochter findet, ich mische mich zu viel ein.
Aber was soll ich denn tun, immer nur den Mund halten? Sie
möchte eine Beziehungspause. Wozu soll das gut sein? Sie soll
sich lieber mit mir streiten, wenn sie sich über mich ärgert, aber
nein, jetzt haben wir eine Pause. Nicht einmal telefonieren will
sie mit mir. Ich habe sogar meine Freundin Bea eingeschaltet,
damit sie vermittelt, aber Vera hat sie abblitzen lassen. So sieht
es bei mir aus.«

Sie trank von ihrem Tee, müde, nachdenklich, traurig.

»Es ist genauso, wie Emma gesagt hat, Liebe und Leid liegen verdammt nah beieinander. Ob man nun will oder nicht.
Liebe ohne Leid gibt es meistens nur eine begrenzte Zeit lang.
Aber ich weiß, es gibt sie, und solange das so ist, sollte man sie
in vollen Zügen genießen. Hängen Sie Ihr Herz nicht an eine
aussichtslose Liebe, Mila. Dafür ist das Leben zu kurz.«

Inzwischen hatte ich mein Käsebrot vertilgt. Frau Mooser
nahm ihren Becher und das Holzbrettchen, von dem ich gegessen hatte, und brachte die Sachen zur Spüle, in der noch
allerlei schmutziges Geschirr stand.

»Gehen Sie nur. Ich mach heute die Küche klar.«

Ich nahm ihr Angebot an. Tatsächlich hatte das Krokodil
mich getröstet, denn es hatte mindestens so viel Liebeskummer
wie ich, nur mit einer anderen Liebe.

Bevor ich hoch in meine Kammer stieg, schaute ich wie jeden
Abend in das Zimmer, das zur Gasse hin lag, um dort die Holzläden zu schließen. Es war ein Raum, den wir nie vermieteten,
weil hier Hugos Tante Rosel schlief, wenn sie zu Besuch kam.

Ich öffnete das Fenster, und die Geräusche der Stadt
strömten herein. Weit entfernte Stimmen, ein Auto, das auf

der Querstraße am Ende der Gasse vorbeifuhr. Es dämmerte schon, aber das Auge auf der Hauswand gegenüber war noch gut zu erkennen. Zwei, drei Meter daneben lehnte eine dunkel gekleidete Gestalt an der Mauer, den Kopf gesenkt. Es sah fast aus, als würde sie im Stehen schlafen. Ich beugte mich hinaus, um die Holzläden einzuholen. Plötzlich bewegte sich die Gestalt, eine Hand in die Jackentasche geschoben. Sie lief auf unser Haus zu, zog die Hand hervor und holte aus. Ich sah noch, wie etwas durch die Luft flog, direkt auf mich zu. Es rauschte durch das offene Fenster knapp über meinen Kopf hinweg ins Zimmer. Hinter mir splitterte Glas.

Ich blieb stehen, starr vor Schreck.

Gleich darauf stürmte Frau Mooser herein. »Was ist passiert?«

Das große Bild über Rosels Bett hing schief. Das Glas im Rahmen war in tausend Stücke zerborsten.

»Mila! Was ist passiert?«

»Jemand hat etwas ins Zimmer geworfen.«

»Weg vom Fenster! Auf die Knie! Sofort!«

Ich ging auf alle viere. Frau Mooser lief hinaus und tauchte gleich darauf auf der anderen Seite des Fensters wieder auf.

»Hier auf der Gasse ist niemand. Haben Sie gesehen, wer das war?«

»Nein, nicht genau. Er lehnte gegenüber an der Wand, neben dem Auge.«

»Machen Sie zu, ich komme wieder rein.«

Ich schloss die Läden und das Fenster. Dann sah ich mich um. Irgendetwas musste hier drin sein, das nicht hergehörte. Unter dem Bild stand Rosels Bett. Die hellblaue Decke darauf war von Scherben übersät. Überall lagen die Splitter, bis in die Mitte des Zimmers hinein – und vor dem Bett ein grauer Stein, der das Bild getroffen hatte und abgeprallt war. Ich hob ihn auf und drehte ihn ungläubig in der Hand, bevor ich ihn wieder zurücklegte. Als müsste ich ihn einmal anfassen, um zu begreifen, dass das wirklich passiert war. Ein Stein, dick wie eine Faust, den mir jemand entgegenschleudert hatte. Wie krank war das denn?

Frau Mooser kehrte zurück und blickte mit ernstem Gesicht auf den Stein und den Scherbenhaufen auf dem Bett.

»Ein Glück, dass Sie den nicht an den Kopf bekommen haben.«

»Glauben Sie, der sollte mich treffen?«

»Wonach sah es denn für Sie aus?«

»Ich weiß nicht … Es ging alles so schnell.«

»Können Sie die Person beschreiben, die den Stein geworfen hat?«

Ein Mensch, eher schlank als korpulent, eher Mann als Frau, nicht besonders groß, nicht besonders klein, dunkel gekleidet, mit einer Kapuze über dem Kopf. Das war alles, was ich sagen konnte.

»Ist so etwas schon mal vorgekommen?«

»Nein, aber ab und zu randalieren nachts Betrunkene auf der Gasse.«

In der Heidelberger Altstadt ging es leider nicht immer friedlich zu, vor allem nicht am Wochenende.

»Das Auge auf der Hauswand gegenüber, habe ich das übersehen, als ich herkam, oder ist das neu?«, fragte Frau Mooser.

»Das ist neu. Das ist erst seit zwei, drei Tagen da.«

»So ein Stein liegt nicht einfach auf der Gasse rum.« Frau Mooser stieß so vorsichtig mit der Schuhspitze dagegen, als wäre er eine Bombe. »Das war geplant. Das ist nicht gut.«

Es war schon klar, dass es nicht gut war, wenn ein Stein ins Zimmer flog. Aber so wie Frau Mooser es sagte, hörte es sich an wie eine Prophezeiung. Als hätte sich gerade das Tor zur Hölle geöffnet. Zumindest für mich.

»Was meinen Sie damit?«

»Hier drinnen war Licht. Wer draußen stand, konnte genau sehen, dass Sie es waren, die das Fenster schloss. Da hat jemand auf eine Gelegenheit gewartet. Und auf Sie.«

»Ach was.« Das konnte gar nicht sein. »Da hat sich jemand

abreagiert. Irgendeiner, der bei uns gewohnt und sich über etwas geärgert hat.«

Es gab immer wieder einmal Zoff. Weil ein Gast meinte, nicht zahlen zu müssen, wenn er nur genug herummeckerte, oder unsere Handtücher verschwinden ließ und damit auffiel, bevor er aus dem Haus war. In solchen Fällen konnte Hugo sehr unangenehm werden.

»Jetzt schließen wir erst einmal die Haustür ab.« Frau Kommissarin erteilte Anweisungen. »Das wird ab heute zur Regel, verstanden?«

Ich tat, was sie wollte, schloss die Haustür ab und ging in die Küche. Ich brauchte jetzt einen Schnaps, am besten mit ein paar Tranquilizern drin.

Frau Mooser telefonierte im Flur. Ich schnappte etwas auf von »Streife« und »Umgebung abfahren«. Dann gab sie meine Beschreibung des Steinewerfers durch. Bis sie zu mir kam, hatte ich schon ein halbes Wasserglas Ouzo intus.

»Sagen Sie, Mila, haben Sie vielleicht am Schloss jemanden gesehen, der Sie beobachtet haben könnte?«

Ich schüttete mir noch etwas Ouzo ein. Der Anisgeruch stieg mir in die Nase. Wie bei den Bonbons, die Flo mir als Kind in Ülske auf der Kirmes gekauft hatte. Glückliche Zeiten. Da hatte noch niemand mit Steinen nach mir geworfen. Vielleicht mal mit einer Handvoll Mist, aber das war es auch.

»Sie glauben, dass jemand mit einem Stein nach mir wirft, hat mit dem Umschlag zu tun, den ich geholt habe? Noch ein Mitspieler, der sauer auf mich ist?«

»Keine Ahnung. Aber kurze Zeit nachdem Sie für Emma auf dem Schloss waren, malt jemand dieses Auge an die Wand gegenüber, das aussieht, als würde es hier rüberschauen. Heute Abend wirft man mit einem Stein nach Ihnen.«

»Da hat sich jemand über uns geärgert. Der hätte den Stein auch nach Hugos Kopf geworfen.«

Dass es mich getroffen hatte, war Zufall. Sonst nichts. Auf dem Stufenweg in die Stadt hinunter war dieser Jogger gewesen. Okay. Aber der hatte mich nicht verfolgt, der hatte mich überholt.

»Da war nur ein Jogger, aber der ist an mir vorbeigelaufen.«

»Können Sie ihn beschreiben?«

»Nein. Der war verpackt wie eine Mumie. Nachdem er mich überholt hatte, habe ich ihn auch nicht mehr gesehen.«

Ich nahm die Flasche Ouzo und mein Glas.

»Ich geh hoch«, sagte ich. »Gute Nacht.«

»Schlafen Sie gut, Mila. Und trinken Sie nicht zu viel.«

In meiner Dachstube setzte ich mich aufs Bett und kippte den Rest Ouzo aus der Flasche in mein Glas. Ich weigerte mich zu glauben, dass der Steinewerfer etwas mit den Rätseln zu tun hatte. Dass ich gemeint war. Wie sollte ich dann noch jemals das Haus verlassen? Ich Angsthase Mila Böckle. Das wäre mein Untergang, dann würde ich aus den Panikattacken gar nicht mehr herauskommen. Nein, es war Zufall, dass es mich erwischt hatte. Es hätte genauso gut Emilio oder Hugo treffen können.

Nur Zufall. Mehr nicht.

Den Zweifel, der blieb, spülte ich mit dem Ouzo hinunter.

Dass Schlierbach in einem der Rätsel vorkommt, war mir ein besonderes Vergnügen. Nein, es war sozusagen ein Muss. Schlierbach, ein Ortsteil von Heidelberg! Was für ein Verbrechen, das nicht zu wissen. Jetzt weiß ich es.

Der Gutleuthof und die Kapelle, das passt auch. Das zweite Rätsel schließt nahtlos an das Hexenrätsel an, denn die Hexen mussten im Gutleuthof wohnen, falls sie die Folter überlebten. Ausgestoßen von der Gesellschaft, so wie die Leprakranken, die für tot erklärt wurden, bevor sie dorthin abgeschoben wurden. Wahrscheinlich ist so eine Hexe dann am Ende an der Lepra gestorben. Wie praktisch, so wurde man sie doch noch los. Überhaupt war das eine tolle Möglichkeit, sich lästiger Zeitgenossen zu entledigen. Es gab sechzehn Kriterien, nach denen entschieden wurde, ob jemand an Lepra erkrankt war. Hatte man »ein zorniges Gemüt« oder bekam bei einem Luftzug eine Gänsehaut? Glasklar, das kam von der Lepra! Geprüft von einem Gremium der Heidelberger Universität bei der Lepraschau. Und dann ab damit zum Gutleuthof nach Schlierbach! So habe ich noch etwas gelernt, während ich mir überlegte, wo ich den nächsten Code verstecke.

Eine Lepraschau! Wenn ich in diesem Gremium gesessen hätte, was wären das für Möglichkeiten gewesen! Ich hätte alles getan, um da hineinzukommen. Ich weiß schon, wer dann im Gutleuthof gelandet wäre. Dann hätte ich Macht gehabt, viel Macht. Macht über Leben und Tod. Aber jetzt habe ich auch Macht, viel Macht!

Und nein, ich vergesse nie mehr, dass Schlierbach ein Stadtteil von Heidelberg ist.

7

Am nächsten Morgen kroch der Klingelton des Weckers in die allerletzte Windung meines Gehirns, schrill und unerträglich. Es war sieben, ich musste runter, das Frühstück machen. Ich setzte mich auf, und sofort wurde mir schlecht. Der Geruch von gebratenem Speck stieg aus dem Treppenhaus hoch. Ich konnte nicht aufstehen, unmöglich. War auch nicht nötig. Da unten machte jemand meinen Job. Bestimmt das Krokodil.

Ich legte mich wieder ins Bett. Wer schlief, musste auch nicht an fliegende Steine denken. Doch im Traum hörte ich sie an meine Zimmertür prallen. Poch, poch, poch. Ich versank in einem Wirrwarr aus Bildfetzen, trudelte ab und zu an die Oberfläche, tauchte wieder ab, bis jemand hereinkam.

»Guten Morgen.« Das Krokodil stand an meinem Bett, noch bevor ich es geschafft hatte, die Augen aufzumachen. »Oder, besser gesagt, guten Mittag. Es ist schon nach zwölf, und es gibt Neuigkeiten.«

Immerhin, mir war nicht mehr ganz so übel, aber das Licht schien so grell durch das Dachfenster, dass ich mir die Hand über die Augen halten musste.

»Sie hätten besser auf mich hören sollen.« Frau Mooser verschränkte die Arme und sah von oben auf mich herab. »Wie schön, dass Sie jetzt wieder unter den Lebenden weilen. Ich war schon zweimal an Ihrer Tür und habe geklopft.«

Ich hatte nichts gehört und hätte gern auch jetzt nichts gehört. Vielleicht verschwand sie, wenn ich sie ignorierte. Aber sie verschwand nicht. Sie redete so laut, dass es in meinem Kopf hallte.

»Dieser Hannes Freutner, den man über die Tankquittung ausgemacht hat, ist gleich für heute Morgen einbestellt worden. Er ist auch pünktlich erschienen und hat zugegeben, dass er an der Kapelle war. Freutner behauptet, alles sei völlig harmlos. Ein Spiel für Erwachsene, das ähnlich funktioniert wie eine Schnitzeljagd. Die Tatsache, dass er Sie bedrängt hat, um an den Umschlag zu kommen, sei seinem krankhaften Ehrgeiz zuzuschreiben.«

»Könnten Sie ein bisschen leiser reden?«

»Ich flüstere doch schon.«

Ich glaubte, das Krokodil grinste hämisch. Aber so genau konnte ich es nicht erkennen.

»Er hat ausgesagt, dass er keine Emma Brixener kennt. Den Umschlag hätte er vernichtet, aber immerhin hat er das neue Codewort verraten: DJ Ötzi. Mehr wollte er nicht sagen. Er hätte sein Ehrenwort gegeben, die näheren Umstände des Spiels für sich zu behalten. Eine reine Privatsache. Hören Sie mir zu?«

»Klar doch«, stöhnte ich.

»Freutner will sich bei Ihnen entschuldigen. Er würde Ihnen auch eine Entschädigung zahlen. Vermutlich will er Sie überreden, die Anzeige zurückzuziehen.«

»Na dann.« Ich drehte mich zur Wand. »Ist doch alles gut.«

Keine weiteren Rätsel, dafür ein Nachmittag im Bett. Das Leben konnte so schön sein.

»Er lügt«, sagte Frau Mooser. »Genau wie Ihre Emma. Harmloses Spiel, Erbe gesucht, die große Liebe. Die beiden lügen, sobald sie den Mund aufmachen. Das sagen mir über vierzig Jahre Berufserfahrung. Was unternehmen wir jetzt, Sherlock?«

Gar nichts. Ich würde im Bett liegen bleiben.

»Ich habe den Stein abholen lassen, er wird auf Fingerabdrücke untersucht. Hugo und ich haben alles geregelt, Sie waren ja nicht aus Ihrem Alkohol-Koma erweckbar. Aber bis ein Ergebnis kommt, wird es dauern, das hat keine Priorität. Tja, so ist das. Überall Personalknapp...«

»Sind Sie leise, wenn ich sage, was wir heute machen?«, würgte ich sie ab.

»Möglicherweise«, antwortete das Krokodil.

Ich musste mir etwas einfallen lassen. Irgendetwas, bei dem sie beschäftigt war und ich weiterschlafen konnte. Eigentlich wollte ich mit Emma nichts mehr zu tun haben, aber etwas Besseres kam mir auf die Schnelle nicht in den Sinn.

»Sie beobachten, ob Emma das Haus verlässt. Vielleicht geht das Spiel noch weiter.«

»Die Vermutung hatte ich auch schon. Aber glauben Sie wirklich, Emma Brixener verlässt das Haus? Sie haben doch erzählt, dass sie kaum laufen kann.«

»Dann beobachten Sie eben diesen Freutner oder wie auch immer er heißt.«

»Na gut, könnte man machen. Dann stehen Sie mal auf.«

»Ich bleibe hier.«

»Glauben Sie, ich hocke mich stundenlang allein ins Auto? Sie stehen jetzt auf, sonst bleibe ich hier und rede den ganzen Tag weiter. Habe ich Ihnen eigentlich schon von meinem Enkel erzählt? Diese tolle Mütze, die ich ihm gestrickt habe. Natürlich aus reiner Wolle, nicht irgendeine Plastikfaser. Eine Mütze ist am Meer unbedingt notwendig. Vor allem für die ganz Kleinen. Sonst gibt es schnell eine Mittelohrentzündung. Und einen Pulli habe ich ihm auch gekauft. Und so eine kleine Ausstattung für den Strand. Also Schäufelchen, Harke und Förmchen. Ein Seestern-Förmchen, ein Auto-Förmchen, ein Enten-Förmchen, ein …«

Mit jedem Förmchen wurde sie lauter.

»Ja, ist gut! Ich stehe auf.«

Ich war einfach zu schwach, um länger Widerstand zu leisten. Ich würde im Auto weiterschlafen.

Eine halbe Stunde später hatte ich mich angezogen und ungefähr einen Liter Wasser getrunken, der in meinem Bauch hin und her schwappte. Etwas anderes bekam ich nicht runter. Ich sah kurz in Rosels Zimmer. Der Stein war verschwunden, genauso wie die Scherben auf der Bettdecke. Hugo und Emilio waren zum Baumarkt unterwegs, Hugo hatte einen Zettel am Pinnbrett im Flur hinterlassen.

»Arthur ruft uns an, wenn die Fingerabdrücke auf dem Stein was hergeben.« Schon wieder stand Frau Mooser direkt hinter mir, und ich hatte sie nicht kommen hören. »Ich habe jetzt auch Freutners Adresse. Wir können fahren.« Wahrscheinlich trug sie Schuhe mit besonders weichen Gummisohlen, um sich lautlos anschleichen zu können.

»Hugo und Emilio waren sehr besorgt nach dem, was gestern Abend passiert ist«, erklärte sie. »Ich konnte Emilio gerade noch davon abhalten, in Ihr Zimmer zu gehen. Ich musste ihm wohl oder übel erzählen, dass Sie Ihren Rausch ausschlafen und nicht ansprechbar sind.«

Das war gemein. Einfach nur gemein. Hätte ich Emilio an der Tür gehört, wäre ich bestimmt aufgewacht. Wir gingen zum Auto, und das Krokodil gab tatsächlich Ruhe. Während der Fahrt musste ich ab und zu die Augen schließen. Die schnell vorbeiziehenden Bilder wirkten sich nicht gut auf meinen Magen aus.

Eine Weile fuhren wir auf der B 3 Richtung Süden. Dann ging es auf einer lang gezogenen geraden Straße weiter, bis wir einige Male abbogen und schließlich in ein Wohnviertel mit Einfamilienhäusern kamen. Frau Mooser spähte nach den Hausnummern.

»Das ist es.« Sie deutete auf ein gelb gestrichenes Haus, vor dessen Garage ein schwarzer Golf stand.

Das Viertel war wohl das, was man ein »gepflegtes Wohnumfeld« nannte. Hier reihten sich Vorgärten mit Blumenrabatten und kurz gehaltenem Rasen aneinander. Freutners Grundstück allerdings passte nicht ganz ins Bild. Das Gras vor dem Haus war recht lang, und hier und da sah man darin weiß-gelbe Blütentupfen.

An der halbhohen Mauer zur Straße hin war ein Schild angebracht: »Design & Graphik/Hannes Gereon Freutner«. Frau Mooser parkte in einiger Entfernung vom Haus, dann nahm sie die Rolle mit den Pfefferminzbonbons, die in der Mittelkonsole lag, und schälte das silberne Papier ab.

»Wenn wir Pech haben, dauert es ein paar Tage, bis das Spiel weitergeht. Aber Sie haben es so gewollt, Sherlock.«

»Was, wenn er uns sieht?«

»Keine Sorge, wir halten genug Abstand. Möchten Sie?«

Sie hielt mir die Pfefferminzrolle hin. Der Geruch erinnerte mich an den Schnaps von gestern Abend.

»Nein, danke.« Bloß nicht.

Es roch so stark nach Pfefferminz, dass mir wieder ganz flau wurde. Ich drehte die Rückenlehne runter, sodass ich halb zum Liegen kam, und schloss die Augen. Beschäftigungstherapie für eine gelangweilte Kommissarin im Zwangsurlaub. Dabei hätte ich jetzt bei einem Kaffee mit Emilio in der Küche sitzen und mich wegen des Steinwurfs bedauern lassen können.

»DJ Ötzi. Weshalb sind die Codewörter DJ Ötzi und Lewis Carroll?« Das Krokodil hatte das Smartphone rausgeholt und schien etwas nachzuschauen. »Das muss doch irgendeinen Sinn ergeben. Da macht sich doch nicht jemand so viel Mühe mit den Rätseln und nimmt dann x-beliebige Codewörter.«

Aus den Augenwinkeln sah ich, dass Frau Mooser auf dem kleinen Display herumtippte.

»Lewis Carroll soll Drogen genommen haben. Bei DJ Ötzi finde ich nichts von Drogen. Aber hier ist ein Bericht: ›Epilepsie, Depression und Obdachlosigkeit. Das schwere Leben von DJ Ötzi‹. Nein … nichts von Drogen. Da steht auch nichts … Da auch nicht. DJ Ötzi und seine große Liebe Sonja …«

Es hatte eine ähnliche Wirkung auf mich, als würde sie mir ein Märchen vorlesen. Ich dämmerte langsam weg, doch irgendwann rüttelte sie mich wieder wach.

»Sehen Sie! Es tut sich etwas!«

Vor dem Haus von Hannes Freutner hatte ein Kleinwagen gehalten. Ein Mann stieg aus, lief um das Auto herum und holte etwas aus dem Kofferraum. Mit einem Pizzakarton in der Hand ging er zur Tür und klingelte.

»Vielleicht lässt er sich den nächsten Umschlag liefern.« Ich sank wieder zurück auf den Sitz. »Margherita mit extra Käse und Codewort.«

Aber es dauerte nicht lange, bis Frau Mooser mich erneut anstieß.

»Er bekommt Besuch.«

Diesmal war der Wagen deutlich größer. Ein Passat hatte vor dem Haus geparkt. Eine rundliche Frau mit blondem Pagenkopf stieg aus und öffnete eine der hinteren Türen. Es dauerte einen Moment, dann kletterte ein Kind heraus, mit einem kleinen Kissen unter dem einen und einem Teddy unter dem anderen Arm. Ein Junge mit dunklen Haaren, vielleicht drei oder vier Jahre alt. Die Frau holte eine Tasche aus dem Wagenfond und nahm das Kind bei der Hand. Doch der Junge hatte wohl keine Lust mitzukommen. Die blonde Frau bückte sich und redete auf ihn ein, der Kleine begann zu weinen. Als sie an seinem Arm zog, fing er an zu schreien, stampfte mit dem Fuß auf und ließ Teddy und Kissen einfach fallen. Ein Dreikäsehoch im besten Trotzalter. Die genervte Mutter stellte die Tasche ab und nahm das widerstrebende Kind auf den Arm. Tasche, Kissen und Teddy blieben vorerst auf dem Gehweg liegen. Während der Kleine auf ihrem Arm herumzappelte und schrie, klingelte sie an der Tür. Kurz darauf erschien dort der Mann, der mich an der Kapelle in Angst und Schrecken versetzt hatte: Hannes Freutner.

Ich beugte mich so weit vor, dass ich fast mit der Nase an die Frontscheibe stieß, und kniff sogar die Augen zusammen, um besser sehen zu können.

»Was ist denn?«, fragte Frau Mooser.

Vielleicht hätte ich aus der Entfernung nicht gleich erkannt, was der Teddy um den Kopf hatte. Aber ich hatte so einen Teddy schon einmal gesehen, deshalb war mir klar, dass es keine weiße Mütze war. Es war ein Verband. Und er hatte ein weißes Hemdchen mit einem roten Aufdruck darauf an.

Die Frau kam zurück, holte Kissen, Teddy und Tasche.

»Den kenne ich.«

»Den Jungen?«

»Nein, den Teddy. So einen hat auch Paulina, die Tochter von Emma. Der sieht genauso aus. Das, was der um den Kopf hat, ist ein Verband. Als ich dort war, hat Paulina ihn aus einer ihrer Spielzeugkisten gezogen. Auf dem Hemdchen stand etwas drauf. In roter Schrift. Genau wie bei dem da.«

Die Kleinfamilie war im Haus verschwunden.

Ich versuchte, mich zu erinnern. Lönneberga. Nein, das war ein kleiner Ort in Schweden. Lönnborg. Lönneborn. Lörbär.

»Lörberg. Ich glaube, da stand Lörberg drauf. Das ist doch seltsam, dass der Junge den gleichen hat.«

»Vielleicht sind die jetzt in Mode. Lörberg könnte der Hersteller sein«, spekulierte Frau Mooser. »Mein Enkel hat auf jeden Fall keinen davon.«

Es dauerte nur zwei Minuten, und wir wussten dank Google, dass Lörberg kein Spielzeugfabrikant war. Lörberg war eine Fachklinik für Epilepsie, die im Kraichgau lag, einem Gebiet zwischen Heidelberg, Karlsruhe und Heilbronn. Das Land der tausend Hügel, wie ich einmal von einem Gast gehört hatte.

»Spezialisiert auf Epilepsie«, verkündete Frau Mooser. »Erinnert Sie das an jemanden?«

Ich hatte keine Ahnung, worauf sie hinauswollte.

»Sie sollten mir zuhören, statt zu schlafen, dann wüssten Sie es. Epilepsie! DJ Ötzi hat als Kind und Jugendlicher unter epileptischen Anfällen gelitten. Lewis Carroll angeblich auch. Es heißt, dass er in ›Alice im Wunderland‹ die Wahrnehmungsverzerrungen schildert, die als Vorläufer eines epileptischen Anfalls auftreten.«

»Ich dachte, der hätte Drogen genommen.«

»Ja, das ist die andere Erklärung für die sonderbaren Erlebnisse der kleinen Alice.«

Auf der Website der Klinik fanden wir auch eine Rubrik »Für Angehörige«. Dort wurde eine Elterngruppe vorgestellt, die zusammen Freizeitaktivitäten organisierte, Spenden sammelte, Sommerfeste veranstaltete und anbot, anderen Betroffenen mit Rat und Tat zur Seite zu stehen. Es war ein Foto abgebildet, das die Gruppe zeigte. In der ersten Reihe stand Emma Brixener, die mit ihren roten Haaren und einer grünen Jacke gleich auffiel. Wenn sie lächelte, so wie auf dem Foto, sah Emma ausgesprochen hübsch aus. Hannes Freutner war nicht dabei. Aber es gab andere Fotos, Aufnahmen von einem gemeinsamen Besuch in einem Streichelzoo. Auf einem davon entdeckten wir Hannes Freutner vor einem Esel-Gehege, neben ihm ein Junge mit dunklen Haaren.

»Na, sieh mal einer an.« Ein kleiner Triumph schwang in Frau Moosers Stimme mit. »Frau Brixener und Herr Freutner. Beide in der Elterngruppe der Klinik Lörberg. Dabei kennt Herr Freutner Frau Brixener angeblich nicht.«

Es gab weitere Fotos, doch Hannes Freutner tauchte nicht mehr auf. Frau Mooser schaute sie mindestens dreimal durch.

Die Tür am gelb gestrichenen Haus öffnete sich wieder. Die Frau, die den widerstrebenden Jungen ins Haus gebracht hatte, kam allein heraus, stieg in ihr Auto und fuhr davon.

»Ich könnte jetzt gut ein Stück Kuchen vertragen. Wie es aussieht, ist Herr Freutner vorerst damit beschäftigt, auf den Knirps aufzupassen.« Frau Mooser ließ den Wagen an. »In der Klinik Lörberg gibt es bestimmt eine Cafeteria.«

Wir brauchten eine gute halbe Stunde bis zur Klinik. Sie war in einem modernen, weiß gestrichenen Gebäude untergebracht. In den Fenstern im unteren Stockwerk klebten Schmetterlinge aus Papier, die mit viel Sorgfalt bunt ausgemalt worden waren. Eine blaue Sitzgruppe lud in der geräumigen Eingangshalle dazu ein, sich zum Schwätzchen niederzulassen, und ein Strauß mit Sonnenblumen auf einem Beistelltisch sorgte für einen Farbtupfer.

Solange ich im Auto gesessen hatte, war ich mit meinem Restalkohol im Blut ganz gut zurechtgekommen. Jetzt fühlten sich meine Beine an, als wären sie aus Gummi. Ich versuchte, mir nichts anmerken zu lassen, aber ich war heilfroh, dass wir mit dem Aufzug in den ersten Stock fuhren. Dort, so hatte Frau Mooser an der Anmeldung erfahren, würden wir Pflegerin Luise antreffen, die uns etwas über die Angehörigengruppe erzählen konnte.

Die dunklen Haare zum Zopf gebunden und mit einem freundlichen Lächeln kam Luise uns entgegen.

»Sie sind wegen der Angehörigengruppe hier? Frau Baltmann hat mir schon Bescheid gegeben. Kommen Sie mit, ich gebe Ihnen unser Infomaterial. War Ihr Kind schon einmal bei uns in der Klinik?«

Sie schaute mich an, was nur logisch war, denn Frau Mooser kam wohl eher als Großmutter in Betracht. Bevor ich mich von der Überraschung erholt hatte, plötzlich Mutter zu sein, schaltete sich Frau Mooser ein und ersparte mir eine Lüge.

»Ist das Voraussetzung dafür, dass man an der Angehörigengruppe teilnehmen kann?«

»Nein, die Gruppe ist offen für alle.«

Wir folgten Pflegerin Luise in eine Art Aufenthaltsraum.

»Einige Eltern treffen sich hier regelmäßig freitagabends, aber man kann auch nur an den Freizeitaktivitäten teilnehmen.«

Luise öffnete die Schiebetür an einem Sideboard und gab uns zwei Flyer.

»Großeltern sind natürlich auch herzlich willkommen.«

»Ich bin nur eine Bekannte von Frau Böckle.« Frau Mooser sah interessiert in den Flyer. »Mila, Sie kennen doch jemanden, der hier mitmacht?«

»Ja, Emma Brixener und ihre Tochter Paulina«, antwortete ich. Das war schließlich nicht gelogen.

»Oh, Frau Brixener.« Luises Gesicht hellte sich auf. »Die hat einiges auf die Beine gestellt. Und sehr viel für die Klinik getan. Für manches bin ich ihr heute noch sehr, sehr dankbar. Aber die ist nicht mehr dabei.«

»Und wir kennen noch jemanden«, ergänzte Frau Mooser.
»Hannes Freutner.«

»Der kommt auch schon eine Weile nicht mehr.«

»Ach, wie schade.« Frau Mooser faltete den Flyer wieder zusammen und fragte beiläufig:»Waren die beiden eigentlich zur gleichen Zeit mit dabei?«

»Zumindest überschneidend.« Die arglose Luise bückte sich erneut und suchte im Sideboard nach etwas.»Voriges Jahr haben sie das Sommerfest organisiert, das ist gut gelaufen. Zusammen mit Linda, Frau Freutner. Sie hat auch viel gemacht, aber die ist schon lange nicht mehr hier gewesen. Kennen Sie sie auch?«

»Wir haben sie einmal kurz gesehen«, sagte Frau Mooser. Sehr kurz. Vermutlich war es die blonde Frau mit dem Pagenkopf, die eben den kleinen Jungen zu Hannes Freutner gebracht hatte.

»Schon traurig, dass die Freutners sich getrennt haben. Aber ich glaube, bei denen war es wirklich das Beste.« Die Pflegerin schob die Tür des Sideboards zu und richtete sich wieder auf, eine weitere Broschüre in der Hand.»Ups, jetzt habe ich getratscht, sollte man nicht tun.«

»Kein Problem.« Frau Mooser lächelte gütig.»So was spricht sich sowieso rum.«

»Ist ja auch kein Geheimnis.« Luise reichte mir das Infomaterial.»Hier, da steht noch etwas über ›Famoses‹ drin, ein Schulungsprogramm, das wir anbieten. Ich bin in der Angehörigengruppe manchmal dabei und beantworte Fragen, da kann ich Ihnen gern einmal mehr darüber erzählen. Kennen Sie denn auch Ferdi, Paulinas Patenonkel?« Sie sah mich erwartungsvoll an.»Der hat sich immer so süß um die Kleine gekümmert.«

»Nur flüchtig.« Ich hatte ihn vor Emmas Wohnung gesehen. Ferdi, der Mann mit der Narbe im Gesicht.

»Wenn er dabei war, gab es immer was zu lachen, auch wenn Ferdi manchmal … ein wenig speziell ist. Von dem alten

Kern ist aber kaum noch jemand da, dafür sind etliche neu dazugekommen. Viele machen sich Sorgen, da tut es gut, sich austauschen zu können. Ich glaube allerdings nicht, dass es noch einmal zu einem solchen Engpass kommen wird, auch nicht nach dem, was jetzt passiert ist. Dieser Diebstahl beim Großhändler hat die Eltern natürlich wieder verschreckt, aber solange die Produktion läuft, wird es genug Nachschub geben. Man sollte sich nicht verrückt machen lassen. Trotzdem, ich kann das verstehen. Nach dem Brand sitzt die Angst halt noch allen im Nacken. Durch den Diebstahl wird das nicht besser.«

Sie schien unseren Gesichtern anzusehen, dass wir keine Ahnung hatten, wovon sie redete.

»Der Brand in der Fabrik. In Indien. Die Fabrik in Hyderabad, in der der Hauptarzneistoff für das Ripolaxin hergestellt wird. Davon haben Sie doch sicher gehört?«

»Ach ja!« Frau Mooser schaute mich an und zog die Augenbrauen hoch. »Die Fabrik in Indien! In Hyperbad!«

»Hyderabad«, korrigierte Luise sie. »Allerdings muss ich gestehen, das weiß ich auch nur wegen dem Stress, den es deshalb gab.«

Sie ging voraus. Das Zeichen für uns, ihr zu folgen.

»Ich habe schon immer gesagt, diese Abhängigkeiten brechen uns noch mal das Genick. Das war doch absehbar. Seit Jahren gab es Engpässe bei Medikamenten, aber solange es die breite Masse nicht getroffen hat, konnte man das getrost unter den Tisch kehren. Da musste erst der Fiebersaft ausgehen und Hunderte Kinder mussten unnötig leiden, bis die in der Politik endlich aufgewacht sind. Beim Öl und beim Gas, da hat man es schnell kapiert, da hat es ja alle betroffen. Aber wie viel Leid es schafft, wenn man auf ein Medikament angewiesen ist und das ist auf einmal nicht mehr lieferbar, das hat doch lange niemanden gejuckt. Da gab es einmal eine kurze Notiz in der Zeitung, und das war's. Irgendwann kommt es da noch mal ganz dicke, dann ist das Gejammer groß. Und die Sache ist auch längst nicht ausgestanden. Das ändert sich nicht so schnell. Beim Ripolaxin habe ich auf jeden Fall noch nicht gehört, dass jetzt eine weitere Firma in die Produktion eingestiegen wäre. Aber wie gesagt: In Hyderabad wird wieder produziert, es gibt also genug Nachschub. Zumindest zurzeit.« Wir standen wieder im Flur. Jemand schaute aus dem Stationszimmer.

»Luise, kommst du? Übergabe! Wir warten auf dich.«

»Sorry, ich muss jetzt«, verabschiedete sich Luise. »Vielleicht sehen wir uns mal. Ich würde mich freuen.«

»Können Sie uns noch verraten, wo man hier die netten Teddys herbekommt? Die mit dem Verband um den Kopf?«, bat Frau Mooser.

»Sie meinen unsere Trostteddys? Die finden Sie unten im Shop neben der Cafeteria«, rief Luise und eilte zum Stationszimmer.

Frau Mooser schaute ihr hinterher, bis sie nicht mehr zu sehen war.

»Die große Liebe«, sagte Frau Mooser leise.

»Wovon reden Sie?«

»Von Emmas großer Liebe, für die sie alles tun würde. Paulina. Ihre Tochter.«

*Wann verliert das, wovor wir uns fürchten, seinen Schrecken?
Wenn wir die Kontrolle darüber gewinnen. Die Lepra gibt es
heute immer noch. Aber ist die Lepra noch etwas, vor dem wir
uns fürchten? Nein. Heute gibt es Medikamente, die es möglich
machen, die Krankheit in Schach zu halten.*

*Wenn wir den Dämon unter Kontrolle haben, schwindet
die Angst. Medikamente, die eine Erkrankung unter Kontrolle
halten, sind immer auch Medikamente gegen die Angst. Die
Angst vor dem Leiden – was kann eine stärkere Motivation
sein, um Grenzen zu überschreiten?*

*Das Spiel ist so verdammt einfach. Es ist das Erfolgsmodell
der Zukunft für alle, die sich nicht mit unnötigen Skrupeln
plagen: Finde heraus, was andere dringend brauchen und was
demnächst knapp sein wird, sorge dafür, dass du genug davon hast, und schon regnet es Golddukaten vom Himmel. Im
Idealfall kann man die Verknappung selbst herbeiführen. Ein
Geschäfts- und Erpressungsmodell für skrupellose Staatsober-
häupter, aber auch für Menschen wie mich.*

*Im Grunde genommen war es schon immer so: Ich habe et-
was, von dem nicht genug da ist, was aber gebraucht wird, und
dafür musst du löhnen. Manchmal kann man vorsorgen, aber
eben nicht immer. Vor allem dann nicht, wenn Zusammenhänge
so komplex werden, dass man es nicht mehr blickt. Früher hieß es:
Was interessiert es mich, wenn in China ein Sack Reis umkippt?
Heute muss es mich interessieren, denn der Sack Reis könnte vor
eine Lampe stoßen, und die könnte die Fabrik abfackeln, in der
das hergestellt wird, von dem ich abhängig bin.*

*Ich habe mir den Mangel und die Angst zunutze gemacht.
Auch wenn ich nicht wusste, dass Schlierbach ein Stadtteil von
Heidelberg ist, bin ich trotzdem ein verdammt kluger Kopf.*

8

»Das Codewort, das auf Lewis Carroll verweist, der Epilep-
tiker gewesen sein soll, dann die Stadt, deren Namen Hannes
Freutner an der Kapelle genannt hat, in der diese Fabrik ist …«
Die Türen des Aufzugs öffneten sich, Frau Mooser stieg ein.
»Das alles ist so gut wie ein Schild, auf dem steht, um was es
bei dieser Rätsel-Geschichte eigentlich geht.«
Wir fuhren wieder hinunter ins Erdgeschoss. Frau Mooser
folgte zielstrebig dem kleinen Pfeil, der uns den Weg zur Cafeteria wies. Ich versuchte, mit ihr Schritt zu halten. In der
Cafeteria angekommen, musste ich schon wieder die Augen
zusammenkneifen, weil die Sonne des frühen Nachmittags
durch große Fenster in den Raum schien.
»Tja, so ist das, wenn man eine halbe Flasche Ouzo trinkt«,
ätzte das Krokodil. »Jetzt wissen Sie, dass Sie besser auf mich
gehört hätten. Setzen Sie sich, ich bin gleich wieder da.«
Bald darauf brachte sie mir ein Tablett mit einem Kaffee und
einem Käsebrötchen, dann war sie auch schon wieder weg.
Es war genau das, was meine Lebensgeister brauchten, um
wieder zurückzukehren. Vielleicht hatte ich nicht nur einen
Kater, sondern auch zu lange nichts mehr gegessen. Auf jeden
Fall fühlte sich das Leben deutlich besser an, als Becher und
Teller leer waren. Und mein Gehirn schien auch wieder zu
funktionieren.
Langsam ergab alles einen Sinn, wie Puzzleteile, die sich
zusammenfügten. Vor nicht allzu langer Zeit waren die Medien
voll gewesen von fehlendem Fiebersaft und Hustenmitteln für
Kinder. Aber schon lange davor hatte ich einmal im Fernsehen
einen Bericht über ein Brustkrebsmedikament gesehen, das
nicht mehr in ausreichender Menge geliefert werden konnte.
Und über die Ängste der Frauen, die es betroffen hatte. Wenn
der Gewinn bei dem Rätsel-Spiel das Medikament war, das

Paulina brauchte und von dem es zu wenig gab, würde es einiges erklären. Vor allem Emmas Verzweiflung.

Es dauerte eine Weile, bis Frau Mooser wiederkam, in der einen Hand einen Teller mit einem Stück Schwarzwälder Kirschtorte, in der anderen eine Papiertüte, aus der zwei Teddys mit verbundenen Köpfen herausschauten. Sie setzte sich zu mir und befreite einen der Teddys aus der Tüte.

»Der ist für Sie. Die trösten auch bei Liebeskummer, habe ich mir sagen lassen.«

Eigentlich war ich aus dem Teddy-Alter raus, aber ich freute mich trotzdem. Frau Mooser begann, ihr Kuchenstück zu verspeisen. Konzentriert, fast andächtig. Sie schien nicht vorzuhaben, dabei zu reden.

»Sie denken, es geht um das Medikament, oder?«, fragte ich. »Das könnte der Gewinn bei diesem Spiel sein?«

»Wie erfreulich, Sie haben doch nicht alle Gehirnzellen im Alkohol ertränkt.« Sie pickte mit ihrer Gabel die Kirsche auf, die das Kuchenstück verzierte. »Emma und Hannes Freutner haben beide Kinder, die an Epilepsie leiden. Beide haben erlebt, dass das Medikament nicht lieferbar war. Jetzt wurde es anscheinend im großen Stil geklaut. Wer hätte da nicht Interesse, Vorräte zu bunkern, wenn man die Möglichkeit dazu bekommt?«

Die Kirsche verschwand in Frau Moosers Mund. Dann, nach und nach, der Rest des Kuchens.

»Mit gestohlenen Medikamenten lassen sich gute Geschäfte machen. Laster werden abgefangen, oder man bricht direkt ins Lager ein. Meist geht es um hochpreisige Produkte. Manche werden über Scheinfirmen wieder in die legale Lieferkette eingespeist. Oder sie werden anderweitig verkauft. Zum Beispiel im Darknet. Da bekommt man alles Mögliche. Benzos, Schmerzmittel, alles, was die Ärzteschaft Ihnen aus guten Gründen nicht verschreiben will. Falls es bei dem Spiel um dieses Epilepsie-Medikament geht, wird es sicher auch nicht verschenkt.« Frau Mooser legte die Kuchengabel auf den leeren Teller.»Aber jetzt müssen wir erst einmal klären, ob wir mit unserer Vermutung überhaupt richtigliegen. Am besten, wir fahren zurück nach Heidelberg, und ich informiere die Kollegen. Unser Job ist zu Ende. Das ist nichts mehr für Sie, Sherlock.«

»Wenn es bei dem Spiel wirklich um Medikamente geht und die wurden gestohlen, dann hat Emma sich strafbar gemacht, oder?«

»Wenn sie davon wusste, dass es sich um Diebesgut handelt, ja. Und davon würde ich mal ausgehen. Schließlich wollte sie die Polizei unbedingt draußen halten.«

Emma war wegen ihrer Tochter in Not, deshalb hatte sie mich angelogen. Jetzt würde sie Ärger mit der Polizei bekommen. Und zwar wegen mir. Ich hatte Frau Mooser alles erzählt, ich hatte Emma und ihre Geschichte benutzt, damit Frau Mooser sich an ihr festbiss und uns in der Pension in Ruhe ließ. Jetzt tat es mir leid.

»Ich könnte noch einmal versuchen, mit ihr zu reden«, schlug ich vor.»Vielleicht kann ich sie überzeugen, zur Polizei zu gehen. Von sich aus. Das wäre doch bestimmt besser für sie, oder?«

Auch wenn Emma mich belogen und benutzt hatte, so war sie in dieser Geschichte doch auch nur ein Opfer.

»Ich meine, wenn sie weiter schweigt, was dann? Es wäre doch wichtig, dass Emma mit der Polizei zusammenarbeitet. Wenn sie nichts sagt und Freutner auch nicht, wie wollen Sie dann weiterkommen? Geben Sie mir einen Versuch.«

»Manchmal werden Menschen sehr gesprächig, wenn sie erst einmal eine Vorladung erhalten haben und kapieren, in was sie sich da hineinmanövriert haben.«

»Oder sie schweigen. Oder lügen einfach weiter. Wenn es um Ihre Tochter gehen würde, um etwas, dass Sie unbedingt für sie brauchen, damit es ihr gut geht, würden Sie dann nicht auch lügen?«

Frau Mooser knüllte ihre Serviette zusammen und legte sie zur Gabel auf ihren Teller.

»Also gut. Aber ich muss trotzdem vorher noch auf die Dienststelle.«

Wir machten uns auf den Weg zurück nach Heidelberg zur Kripo, genauer gesagt, zu Frau Moosers Abteilung. Dieses Mal bat sie mich, gegenüber im Café der Bäckerei zu warten. Ich ließ mich auf der roten Sitzbank nieder, von der man auf das Polizeirevier mit seinen blauen Fensterrahmen sehen konnte, testete meinen Magen mit einem weiteren Kaffee und las im Internet über Versorgungsengpässe bei Medikamenten nach. Eine der Hauptursachen dafür war, dass man die Produktion vieler Medikamente in Billiglohnländer verlagert hatte, nachdem die Patente abgelaufen waren, die bis dahin hohe Gewinnspannen garantiert hatten. Manchmal stellten dann nur noch einige wenige Firmen die notwendigen Arzneistoffe her, manchmal sogar nur eine einzige. Ein System, das zusammenbrach, wenn in der fragilen Kette von Produktion und Lieferung irgendetwas schieflief. Dann wurden die Konsequenzen auch für uns spürbar. Vor Ort aber, in den herstellenden Ländern, hatten sie noch ganz andere.

In der Stadt Hyderabad in Südindien produzierten an die neunzig Firmen für Pharmaunternehmen in den USA und Europa. Dabei war die illegale Entsorgung der Abwässer ein großes Problem. Gewässer waren mit Chemikalien so verunreinigt, dass sie zu einer stinkenden Brühe wurden. Da die Menschen das Wasser zur Bewässerung nutzten, gelangten die Chemikalien in den Nahrungskreislauf. Es gab auffällig hohe Zahlen von Behinderungen bei Kindern, Hautkrankheiten und Atemproblemen, und in den verschmutzten Böden und Gewässern kamen Bakterien mit verschiedensten Antibiotika in Kontakt. Ein Nährboden für resistente Keime, die sich über die ganze Welt ausbreiteten.

Es war bedrückend, das zu lesen. Manchmal schien es, als wäre alles, was in der Welt geschah, von Geld dominiert. Möglichst viel Geld verdienen. Möglichst viel Geld sparen. Kostendruck, Festpreise, Profitspannen. Dabei ging es eigentlich um Menschen wie die kleine Paulina.

Mein Handy vibrierte. Ein Anruf. Auf dem Display tauchte Hugos Name auf.

»Hallo, ich bin's«, meldete er sich. »Ich wollte nur mal hören, wie es dir geht. Hast du dich von dem Schreck gestern Abend erholt?«

»Schon gut. Der Stein hat mich ja nicht getroffen.«

»Ich bin heute Morgen aus allen Wolken gefallen, als Frau Mooser uns erzählt hat, was passiert ist. Ich habe dem Polizisten, der den Stein abgeholt hat, von unserem Höcke-Fan erzählt.«

Ein sehr spezieller Gast, den Hugo und Emilio so schnell nicht vergessen würden. Ich war an dem Wochenende bei einer Schulfreundin gewesen, aber die beiden hatten mir ausführlich davon berichtet. Am Frühstückstisch hatte der Spezialgast herumposaunt, wenn Björn Höcke erst einmal die »Wende« herbeigeführt hätte, wäre endlich Schluss mit dem Sozialtourismus. Nachts war er dann völlig betrunken in die Pension zurückgekehrt und hatte im Treppenhaus herumgelärmt. Auf Hugos Aufforderung hin, leise zu sein, hatte er gebrüllt, dass »Tunten« wie Hugo der Untergang der »deutschen Rasse« seien und dass man nach der Wende für ihn schon eine Lösung finden werde. Daraufhin war er von Hugo und Emilio mit Hilfe von zwei Gästen samt Gepäck auf die Gasse befördert worden.

Die Episode war schon einige Wochen her. Aber dass ein solcher Mensch nicht nur mit Wörtern, sondern auch mit Steinen verletzte, konnte ich mir gut vorstellen. Ich war erleichtert. Auch wenn der Höcke-Fan dahintersteckte, wäre das furchtbar, aber es würde heißen, dass es nicht um mich ging. So jemandem war wahrscheinlich egal, wen er mit seinem Stein traf, Hauptsache, er wurde seine Wut los. Genau wie ich gesagt hatte.

»Wir wollten heute nach dir sehen und dir Frühstück hochbringen«, erzählte Hugo, »aber Frau Mooser hat Emilio abgefangen, sich das Croissant vom Tablett genommen und ihn wieder zurückgeschickt. Sie meinte, du wärst nicht wachzubekommen, wir sollten dich schlafen lassen.«

Mein Croissant hatte das Krokodil also auch noch gegessen. Nicht dass ich es runterbekommen hätte, aber es ärgerte mich trotzdem.

»Weshalb ich auch anrufe …« Ein paar Sekunden war es still am anderen Ende. »Emilio und ich, wir haben so einen entsetzlichen Krach, Mila. Das macht mich total fertig.«

Den Grund dafür kannte ich schon: Emilios Handy.

»Ich habe riesigen Mist gebaut. Ich habe in Emilios Handy nachgesehen, ob er seinem Ex noch schreibt.«

»Du hast was?«

Nun war ich doch überrascht. Ich hätte meine Hand dafür ins Feuer gelegt, dass er wirklich nur das Display geputzt hatte.

»Ich schäme mich auch furchtbar, Mila. Aber er hat ständig von seinem Ex geredet, diesem Caspar, den er hier in der Stadt gesehen hat. Das kam mir so komisch vor, der wohnt doch in Tübingen. Was hat der hier bei uns zu suchen? Emilio hat andauernd wieder von ihm angefangen.«

»Vielleicht war er einfach nur überrascht, ihn hier zu sehen.«

»Ich weiß nicht, ob ich Emilio nicht doch die Wahrheit sagen sollte. Aber jetzt habe ich es schon geleugnet. Ich habe behauptet, ich wollte das Display sauber machen. Das erschien mir als die glaubwürdigste Lüge. Wie soll ich da noch zurückrudern?«

Ich schwieg, ich hatte keinen Rat. Außerdem misstraute ich mir. Besser, ich hielt den Mund, sonst gab ich ihm noch irgendeinen blöden Tipp, der ihn ins Unglück stürzte.

»Das musst du selbst entscheiden, Hugo. Ich kann dir dabei nicht helfen.«

»Ja, schon gut. Ich brauchte nur einmal jemanden, dem ich es erzählen konnte. Danke, Mila, du bist die Beste. Bis später.«

Verdammt! Warum war Hugo nur so nett? Es wäre alles so viel einfacher, wenn er ein Ekel wäre.

»Was ist Ihnen denn über die Leber gelaufen?«

Frau Mooser stand neben dem Tisch. Ich hatte nicht bemerkt, dass die Leisetreterin in die Bäckerei gekommen war.

»Ach, nichts Besonderes.«

»Es ist alles so weit klar. Können wir fahren?«

Ich räumte mein Tablett weg und folgte ihr zum Auto. Dabei erzählte mir Frau Mooser, was sie in der Zwischenzeit dank Herrn Pöltz über den Medikamentendiebstahl herausgefunden hatte.

»Der Einbruch ist schon einige Wochen her. Die Medikamente sind aus einem Depot in der Pfalz gestohlen worden. Die bisherigen Ermittlungen sind im Sand verlaufen. Sie haben absolut nichts in der Hand. Der Wert liegt im sechsstelligen Bereich. Ein Teil davon sind Schmerzmittel, aber es fehlten auch Kisten mit Ripolaxin, diesem Epilepsie-Medikament. Kann natürlich sein …«

Wir fuhren über die Ernst-Walz-Brücke nach Neuenheim. In der Ferne konnte ich die Schlossruine am Berghang liegen sehen. Dort, wo am Torturm der Hexenring hing. Früher hatte man geglaubt, Hexen könnten auf einem Besen durch die Luft fliegen. Schade, dass ich das nicht konnte, dann wäre ich jetzt weg, auf und davon, raus aus dem ganzen Schlamassel. Mein bester Freund vertraute sich mir an, suchte meinen Rat, und ich hoffte, dass seine Beziehung scheitern würde. So ein Scheiß.

»… vereinbart, dass wir beide gemeinsam mit Emma reden. Mit einer Selbstanzeige könnte sie verhindern … sonst wird … Ermittlungsverfahren … schauen, ob wir sie zur Zusammenarbeit …«

Wenigstens hatte Hugo tatsächlich in Emilios Handy herumspioniert. Das machte die Tatsache, dass ich ihn nicht mit seinem Putzfimmel verteidigt hatte, ein bisschen wett.

»Hören Sie mir überhaupt zu?«, kam es vom Fahrersitz.

»Klar«, behauptete ich. Und schon wieder täuschte ich jemanden.

Frau Mooser redete erst wieder mit mir, als wir vor der Eingangstür des Hauses standen, in dem Emma wohnte. Sie studierte die Namensschilder, dann drückte sie lange und ausgiebig auf den Klingelknopf.

Mir war etwas mulmig zumute. Ich hätte lieber mit Emma allein gesprochen, aber das stand anscheinend nicht zur Diskussion. Der Türsummer erklang. Als wir den Hausflur betraten, lehnte Emma in der Eingangstür ihrer Wohnung. Ich glaube, sie wusste gleich, dass ich ihr Geheimnis verraten hatte.

»Wer ist das?«, fragte sie mit Blick auf Frau Mooser.

»Eine gute Bekannte von mir.«

»Guten Tag, Frau Brixener. Mooser mein Name.« Das Krokodil fiel gleich mit der Tür ins Haus. »Ich arbeite bei der Kriminalpolizei Heidelberg. Es wäre schön, wenn wir hineingehen könnten.«

Emma hielt sich am Türrahmen fest und schloss die Augen. Für einen Augenblick dachte ich, sie würde ohnmächtig werden.

»Du hast es also verraten!«

Es war nur ein Flüstern, aber ich verstand sie genau. Das alles war mir so unangenehm, dass ich mich am liebsten in Luft aufgelöst hätte. Schweigend humpelte Emma vor uns ins Wohnzimmer, schweigend setzte sie sich.

»Schön haben Sie es hier.« Frau Mooser schaute sich um. »Ist Ihre Tochter da?«

»Nein. Ich bin allein. Paulina ist bei ihrem Patenonkel. Meinem Cousin.« Emma sprach, ohne aufzusehen. »Mir geht es nicht so gut. Weshalb sind Sie hier?«

»Ich wohne zurzeit in der Pension, in der Frau Böckle lebt, und eigentlich bin ich in Urlaub. Aber durch Frau Böckle habe ich von den Rätseln erfahren und davon, dass Sie sie engagiert haben, um an Ihrer Stelle die Umschläge zu holen. Allerdings musste ich sie dazu massiv unter Druck setzen, und das kann ich ziemlich gut.«

Frau Mooser nahm in einem der Sessel Platz, ich in dem daneben.

»Frau Böckle und ich, wir haben eine Idee, um was es bei den Rätseln geht. Ich vermute, Sie sind da in eine ungute Geschichte geraten, die leider strafrechtliche Folgen für Sie haben könnte. Aber vorher müssen Sie mir sagen, ob dieses Rot Ihre natürliche Haarfarbe ist.«

Ich dachte, ich höre nicht richtig. Emma ging es wohl ähnlich. Das erste Mal, seit sie sich gesetzt hatte, sah sie uns an.

»Meine Haarfarbe?«, fragte sie verblüfft. »Sie interessieren sich für meine Haarfarbe?«

»Haben Sie Ihre Haare gefärbt und falls ja, wann?«

»Nein, das ist meine Naturfarbe. Die habe ich von klein auf.«

Frau Mooser schienen Emmas Haare zu faszinieren. Sie schaute darauf, als trüge Emma einen goldenen Helm auf dem Kopf. Da ich nicht wusste, ob Frau Mooser gerade dabei war, den Verstand zu verlieren, begann ich zu erzählen. Ich schilderte alles, was wir getan und herausgefunden hatten.

»Der Gewinn bei dem Spiel, sind das Medikamente für eure Kinder?«, fragte ich, als ich am Ende angekommen war.

Emmas Blick irrte zwischen Frau Mooser und mir hin und her wie bei einem Tier, das man in die Ecke gedrängt hatte und das nicht mehr fliehen konnte.

»Es ist besser, Sie reden mit uns, glauben Sie mir.« Frau Mooser sah zu den Spielzeugkisten in der Ecke. »Ich habe auch eine Tochter. Wie Sie. Nur ist meine schon erwachsen. Aber es macht keine Unterschied, ob sie klein sind oder groß. Ich würde für meine Tochter alles tun. Sie wurde einmal entführt. Der Preis für ihre Freilassung war, dass ich einen Mord begehen sollte.«

Emma verschränkte die Hände in ihrem Schoß, mit so viel Anspannung, dass die Knöchel weiß hervortraten.

»Seitdem weiß ich, wie weit ich gehen würde, um sie zu retten. Sie ist auch in meinem Leben der Mensch, den ich am meisten liebe. Ich weiß nur zu gut, wie es ist, wenn man Angst um sein Kind hat. Aber glauben Sie mir, Frau Brixener, es ist besser, Sie sagen, was los ist. Und dann machen Sie den ersten Schritt und melden sich bei den Kollegen. Ich werde auf jeden Fall weitergeben, was ich vermute, dann wird man ein Ermittlungsverfahren einleiten. Zu kooperieren ist mit Sicherheit die beste aller Optionen für Sie.«

Erst waren es nur vereinzelte Tränen, die über Emmas Wangen liefen. Dann weinte sie, als wäre ein Damm gebrochen, hinter dem sich all ihr Kummer angestaut hatte. Schließlich begann sie zu reden, stockend, dann immer rascher, fast so, als erleichterte es sie, ihr bedrückendes Geheimnis mit jemandem zu teilen.

»Ich mache das nur für Paulina. Wenn es um mich ginge, dann würde ich das nicht tun. Aber … bei jedem Rätsel, das ich löse, kann ich Ripolaxin kaufen. Ich brauche dazu das Codewort. Ich muss es bei der Überweisung angeben. Das Geld geht auf ein anonymes Konto.«

Sie wischte sich mit einem Taschentuch über die Wangen.

»Paulina verträgt sonst nichts. Ihr wird von den anderen Medikamenten schlecht. Vor allem aber hat sie mehr Anfälle. Die Zeit, als das Ripolaxin nicht im Handel war, war entsetzlich. Ich habe jeden Tag Angst gehabt, sie bekommt irgendwo einen Anfall und niemand ist dabei. Das war die Hölle für mich. Ich habe mich nicht mehr getraut, sie allein vor die Tür zu lassen. Ich weiß, dass ich sehr ängstlich bin, aber sie ist schließlich mein Kind.«

»Wie erfahren Sie von den Rätseln?«, fragte Frau Mooser.

»Vor zwei Wochen kam ein Paket. Es war Abend, schon fast halb zehn, deshalb hätte ich beinah nicht aufgemacht. Darin waren zwei Schachteln Ripolaxin und ein Brief, in dem erklärt wurde, wie es abläuft, wie viel man bei jedem Rätsel zu zahlen hat und wie viel man dafür bekommt. Und dass alle Medikamente vernichtet werden, wenn man zur Polizei geht. Dann war Ruhe. Als Nächstes habe ich den Brief mit dem Hexenrätsel erhalten. Er kam morgens mit der Post. Ich bin sofort los, um den Umschlag zu suchen, und habe Mila am Hexenturm getroffen. Es hat auch funktioniert. Nachdem Mila mir den Umschlag gebracht hat, habe ich das Geld mit dem Codewort als Vermerk angewiesen, und zwei Tage später kam ein Paket per Post mit der vereinbarten Menge Ripolaxin.«

»Wie viel haben Sie gezahlt?«

»Beim ersten Mal zweitausend Euro, jetzt beim zweiten Rätsel wären es fünftausend gewesen, aber da hatte ich das Codewort ja nicht, da konnte ich nicht mitmachen. Beim dritten Mal sollen es hunderttausend Euro sein.«

»Hatten Sie keine Angst, einem Betrüger aufzusitzen?«

»Nein, ich habe ja dieses erste Paket bekommen. Da gibt es etwas zu kaufen, das ist kein Fake. Ich habe Geld von meiner Mutter geerbt. Das Geld gehört mir, damit kann ich machen, was ich will«, sagte Emma in fast trotzigem Tonfall. »Mein Mann weiß nichts von der Sache. Ich hätte es ihm erst erzählt, wenn ich das Ripolaxin gehabt hätte, dann wäre es nicht mehr möglich gewesen, es rückgängig zu machen. Nach dem, was war, sorge ich vor, wenn ich kann. Man sieht doch, wie störanfällig das mit der Medikamentenversorgung ist. Beim dritten Rätsel soll es Medikamente für ein Jahr geben. Dann sind wir erst einmal auf der sicheren Seite. Vielleicht gibt es bis dahin einen weiteren Produzenten. Wenigstens wird jetzt endlich versucht, etwas zu ändern.«

»Haben Sie sich nicht gefragt, woher diese Medikamente stammen?«

»Doch. Ich weiß von dem Diebstahl.« Emma hielt Frau Moosers Blick nicht stand. Sie schaute an ihr vorbei zur gläsernen Terrassentür. »Aber was passiert als Nächstes? Ein neues Virus, das wieder alles lahmlegt? Noch ein Brand in einer Fabrik? Arbeiter, die streiken? Man kann sich nicht einfach darauf verlassen, dass die Medikamente, die man braucht, immer da sind. Dass schon irgendjemand dafür sorgt. Ich bin lieber vorsichtig, ich habe meine Lektion gelernt.«

»Wussten Sie, dass Hannes Freutner mitspielt?«

»Nein. Aber diesmal stand über dem Rätsel: ›Nur der gewinnt, der klug und schnell ist.‹ Da habe ich mir schon gedacht, dass es so eine Art Wettbewerb ist. Das war mir beim ersten Mal nicht klar.«

Na prima. Emma hatte nur ein Bild vom Rätsel selbst geschickt, was darüber stand, war auf dem Foto nicht zu sehen gewesen. Sie hatte genau gewusst, dass ich dort vielleicht auf einen Konkurrenten treffen würde.

»Hannes hatte auch keine Ahnung, dass ich mitspiele. Aber nachdem die Polizei ihn vorgeladen und man ihn dort nach mir gefragt hatte, war ihm klar, dass ich auch dabei bin. Gleich danach hat er mich angerufen.«

»Wissen Sie, ob noch mehr Personen mitspielen? Vielleicht andere Eltern aus Ihrer Gruppe an der Lörberg-Klinik?«

»Keine Ahnung, aber vorstellbar ist es. Paulina ist nicht die Einzige, die nur das Ripolaxin verträgt. Jonas, der Sohn von Hannes, hat das alternative Präparat besser vertragen, aber Hannes geht es wie mir. Er hat gesagt, er würde alles dafür tun, um eine Kiste Sicherheit im Keller zu haben. Er wollte dafür einen Kredit aufnehmen.«

Einen Moment schweigen wir. Nur ein Vogel war zu hören, der auf einem Busch vor dem Fenster saß und laut vor sich hin schimpfte, als würde ihm nicht gefallen, was drinnen gesprochen wurde. Da stopfte sich jemand die Taschen mit dem Geld verängstigter Eltern voll.

»Kennen Sie den Spruch: Rote Haare, Sommersprossen sind des Teufels Artgenossen?«

»Ja, so etwas Ähnliches habe ich schon einmal gehört«, antwortete Emma irritiert. »Es gibt viele dumme Sprüche über Rothaarige.«

»Des Teufels Artgenossen, damit sind die Hexen gemeint. Es muss um mehr gehen als um Geld. Sonst machen die Rätsel keinen Sinn«, sagte Frau Mooser. »Man könnte einfach verlangen, dass Sie das Geld anweisen, Sie bekommen die Medikamente, und das war es. Aber Sie sollen nicht nur zahlen, Sie sollen Angst haben, dass Sie vielleicht doch nicht bekommen, was Ihr Kind braucht. Jemand spielt mit Ihnen ein kleines sadistisches Spiel. Im ersten Rätsel ging es um eine Hexe. Sie haben rote Haare. Denken Sie, das ist Zufall?«

Emma hob ratlos die Schultern.

»Vielleicht kennt der Täter Sie und weiß, wie Sie aussehen. Es wäre doch möglich, dass er deshalb beim ersten Rätsel auf die Hexen gekommen ist.«

»Aber ich ...« Emma verstummte.

»Hatten Sie mit jemandem Streit, Frau Brixener? Gibt es jemanden, der wütend ist auf Sie? Vielleicht auch auf Herrn Freutner?«

Es klingelte. Lang und schrill. Gleich zweimal hintereinander. Das kam schon nah an einen Aggro-Klingler heran. Emma schaute auf ihre Armbanduhr.

»Einen Moment bitte. Das ist vielleicht Ferdinand. Er war mit Paulina unterwegs.« Emma erhob sich mühsam. »Eigentlich sollte er sie erst später zurückbringen, aber bei ihm weiß man nie.«

Doch es mussten mindestens zwei Männer sein, die vor der Tür standen. Nachdem Emma geöffnet hatte, hörte man ihre Stimmen bis ins Wohnzimmer.

»... Sie Frau Brixener? Wir kommen ... Kennen Sie diesen Mann ... Ist wahrscheinlich am ...«

Frau Mooser legte den Kopf leicht schräg, als könnte sie so besser hören. Dann stand sie auf und ging Richtung Tür.

»Becker?«, rief sie. »Malek?«

Emma kam herein, hinter ihr zwei Männer. Ich kannte die beiden, ich hatte sie schon einmal bei der Heidelberger Kripo gesehen. Einer von ihnen hielt ein Foto in der Hand.

»Was macht ihr denn hier?«, fragte Frau Mooser erstaunt.

»Hallo, Maria!«, grüßte der Kleinere von ihnen. Seinem Gesichtsausdruck nach war die Überraschung beiderseitig.

»Wir sind wegen Ludwig Porchertz hier. Der Ermordete vom Königstuhl. Das hier war die letzte Adresse, die in seinem Navi gespeichert war. Deshalb klappern wir gerade alle Parteien im Haus ab.«

Porchertz, der Tote, dessen Bild der Sturm vor unsere Haustür geweht hatte.

»Ich kenne den Mann nicht.« Emma klang, als müsste sie sich verteidigen. »Ich verstehe das alles nicht. Soll ich damit auch noch etwas zu tun haben? Bin ich jetzt bei jedem Verbrechen verdächtig, das in Heidelberg begangen wurde?«

»Das ist nur Routine«, erklärte einer der Männer. »Wir befragen alle hier im Haus.«

Frau Mooser nahm dem Kollegen das Foto aus der Hand und schaute darauf, als wäre sie diejenige, die den Toten wiedererkennen sollte.

»Sind Sie wirklich ganz sicher, dass Sie ihn nicht kennen, Frau Brixener?« Sie hielt Emma das Foto hin. »Vielleicht haben Sie ihn nur kurz gesehen – in einer rot-gelben Jacke und mit einer Kappe auf dem Kopf?«

9

»Schauen Sie sich das Foto noch einmal ganz genau an«, bat Frau Mooser. »Könnte er der Mann gewesen sein, der Ihnen abends das Paket mit dem Ripolaxin gebracht hat?«

Erst hatte der Sturm das Bild von Porchertz' leichenblassem Gesicht an unsere Tür geklebt, jetzt führte die Adresse in Porchertz' Navi die Polizei zu Emma und – weil ich ihr bei diesen dämlichen Rätseln geholfen hatte – zu mir. Als ob das Schicksal mich mit aller Macht in diesen Mordfall hineinzerren wollte.

»Ich weiß nicht. Wie gesagt, es war ziemlich spät, als das Paket kam. Das war schon auffällig. Auf jeden Fall war es nicht der Paketbote, der meistens kommt.« Emma betrachtete angestrengt das Foto. »Aber ob es dieser Mann war, das kann ich nicht sagen. Schon möglich ... So richtig erinnern kann ich mich nicht mehr.«

»Ist er Ihnen sonst schon einmal begegnet? Vielleicht in der Klinik?«

»Was ist hier los, Maria?«, schaltete sich einer der Männer ein.

Frau Mooser erzählte ihren Kollegen vom Medikamentendiebstahl, vom Kaufangebot, das Emma und Hannes Freutner bekommen hatten, und von dem spätabendlichen Paket mit dem Ripolaxin, das jemand bei Emma abgegeben hatte. Herr Becker und Herr Malek wussten nichts von meiner Anzeige gegen Freutner oder von den Rätseln. Dafür waren sie nicht zuständig, sie hatten in dem Mordfall ermittelt.

Emma musste die Medikamentenpackungen holen, die sie bislang erhalten hatte, und die Pakete suchen, in denen sie gekommen waren.

»Heute Morgen war Altpapier. Da war der Karton drin. Aber warten Sie ... den einen habe ich noch.«

Sie verschwand in einem der Zimmer und kam mit einem kleinen Pappkarton wieder, kippte den Inhalt, einen Haufen Legosteine, auf den Tisch und reichte ihn dem Beamten.

»Hier, das war der erste, der mit den Probepackungen.«

Die Briefe mit den Rätseln hatte sie auf der Terrasse im Grill verbrannt.

»Ich wollte nicht, dass jemand sie findet. Mein Mann … Wir leben getrennt, aber er kommt manchmal her, auch wenn ich nicht da bin. Ich wollte nicht, dass er irgendetwas von der Sache mitbekommt.«

Die Männer baten Emma, sie zu begleiten, um ihre Aussage aufzunehmen. Emma erklärte mit leiser Stimme, sie müsse noch ihren Cousin anrufen. Ich hörte, wie sie in der Küche telefonierte. »Ja, es tut mir leid, Ferdi, ich erkläre dir das alles später … Ich weiß, dass du auch Termine hast … Ja, schon gut, ich bezahle dir das extra … Gib Paulina einen dicken Kuss von mir …«

Dann fuhr Emma mit den beiden fort und ich mit Frau Mooser zurück in die Pension. An den Neckarstaden staute sich der Verkehr vor einer Ampel, im Stop-and-go-Modus ging es Richtung Altstadt.

Heidelberg war wunderschön, mit seinen alten Gemäuern und dem Neckartal, das aussah wie aus dem Märchenbuch, wenn die Wolken frühmorgens tief über dem Fluss hingen. Aber für mich hielt Heidelberg noch etwas ganz Besonderes bereit: das Unglück. Mord und Totschlag. Dieses Mal war Frau Mooser schuld, dass ich mich darin verstrickt hatte. Ohne sie hätte ich mich auf Emmas Angebot vielleicht nie eingelassen.

»So schweigsam?« Frau Mooser fuhr ein paar Meter vor, dann stockte der Verkehr schon wieder. »Woran denken Sie?«

»An gar nichts.«

Ich wollte nur noch in die Pension, hoch in meine Dachkammer, nicht mehr über diese Geschichte reden und am liebsten auch nie mehr in meinem Leben etwas davon hören. Ich hatte schon genug Probleme, ich brauchte nicht auch noch einen Toten mit Messerstichen im Bauch, der sich in mein Leben drängte. Mit diesem Mord wollte ich nichts zu tun haben.

Aber Frau Mooser ließ mich nicht in Ruhe.

»Jetzt hören Sie mir einmal gut zu, Mila.« Sie warf mir einen Blick zu, als müsste sie sich vergewissern, dass ich auch brav die Ohren spitzte. »Sie werden an meiner Seite bleiben, bis sich das alles geklärt hat, okay?«

»Ist das so etwas wie ein Heiratsantrag?«

»Man hat einen Stein nach Ihnen geworfen und ein Auge auf die Hauswand gegenüber gemalt, das auf Ihre Pension starrt. Wenn bei dieser Geschichte jemand involviert ist, der zu einem Mord bereit war, dann sollten wir das sehr ernst nehmen. Möglicherweise ist man Ihnen vom Schloss bis zur Pension gefolgt. Jemandem, der sich dermaßen viel Mühe macht, ein so übles Spiel abzuziehen, wird es nicht gefallen, wenn man ihm in die Quere kommt.«

»Das Auge ist bestimmt von einem Sprayer, und in ein paar Wochen ist die ganze Stadt voll davon. Und der Stein war nicht nur für mich. Sie waren doch dabei, als heute Morgen die Polizei bei uns war. Das war dieser Höcke-Fan, den Hugo und Emilio rausgeschmissen haben. Es war Zufall, dass er mich getroffen hat. Das kommt jetzt alles zusammen, aber auch das ist nur Zufall.«

»Meiner Erfahrung nach gibt es entschieden weniger Zufälle im Leben, als man denkt.«

»Sie glauben also, der, der den falschen Paketboten umgebracht hat, bringt mich auch um?«

»Das habe ich nicht gesagt.«

»Aber Sie tun so, als ob. Wissen Sie eigentlich, was das für mich bedeuten würde, wenn ich Ihnen glauben würde?«

»Ich weiß, dass das kein schöner Gedanke ist, Mila. Ich bitte Sie nur, eine Weile auf Nummer sicher zu gehen.«

»Ich habe mich nur auf diesen Rätsel-Mist eingelassen,

damit Sie aufhören, in der Pension Ihre Nase überall reinzustecken. Sie haben mir das Ganze eingebrockt. Weil Sie sich immer und überall einmischen müssen. Genau wie Ihre Tochter gesagt hat. Und wenn es nur um eine Mütze geht, hat man noch verdammtes Glück gehabt.«

Okay, das war gemein. Aber schließlich war es nichts als die Wahrheit. Das Krokodil war schuld. An allem.

»Dass im Navi des Ermordeten ausgerechnet Emmas Adresse gespeichert war, die eine Kostprobe Diebesgut geliefert bekommen hat, ist mit Sicherheit kein Zufall.«

Ich wollte das nicht hören, am liebsten hätte ich mir die Ohren zugehalten.

»Machen wir es so«, schlug ich vor. »Wenn auf dem Paket Fingerabdrücke von diesem Porchertz sind, dann laufe ich den ganzen Tag hinter Ihnen her und schlafe nachts in Ihrem Bett. Aber nur dann. Und wenn nicht, tue ich was, wann und wo ich will. Die Welt ist nicht nur böse, und es ist auch nicht alles mit allem verknüpft. Das kommt Ihnen nur so vor, weil Sie an nichts anderes als an Verbrechen denken können.«

Die Blechkolonne setzte sich in Bewegung. Frau Mooser gab Gas und fuhr so nah an den Wagen vor uns heran, dass kein Blatt mehr dazwischengepasst hätte.

»Manchmal könnte man denken, Sie sind noch in der Pubertät«, sagte sie.

»Na, dann ist ja gut, dass Sie nicht meine Mutter sind.«

Das war es. Wir schwiegen, bis wir zurück in der Pension waren. Und natürlich starrte mich das blöde Auge an, als ich zum Haus kam.

Die Küchentür stand einen Spalt offen, Hugo unterhielt sich mit einem der Gäste. Ich ging schnell vorbei und stieg die Treppe hoch.

Oben legte ich mich auf mein Bett. Wer könnte noch einen Grund haben, einen Stein nach mir zu werfen? Doch sosehr ich auch grübelte, es fiel mir niemand ein. Dafür drängte sich immer wieder der Gedanke auf: Was, wenn Frau Mooser mit ihren Andeutungen recht hatte? Wenn ich einen Menschen verärgert hatte, der ein Mörder war?

Ich versuchte, etwas zu lesen, aber ich konnte mich nicht konzentrieren. Ich schaute ungefähr hundert Videos mit niedlichen Katzenbabys, aber das beklemmende Gefühl, dass meine Welt dabei war, aus den Fugen zu geraten, ließ sich nicht vertreiben.

Schließlich knurrte mein Magen. Ich war hungrig, und wenn ich Hunger hatte, ging es mir nie gut. Ich brauchte jetzt erst einmal eine ordentliche Portion Zucker, Fett und Kohlenhydrate. Dann würde meine Stimmung sicher wieder besser werden.

Ich verließ mein kleines Refugium und stieg die Treppe hinab. Noch nicht ganz unten, hörte ich die Stimmen von Hugo und Emilio. Die beiden stritten sich in der Küche.»…
Wenn das jetzt schon so losgeht … Dann sag mir doch, warum du auf einmal ständig von ihm anfängst … Weiß ich doch nicht, was der hier macht …«

Ich schlich bis vor die Tür und lauschte.

»Ich bin eben nicht perfekt, das habe ich auch nie … Das hat damit nichts zu tun, das ist eine Grenze, die …«

Das hörte sich ganz danach an, als hätte Hugo Emilio die Wahrheit gesagt. War dieser Streit das Ende einer Heidelberger Romanze?

»Du lügst und duckst dich weg … Du kannst mich mal …«

Urplötzlich wurde die Tür aufgerissen, und Emilio stand vor mir.

»Mila, was machst du denn hier?«

»Ach, ich … ich …« Rasch griff ich meine Jacke, die an der Garderobe hing. »Ich wollte mir beim Italiener etwas zu essen holen. Soll ich euch was mitbringen?«

»Nein, heute nicht.«

Emilio rannte die Treppe hoch. Jetzt kam auch Hugo heraus.

»Soll ich dir was mitbringen?«, fragte ich auch ihn.

Doch Hugo sah mich nicht einmal an.

»Glaubst du etwa, mit Weglaufen löst man irgendwelche Probleme?«, schrie er Emilio hinterher.

Fluchtartig verließ ich das Haus und bog in die Plöck ein, die Straße, die unten an unserer Gasse langführte. So hatte ich die beiden noch nie erlebt. Das ging bestimmt nicht mehr lange gut. Hoffentlich blieb Emilio in der Stadt, wenn die beiden sich trennten. Er mochte mich gern, sehr gern, das wusste ich. Aber würde ich für ihn jemals etwas anderes sein als eine gute Freundin? Es war inzwischen fast neun Uhr, doch in der schmalen Straße war wie üblich noch Betrieb. Fußgänger, Radfahrer, das alltägliche Gewusel. In der Plöck gab es allerlei Geschäfte, Buchhandlungen und Antiquariate, in denen man in Ruhe schmökern konnte, und eine Reihe kleiner Lokale und Cafés. Entsprechend viel war hier los. Bis zu dem italienischen Lokal, in dem wir ab und zu Essen holten, war es nicht weit. Ich würde mir eine Portion Spaghetti gönnen und damit zurück in die Pension gehen, damit die Lüge wegen meiner Lauscherei nicht auffiel.

Der Stoß traf mich von hinten, unvermittelt und mit voller Wucht. Ich stolperte, versuchte, mich abzufangen, und fiel trotzdem zur Seite, der Länge nach auf die Fahrbahn. Jemand schrie entsetzt auf. Bevor ich überhaupt verstanden hatte, was los war, packten mich zwei Hände. Sie zogen mich von der Fahrbahn zurück auf den Gehsteig und halfen mir auf.

»Heilige Scheiße«, sagte ein hagerer Mann, der mindestens einen Kopf größer war als ich. »Alles in Ordnung?«

Um mich herum sah ich erschrockene Gesichter. Eine heiße Welle flutete durch meinen Körper. Ich spürte die feinen Nadelstiche in meinen Fingerspitzen, ein Prickeln bis in die Kopfhaut, und konnte nur noch nicken.

»Was ist denn passiert? Sind Sie gestolpert?«

Der hagere Mann begann mit seinen großen knochigen Händen meine Jacke abzuklopfen. Ich wollte das nicht, aber ich bekam kein Wort heraus.

Noch mehr besorgte Gesichter. Ich sah, dass man mit mir redete. Einige Passanten waren stehen geblieben. Eine Frau mit kurzen dunklen Haaren und einem Spinnennetz von Tausenden kleinen Falten im Gesicht. Ein junger Mann in einem dunklen Hoody, der mit seinem kahl geschorenen Kopf aussah, als wäre er einem Bild von Edvard Munch entsprungen. Wer hatte mich gestoßen? Einer von denen? Wenn ich jetzt eine Panikattacke bekam und zusammensackte, weil mir die Luft wegblieb, war ich hilflos. Ich musste hier weg.

Meine Beine liefen von allein. Sie trugen mich in Windeseile zurück in die Gasse, nach Hause. Meine Hand zitterte so sehr, dass ich Mühe hatte, die Haustür aufzuschließen. Drinnen lehnte ich mich an die kühle Wand und rang nach Luft.

»Mila?«, rief Hugo aus der Küche. »Hast du einen Moment Zeit?«

Er kam zu mir in den Flur. Natürlich merkte er, dass etwas nicht stimmte.

»Was ist denn? Du zitterst ja.«

»Erzähl ich dir morgen. Alles morgen. Geht jetzt nicht.«

Ich ließ ihn einfach stehen und stieg die Treppe hoch.

»Mila! Was ist denn?«

In Frau Moosers Zimmer lief der Fernseher. Ich musste ihr erzählen, was geschehen war. Es war, wie sie vermutet hatte: Es ging um mich. Das war nicht der Höcke-Fan gewesen. Der hätte vielleicht noch einmal einen Stein ins Fenster geworfen, wahllos, um drinnen irgendjemanden zu treffen, aber weshalb sollte der mich auf die Straße stoßen? Hugo und Emilio hatten ihn rausgeworfen. Nein, da hatte es jemand auf mich abgesehen. Auch wenn die Plöck eine Fahrradstraße war, fuhren dort trotzdem Autos. Wäre ich vor einen Wagen gefallen, wäre ich jetzt vielleicht tot.

Auf mein Klopfen hin kam keine Reaktion. Ich öffnete die Tür. Frau Mooser lag auf ihrem Bett, noch angezogen, die Arme und Beine weit von sich gestreckt, die Augen geschlossen. Ein leises Schnarchen drang aus ihrem halb offenen Mund.

»Frau Mooser?« Unschlüssig blieb ich stehen. »Frau Mooser!«

Sie drehte sich auf die Seite, weg von mir. Sollte ich sie wecken? Wenn ich ihr erzählen würde, dass ich trotz ihrer Warnungen allein das Haus verlassen hatte, um eine Portion Spaghetti zu holen, bekäme sie mit Sicherheit einen Tobsuchtsanfall. Aber ganz bestimmt würde ich ihr nicht verraten, dass ich aus dem Haus gestürzt war, um zu vertuschen, dass ich meine Freunde belauscht hatte. Wozu auch, der Mensch, der mich auf die Straße gestoßen hatte, war längst weg.

Ich setzte mich auf die Couch, wartete darauf, dass mein Herz aufhörte, wie verrückt zu pochen, und lauschte Frau Moosers regelmäßigem Atmen. Eine Viertelstunde, eine halbe Stunde. Im Fernseher vor mir tanzten die Bilder vorbei. Frau Mooser drehte sich ab und zu um und murmelte etwas Unverständliches. Sollte ich sie doch wecken? Nein, es war vorbei. Ich war in Sicherheit, das war die Hauptsache.

Ich weiß nicht, wann ich einschlief. Einmal schreckte ich hoch, glaubte, wieder auf die Straße zu fallen. Dann lag ich auf dem Asphalt, alles um mich herum war voller Blut. Emilio beugte sich über mich.

»Mila! Mila!«

Mach dir keine Sorgen um mich.

»Mila!«

Ich werde das überleben. Ich verspreche es dir, Emilio.

Er beugte sich noch tiefer zu mir. Er würde mich küssen. Endlich.

Mein Liebster.

»Frau Böckle! Es ist sieben Uhr dreißig!«

Das war nicht Emilios Stimme. Ich blinzelte vorsichtig. Vor mir stand Frau Mooser, in einem lindgrünen Schlafanzug, der mit kleinen Pistolen bedruckt war.

»Ich möchte mich natürlich auf keinen Fall in die Angelegenheiten hier einmischen, aber wenn das Frühstück um acht Uhr fertig sein soll, dann müssten Sie jetzt aufstehen. Ich hätte gern ein Rührei mit Schnittlauch, ein Glas frisch gepressten Orangensaft und ein Croissant. Ich könnte das auch selbst machen, aber, wie gesagt, ich möchte mich nicht einmischen.« Mühsam richtete ich mich auf. Meine linke Hand schmerzte, wahrscheinlich vom Sturz auf die Straße. Jemand hatte mich zugedeckt. Da kam eigentlich nur eine Person in Frage.

»Wenn Sie das nächste Mal auf meiner Couch übernachten, wäre es nett, wenn Sie mich vorher informieren würden.« Frau Mooser ging zurück zum Bett und legte sich wieder hin. »Ich habe heute Nacht beinahe einen Herzinfarkt bekommen, als Sie plötzlich im Schlaf gesprochen haben. Sie reden sich übrigens um Kopf und Kragen. Ich habe mindestens drei Mal ›Emilio‹ verstanden.«

Ich rieb mein Handgelenk. Bewegte es. Es funktionierte alles, es tat nur weh.

»Sie haben schon geschlafen, als ich hereinkam. Ich wollte …«

»Ja, ich weiß«, unterbrach sie mich. »Gestern Abend bin ich früh eingeschlafen. Aber warten Sie mal, bis Sie über sechzig sind. Dann wird Ihnen das auch passieren. Dafür schläft man nachts umso weniger.«

»Jemand hat mich gestoßen. Gestern Abend. Ich bin auf die Straße gefallen. Wenn da gerade ein Auto gekommen wäre, dann …«

Binnen einer Sekunde stand Frau Mooser wieder vor der Couch.

»Was sagen Sie? Und das erfahre ich erst jetzt?«

Ich entschied mich, die Schimpftirade über mich ergehen zu lassen und zu beichten, dass ich noch rausgegangen war, um etwas zu essen zu holen. Als ich meinen Bericht beendet hatte, war ich schon wieder kurz davor, nach Luft zu schnappen. Vielleicht war das der Grund, warum ich bei der Strafpredigt relativ gut wegkam.

»Ich habe Ihnen gesagt, Sie sollen in meiner Nähe bleiben. Was glauben Sie wohl, warum? Bestimmt nicht, weil ich ein anhänglicher Mensch bin. Schwimmt Ihr Gehirn noch in Ouzo, oder kapieren Sie jetzt endlich, dass Sie in Gefahr sind?«

»Schon gut«, sagte ich kleinlaut. »Ich habe es verstanden.«

»Das will ich auch hoffen«, schnaubte Frau Mooser. »Kam Ihnen unter den Menschen, die in der Nähe waren, jemand bekannt vor?«

Aber ich erinnerte mich kaum noch an die Gesichter.

»Nein. Ich habe mich auch nicht groß umgeschaut. Ich habe nur die gesehen, die direkt bei mir standen.«

»War jemand dabei, der der Jogger gewesen sein könnte, der Ihnen vom Schloss gefolgt ist?«

»Keine Ahnung. Ich habe doch schon gesagt, dessen Gesicht habe ich gar nicht gesehen.«

»Ich rufe gleich meinen Schwiegersohn an und werde ihn informieren.« Frau Mooser setzte sich zu mir auf die Couch. »Wir haben gestern Abend noch miteinander telefoniert. Der Karton und auch die Medikamentenpackungen, die Emma bekommen hat, sind per Boten zur KTU nach Karlsruhe gebracht worden.«

Frau Mooser schien sich zu erinnern, dass ich nicht vom Fach war.

»Zur Kriminaltechnischen Untersuchungsstelle in Karlsruhe«, fügte sie hinzu. »Glauben Sie mir, Mila, ich wäre genauso froh wie Sie, wenn der Mord und die Rätsel nichts miteinander zu tun hätten.«

Wir sprachen nicht mehr darüber, dass ich in ihrer Nähe bleiben sollte. Es war auch nicht nötig. Ich war bereit, ihr hinterherzulaufen, wohin auch immer sie gehen würde. Frau Mooser würde verhindern, dass mir etwas zustieß. Auf mich selbst konnte ich mich nicht verlassen. Meine Angst ließ mich starr vor Schreck werden, oder sie nahm mir die Luft zum Atmen. Aber Frau Mooser war anders als ich. Frau Mooser würde mich beschützen.

In diesem Moment glaubte ich daran. Ein verführerischer Kinderglaube: Es gibt jemanden, der größer, klüger und stärker ist als du und der aufpasst, dass dir nichts Schlimmes widerfährt. Dabei war meine Mutter gestorben, als ich noch ein kleines Kind war, und mein Vater hatte mich kurz nach ihrem Tod bei meiner Tante abgegeben und war nie mehr aufgetaucht. Ich hätte wissen müssen, dass diese Rechnung nicht aufging.

Fehler kommen nun einmal vor. Hinterher ist man immer klüger. Ich hätte das anders regeln müssen. Aber auf diese Paketdienste kann man sich einfach nicht verlassen. Die Probelieferung musste auf jeden Fall ankommen. Es war die wichtigste Lieferung von allen, der Angelhaken.

Was, wenn das Paket beim Nachbarn landet, der dann tagelang nicht zu Hause ist? Oder im Treppenhaus in der nächsten dunklen Ecke vor sich hin gammelt, bis jemand darüber stolpert? Die Typen sind doch immer unter Zeitdruck, immer in Hektik, die pfeffern die Sachen irgendwohin, klingeln überall, Hauptsache, die Tür geht auf und sie werden den Kram los. Mein Fehler war nicht, dass ich auf Nummer sicher gehen wollte. Mein Fehler war, dass ich mich mit Leuten eingelassen habe, die die Nerven verlieren.

Heute Nacht bin ich aufgewacht und hätte schwören können, dass jemand in meinem Zimmer war. Wahrscheinlich war ich noch nicht ganz klar im Kopf. Auf jeden Fall war ich überzeugt, es wäre Porchertz. Ich konnte seinen fauligen Atem riechen. Er hat nicht gesprochen, trotzdem konnte ich ihn hören: »Dafür wirst du bezahlen. Du kommst nicht davon.« Dann war alles voller Blut. Es tropfte von der Decke, quoll aus den Spalten zwischen den Dielen. Ich habe das Licht angemacht, und es war kein Porchertz da und auch kein Blut. So einfach ist das. Ich glaube nicht an Geister, an Tote, die kommen und einen verfluchen. Alles Quatsch.

Porchertz dachte allen Ernstes, ich würde mich von ihm auf den »rechten Weg« bringen lassen. Zurückgeben wollte er alles. Dass der mir mit so einem Gutmenschgequatsche kommt! Das hätte er sich früher überlegen sollen, nicht erst, nachdem er mitbekommen hat, für wen die Medis sind. Was macht das schon für einen Unterschied, ob es um Kinder geht oder um ein paar alte Knacker. Porchertz hätte gequatscht, da bin ich mir sicher. Er hat mir keine Wahl gelassen. So ist das eben: Wer mein Projekt gefährdet, muss die Konsequenzen tragen.

10

Frau Mooser telefonierte mit ihren Kollegen, während ich das Frühstück vorbereitete. Als Hugo und Emilio in die Küche kamen, mussten sie sich an den Tisch setzen. Frau Mooser versorgte sie mit Kaffee und den neuesten Informationen, dazu erhielten sie eine Belehrung über die Sicherheitsvorschriften, die sie aufgrund der »aktuellen Lage« vorübergehend in der Pension einführen müsste: Die Türen waren auch tagsüber abzuschließen, ich durfte die Läden nicht mehr einholen, nicht mehr allein aus dem Haus gehen und überhaupt gar nichts mehr allein unternehmen. Sie erklärte ihnen, dass bei dem Rätsel-Spiel, in das ich hineingeraten war, eventuell eine Verbindung zu einem Mordfall bestünde und mein Leben in Gefahr sein könnte. Als die beiden hörten, dass mich am Abend zuvor jemand auf die Straße gestoßen hatte, waren sie völlig schockiert.

Während des Frühstücks redeten Hugo und Emilio kein Wort miteinander, die Beziehungskrise war in vollem Gange. Zum Glück reisten unsere beiden Gäste an diesem Morgen ab, und für die nächsten Tage stand außer Frau Mooser niemand in unserem Belegungsplan. Eine Seltenheit, aber im Moment war mir das nur recht. Wenn man einen Verfolger hatte, von dem man nicht wusste, wie er aussah, verging einem die Lust auf fremde Leute im Haus.

Die Melodie von »Mission Impossible« störte das Frühstücks-Stillleben. Rasch griff Frau Mooser nach dem Handy, das vor ihr auf dem Tisch lag.

»Hallo, Roland ... ja, leg los ... Ich denke auch, das ist das Beste. Natürlich komme ich dazu ... Ja, ich rede mit ihr. Sie muss es auf jeden Fall wissen ... Nein, auf keinen Fall etwas an die Öffentlichkeit. Wenn der Täter nicht weiß, dass ihr den Zusammenhang hergestellt habt, kann das nur von Vorteil sein ... Sicher, richte ich ihr aus. Bis gleich.«

Sie tippte auf das Display. Das Gespräch war beendet, und ich ahnte schon, dass mein Schicksal damit besiegelt war. »Schöne Grüße von meinem Schwiegersohn. Die Ergebnisse der KTU sind da. Auf dem Paket mit der ›Kostprobe‹ des Ripolaxins waren Fingerabdrücke des ermordeten Ludwig Porchertz. Und die QR-Codes auf den Medikamentenpackungen stimmen mit denen des Lagerdiebstahls überein.«

Nun ließ es sich beim besten Willen nicht mehr leugnen: Ja, ich war in einen Mordfall verwickelt. Wieder einmal. Manchmal hatte ich mich darüber lustig gemacht, wenn bei Krimiserien in jeder Folge ein weiterer Einwohner desselben Ortes umgebracht wurde. Bad Tölz zum Beispiel musste inzwischen eigentlich menschenleer sein und einige Dörfer in Südengland sowieso. Wenn ich in Heidelberg wohnen bliebe, würde dieser Stadt wahrscheinlich Ähnliches blühen.

»Es wurden auch die Fingerabdrücke auf dem Stein überprüft, den man durch das Fenster geworfen hat. Die meisten sind von Ihnen, Mila. Sie haben sie mit denen von Ihnen abgeglichen, die wir von unserer früheren Begegnung gespeichert hatten. Können Sie das erklären?«

Einen Moment musste ich überlegen. Doch, natürlich konnte ich das erklären.

»Ich habe den Stein aufgehoben, als Sie draußen auf der Gasse waren.«

»Und warum?«

»Ich weiß nicht … Um begreifen zu können, dass das wirklich passiert ist?«

»Es sind noch andere darauf, aber leider keine, die in unseren Datenbanken zu finden wären.« Frau Mooser sah wohl, dass die Untersuchungsergebnisse mir aufs Gemüt schlugen.

»Das hat natürlich auch sein Gutes. Dann ist es kein polizeibekannter Auftragskiller, der hinter Ihnen her ist.«

Ein typischer Mooser-Witz, aber sicher nett gemeint.

»Wir fahren jetzt auf die Dienststelle. Mein Schwiegersohn hat eine außerordentliche Besprechung angesetzt. Ich werde dabei sein und berichten, was unseren Part angeht. Später wird man sicher noch Ihre Aussage aufnehmen.«

Eilig brachen wir auf und parkten schon bald vor dem Polizeirevier.
»Am besten, Sie warten oben in der Abteilung«, schlug Frau Mooser vor. »Es kann allerdings dauern.«
So hatte ich mir mein Leben vorgestellt: Auf einem kargen Flur, von einer Neonröhre beschienen, mit Blick auf einen hässlichen Linoleumboden darauf zu warten, dass mein Bodyguard wiederkam. Dabei schien heute die Sonne, und der Himmel war zartblau und beinah wolkenlos. Wer wusste schon, wie oft ich das noch genießen konnte, bevor dieser durchgeknallte mörderische Rätsel-Fritze mich erwischte.
»Kann ich auch draußen warten?«
»Aber nur, wenn Sie in der Nähe des Eingangs bleiben!«
Ich war vollauf zufrieden. Weiter weg hätte ich mich im Moment sowieso nicht getraut.
Ich setzte mich auf die oberste der breiten Stufen, die vom Vorplatz des Gebäudes hinab zum Gehsteig führten. An den Rand, damit ich nicht störte. Ein Haus im Rücken mit so vielen Polizisten darin würde hoffentlich reichen, um meinen Verfolger abzuschrecken.
Wie fühlte sich das Leben wohl an, wenn man nicht nur den Sonnenschein genießen, sondern auch noch mit dem Menschen zusammen sein konnte, den man liebte? Es war schon so lange her, dass ich es fast vergessen hatte. Ich vermisste so vieles. Zärtlichkeit. Sex. Vor allem aber jemanden, von dem ich wusste, dass er für mich da war, jemanden, der zu mir gehörte. Seit Flos Tod hatte ich den Eindruck, durch das Leben zu taumeln wie ein Blatt, das der Wind vom Baum gerupft hatte und vor sich hertrieb.
Auf der anderen Seite lief ein Mann die Stufen hoch. Er schaute zu mir, stutzte – und kam auf mich zu. Sofort war ich in Habachtstellung.

»Hallo! Sie sind doch die Frau, die an der Kapelle war?«
Nun erkannte auch ich ihn. Vor mir stand mein Konkurrent, der mir den Umschlag mit dem Codewort abgenommen hatte.

»Hannes Gereon Freutner.« Er streckte mir die Hand entgegen. »Oder einfach nur HGF, wie meine Freunde mich nennen. Gut, dass ich Sie hier treffe. Ich wollte mich sowieso noch bei Ihnen entschuldigen. Mein Verhalten tut mir wirklich leid. Ich habe mich Ihnen gegenüber unmöglich benommen.«

Ganz sicher würde ich den nicht HGF nennen. Jemand, der mich bedroht hatte, war nicht mein Freund und würde es auch nie werden.

Hannes Gereon Freutner trug eine Jeans und ein graublaues Hemd, das die Farbe seiner Augen hatte. Wenn er nicht so grimmig schaute wie an der Kapelle, wirkte er auf den ersten Blick sogar ganz sympathisch. Vielleicht weil die Falten neben seinen Mundwinkeln aussahen, als hätten sie sich beim Lachen in sein Gesicht eingegraben.

»Ich weiß jetzt, dass Sie Emma bei dem Spiel vertreten haben«, sagte er. »Das ist alles schon echt abgedreht, was? Und jetzt auch noch das. Emma hat mich gestern Abend angerufen und mir das mit dem Paketboten erzählt. Wenn es wirklich stimmt und da hängt ein Mord dran, das wäre einfach nur schrecklich. Ich hoffe, wir kommen glimpflich davon.«

Es war genauso schrecklich, wie er befürchtete. Da hing ein Mord dran. Aber dem würde ich nicht verraten, was ich schon wusste.

»Emma wird auch gleich kommen.« Hannes Freutner sah auf seine Uhr. »Ich habe noch ein paar Minuten Zeit. Sie haben uns beide für heute Morgen einbestellt. Darf ich mich kurz zu Ihnen setzen?«

Ohne auf eine Antwort zu warten, ließ er sich neben mir auf der Stufe nieder. Heute roch er auch deutlich besser als bei unserem Treffen an der Kapelle. Nach Holz, auf das die Sonne schien.

»Ich hätte nie gedacht, dass ich in so etwas hineingerate. Ich habe zum Glück nichts gekauft. Ich war zwar an der Kapelle und hatte das Codewort, aber nachdem diese Frau aufgetaucht ist und was von ›Polizei‹ geschrien hat, habe ich gedacht, ich lasse es lieber. Emma meinte, Sie waren gestern mit einer Frau von der Kripo bei ihr. War das die von der Kapelle? Arbeiten Sie beide für die Polizei, undercover oder so?«

»Ich?« Mila Böckle, Spionin im Dienste der Heidelberger Kripo. Das wäre überhaupt der ideale Nebenjob. »Nein, die Beamtin, die mit mir an der Kapelle war, wohnt zurzeit bei uns in der Pension und hat mitbekommen, dass ich einen etwas seltsamen Job angenommen habe. Sie hat mich begleitet, weil sie neugierig war, was es mit den Rätseln auf sich hat.«

»Ach so.« Er zog ein Portemonnaie aus der Hosentasche und holte ein Foto hervor. »Hier, das ist mein Sohn. Wegen ihm habe ich Ihnen den Umschlag abgenommen.«

Dunkle Haare wie der Papa, eine Stupsnase in einem rundlichen Gesicht. Ich kannte den Jungen schon, aber auch das musste Hannes Freutner nicht wissen.

»Er heißt Jonas. Haben Sie auch Kinder?«

»Nein, noch nicht. Der Storch gibt sie immer falsch ab.«

»Ich war mir nicht sicher, ob ich ein Kind wollte.« Er strich mit dem Daumen über das kleine Gesicht auf dem Bild. »Linda, meine Frau, dafür umso mehr. Das war unser Glück. Aber wir beide haben das nicht gepackt. Unsere Liebe ist am Klein-Klein des Alltags zerbröselt. Die zu Jonas nicht. Wird sie auch nie, das weiß ich. Trotzdem, auch wenn es für Jonas war, ich hätte Sie nicht bedrängen dürfen.«

Er schob das Bild seines Sohnes zurück und ließ das Portemonnaie wieder in seiner Hosentasche verschwinden.

»Ich wollte nur etwas Sicherheit für ihn. Ein kleiner Vorrat für die nächste Zeit, bis sich die Lage auf dem Medikamentenmarkt etwas entspannt hat. Beim ersten Rätsel bin ich nicht auf die Lösung gekommen. Ich hatte auch niemanden, den ich hätte fragen können. Linda sollte davon nichts wissen, ich war mir nicht sicher, ob sie es gut gefunden hätte, wenn ich bei so was mitmache.«

Mein Handy klingelte. Das Display zeigte Frau Moosers Nummer an.

»Moment. Da muss ich ran.«

Frau Moosers Frage war kurz und knapp: »Wer ist das neben Ihnen?«

Ich drehte mich um und schaute zu den Fenstern ihrer Abteilung. Saß sie dort irgendwo in einem Besprechungsraum, direkt am Fenster? Oder hatte sie einen Überwacher für mich angeheuert, der sie auf dem Laufenden hielt?

»Alles in Ordnung«, sagte ich. »Erkläre ich Ihnen später.«

»Soll ich einen Kollegen rausschicken?«

»Nein, nicht nötig.«

Schon war das Gespräch beendet. Das Krokodil passte tatsächlich auf mich auf. Sehr beruhigend. Hannes Freutner wartete, bis ich mein Handy wieder eingesteckt hatte. Er blinzelte, vielleicht weil die Sonne ihn blendete. Oder weil ihm das alles unangenehm war.

»Also, verzeihen Sie mir?«, fragte er.

»Ich überlege es mir.«

»Wenn Sie einmal selbst Kinder haben, werden Sie mich verstehen. Und wenn Sie ein Kind haben, das an einer chronischen Krankheit leidet, dann ist das noch einmal eine ganz andere Hausnummer, glauben Sie mir. Wer will schon, dass es seinem Kind schlecht geht, nur weil ein paar Pillen fehlen? Der Arsch wusste, an wen er sich halten musste. Mit Sicherheit. Deshalb habe auch ich den Brief bekommen und nicht Linda. Ich mochte den Kerl nie.«

Was sagte der da?

»Von wem reden Sie? Wissen Sie etwa, wer dahintersteckt?«

Freutner schnippte mit den Fingern einen kleinen Stein weg, der neben ihm auf der Stufe lag, mit so viel Ärger, dass er ein paar Meter weit flog.

»Emma und ich, wir haben eine Vermutung.«

»Und, wer ist das?«

»Es ist erst einmal nur eine Vermutung. Solche Anschuldigungen will ich nicht einfach so verbreiten. Wir werden das gleich mit der Polizei besprechen.«

Ich musste zumindest erfahren, wie er aussah. Wie sollte ich sonst wissen, vor wem ich mich in Acht nehmen musste. »Es kann sein, dass dieser Mensch mich verfolgt und versucht, mir etwas anzutun. Sie müssen mir das sagen!«

»Was?« Der Ausdruck auf Hannes Freutners Gesicht hätte nicht erstaunter sein können. »Wieso das denn?«

»Seit ich am Schloss war und den Umschlag für Emma geholt habe, passieren seltsame Dinge. Erst hat man versucht, mit einem faustgroßen Stein meinen Kopf zu treffen. Da habe ich noch gedacht, das ginge nicht gegen mich persönlich. Aber gestern Abend hat mich jemand auf die Straße gestoßen. Wenn ein Auto gekommen wäre, wäre ich jetzt tot.«

»Woher soll der denn wissen, dass Sie den Umschlag geholt haben?«

»Weil er mich gesehen hat? Und mir gefolgt ist? Das denkt zumindest die Kommissarin, Frau Mooser.«

»Aber Ihnen etwas antun? Wozu denn?«

»Weil er wütend auf mich ist. Oder weil der Typ total krank ist. Deshalb muss ich wissen, wie dieser Mensch aussieht. Vielleicht mietet er sich als Nächstes bei uns ein Zimmer und stößt mich die Treppe runter.«

Hannes Freutner senkte den Kopf und hielt sich die Hände vor das Gesicht. Ich wartete. Zehn Sekunden, zwanzig Sekunden, dreißig Sekunden. Als er wieder auftauchte, war er rot angelaufen und sah aus, als würde er gleich vor Wut platzen.

»So ein Scheißkerl«, stieß er hervor und stand auf. »Ich gehe jetzt besser. Ich rede erst mit der Polizei. Ich will nicht noch mehr falsch machen. Es tut mir leid. Alles. Auch für Sie, wirklich. Besonders für Sie.«

Er lief die Stufen hoch, als wäre ich dem Tod geweiht und würde ihn mit ins Grab ziehen, wenn er weiter in meiner Nähe bliebe. Das machte doch Mut. Sollte ich besser auch hineingehen?

Doch dann sah ich Emma, die auf Krücken gestützt auf das Gebäude zuhumpelte, mit einem Mann an ihrer Seite.

»Hallo, Mila!«, rief sie, sobald sie mich entdeckt hatte. »Haben sie dich auch herbestellt?« Emma blieb bei mir stehen. »Das ist Rolf, mein Mann. Ich habe ihm erzählt, was los ist. Es kommt jetzt sowieso alles raus. Rolf, das ist Mila.«

»Guten Tag, Brixener«, sagte Emmas Begleiter und machte damit unmissverständlich klar, dass er für mich nicht »Rolf« war.

Ich erkannte in ihm den finster dreinschauenden Mann wieder, den ich auf den Fotos in Emmas Flur gesehen hatte. Er mochte Anfang vierzig sein und trug ein eng anliegendes schwarzes T-Shirt, darüber ein Jackett, Jeans und an den Füßen ein paar helle Laufschuhe, ein Mix aus seriös und sportlich.

»Dann sind Sie diejenige, die bei dem Schwachsinn für Emma mitgemacht hat.« Rolf Brixener betrachtete mich mit einem leicht angewiderten Zug um die Mundwinkel. »Wie kann man sich auf so eine Spinnerei einlassen?«

Welch freundliche Begrüßung. So einen Griesgram ignorierte man am besten einfach.

»Hannes Freutner war gerade hier«, sagte ich zu Emma. »Er hat erzählt, ihr hättet einen Verd…« Weiter kam ich nicht.

»Emma, du bist sowieso schon spät dran«, drängte ihr Mann. »Willst du die Polizei jetzt auch noch verärgern? Du weißt, ich muss noch an die Uni. Also, bitte!«

Er packte sie am Arm und zog Emma mitsamt ihren Krücken fort wie ein kleines Kind.

Im Weggehen rief sie mir zu: »Ich melde mich noch, Mila. Ich habe noch etwas für dich!«

Dann verschwand sie mit ihrem Rolf im Gebäude. Okay, dann würde ich eben noch warten. Von Frau Mooser würde ich schon erfahren, wen Emma und Freutner verdächtigten. Hoffentlich war sie bei der Vernehmung dabei. Das Krokodil würde die beiden in tausend Fetzen reißen, wenn sie nicht auch das allerletzte kleine Detail von dem preisgaben, was sie wussten. Dann hatte der »Scheißkerl« einen Namen, und man konnte ihn festnehmen.

Ich musste noch fast eine Stunde ausharren, in der ich misstrauisch jeden Menschen beäugte, der in meine Sichtweite kam, bis Frau Moosers Anruf mich endlich erlöste. Ich sollte hoch in die Abteilung gehen.

Wir trafen uns in einem kleinen Besprechungsraum am Ende des Flurs, Herr Alsberger, Frau Mooser und ich. Roland Alsberger, Frau Moosers Schwiegersohn und nach Emilio der zweitschönste Mann in Heidelberg, war zurzeit Leiter der Ermittlungsgruppe, die versuchte, den Mord an Ludwig Porchertz aufzuklären. Er hatte kurzes blondes Haar, klar geschnittene Gesichtszüge, und das blütenrein weiße, absolut perfekt sitzende Hemd ließ vermuten, dass er Wert auf gute Kleidung legte. Frau Mooser saß neben ihm, vor sich auf dem Tisch eine offene Brezeltüte.

Als ich in den Abteilungsflur gekommen war, hatte ich Rolf Brixener gesehen, der auf einem Stuhl im Flur wartete und ungeduldig mit dem Fuß auf und ab wippte. Anscheinend saß Emma in irgendeinem der Büros.

Herr Alsberger begrüßte mich freundlich, aber ich glaubte, einen leicht besorgten Unterton in seiner Stimme zu hören. Es gab tatsächlich einen Namen, und es gab auch ein Gesicht dazu.

»Wir haben gerade mit Frau Brixener und Herrn Freutner gesprochen. Die beiden haben uns eine Person genannt, die über entsprechende Hintergrundkenntnisse verfügt und mit der sie in der Vergangenheit Differenzen hatten. Sie und einige andere Eltern, deren Kinder in der Lörberg-Klinik behandelt wurden.«

Er schob mir ein Blatt zu. Darauf war das Bild eines Mannes zu sehen und die Ankündigung eines Vortrags im »Aledanius

Zentrum«, das behauptete, sich für achtsame und menschen-
freundliche Heilmethoden einzusetzen. Die Ankündigung war
allerdings schon vier Jahre alt:»Epilepsie – Wege der Heilung«,
lautete der Titel. Darunter stand:

*Der Heiler Richard Korffkes berichtet an diesem Abend
über Ursachen und vielversprechende alternative Thera-
pieansätze in der Epilepsiebehandlung. Verschlechtert die
schulmedizinische Behandlung die langfristige Prognose?
Welche Alternativen dazu gibt es? Ist die Epilepsie als
Stauungsphänomen durch das richtige elterliche Verhalten heilbar? Interessante Fragen, auf die uns Richard
Korffkes an diesem Abend Antworten geben wird.*

»Haben Sie diesen Mann schon einmal gesehen?«, wollte Herr
Alsberger wissen. »Oben am Schloss? In der Nähe Ihrer Pension? Oder vielleicht bei dem Vorfall gestern Abend?«

Der Mann auf dem Foto hatte eine der üblichen Frisuren
älterer Herren: eine Glatze, umrandet von einem silbergrauen
Haarkranz. Sein breiter Mund passte nicht zu den kleinen
Augen. Er sah aus, als hätte jemand beim Puzzeln die Teile
falsch zusammengesetzt. Mit Hemd, Krawatte und Anzug-
jacke wirkte dieser »Heiler« allerdings so seriös, als wäre er
einer Klinikbroschüre entsprungen. Hatte ich den schon einmal gesehen?

»Ich glaube nicht. Aber gestern Abend waren so viele Menschen in der Plöck … Wenn er dort irgendwo gewesen ist, wäre
er mir nicht aufgefallen. Wer ist das?«

»Richard Korffkes hat als Pfleger in der Klinik Lörberg gearbeitet«, erklärte Frau Mooser. »Bis es massive Beschwerden
über ihn gab. Korffkes hat etwas spezielle Vorstellungen, wie
es zur Epilepsie bei Kindern kommt. Da staut sich irgendein
Astralleib in den Organen, gern in der Leber oder der Lunge,
dann kommt er nicht mehr heraus, und das erzeugt Krämpfe.«

Das hörte sich ziemlich abgedreht an. Dabei sah er auf dem

Foto aus wie der anerkannte Oberarzt, der umsichtig die Geschicke der Klinik leitete.

»Korffkes hat einerseits im schulmedizinischen Betrieb gearbeitet, andererseits als selbst ernannter Heiler seine Thesen angebracht, wann immer er jemanden fand, der ein offenes Ohr dafür hatte.« Herr Alsberger lehnte sich auf seinem Stuhl zurück. »In der Klinik wusste man davon anscheinend lange Zeit nichts. Er scheint ein sehr kluger Kopf zu sein und ist ausgesprochen manipulativ.«

»Er hatte eine eigene Firma für alternative Heilmittel gegründet, die bei Epilepsie helfen sollen, und angefangen, seine Pillen unter der Hand in der Klinik zu verkaufen.« Frau Mooser zog die Brezel aus der Tüte und brach sich ein Stück ab. »Emma Brixener war damals sehr aktiv in der Elterngruppe. Sie hat davon gehört und sein Treiben aufgedeckt. Es hat letztlich dazu geführt, dass ihm gekündigt wurde. Hannes Freutner war zu der Zeit ebenfalls in der Gruppe und hat sich auch dafür engagiert, wie noch einige andere Eltern. Es waren etliche, die sich über Korffkes beschwert haben.«

Richard Korffkes. Ein Pfleger, den man aus der Klinik rausgeschmissen hatte. Das also war der Mensch, den Emma und Freutner hinter den Rätseln vermuteten.

»Herr Freutner erzählte, dass Korffkes nach der Kündigung nicht mehr richtig Fuß gefasst hat«, berichtete Frau Mooser weiter. »Der Grund für seine Kündigung hat sich rumgesprochen. Er hatte Probleme, eine Anstellung zu finden, und ist sozial abgerutscht.«

»Und jetzt rächt er sich, indem er sie ordentlich für das Ripolaxin zahlen lässt, von dem er nichts hält«, sagte ich.

»Das wäre denkbar.« Herr Alsberger wischte einige der Krümel weg, die Frau Mooser auf der Tischplatte verstreut hatte. »Auf jeden Fall kennt Herr Korffkes sich mit Epilepsie-Medikamenten aus. Und er weiß sicherlich, welche Eltern ansprechbar sind.«

»Und der Mann, der das Paket zu Emma gebracht hat?«

»Möglicherweise war Ludwig Porchertz ein Komplize. Warum er getötet wurde, wissen wir im Moment noch nicht.« Herr Alsberger nahm die Ausdrucke wieder an sich und schob sie zurück in die Aktenmappe. »Aber dass der Medikamentendiebstahl und der Mord an Ludwig Porchertz durch dieses Rätsel-Spiel verbunden sind, ist nicht von der Hand zu weisen.«

»Darf ich das Bild noch einmal sehen?«

»Natürlich.« Er gab mir den Ausdruck zurück.

»An der Kapelle saß ein Mann auf einer Bank. Als ich kam, ist er aufgestanden und gegangen. Er hatte den Kopf in die Hände gestützt und nur einmal ganz kurz hochgeschaut.«

Ich sah mir Korffkes' Bild noch einmal an.

»Aber ich glaube, das ist er nicht. Der Mann an der Kapelle hatte keine Glatze, der hatte graue Haare mit Geheimratsecken.«

»Meine Schwiegermutter hat mir erzählt, dass Ihnen vom Schloss aus jemand gefolgt ist?«

»Ja, aber der war total vermummt. Der hat mich auch nicht verfolgt, sondern überholt.«

»Sie werden das alles gleich noch einmal zu Protokoll geben müssen. Wir brauchen von jedem der Männer eine genaue Beschreibung.«

»Oder es sind zwei Beschreibungen desselben Mannes.« Frau Mooser knüllte die leere Brezeltüte zu einem kleinen Ball zusammen. »Jemand folgt ihr vom Schloss, jemand wartet an der Kapelle. Wäre doch möglich, dass es unser Rätselkönig ist, der schaut, ob auch alles so läuft, wie er sich das vorgestellt hat.«

»Glauben Sie auch, jemand will sich an mir rächen, weil ich mich bei dem Spiel eingemischt habe?«, fragte ich Herrn Alsberger. Ich wollte seine Einschätzung hören, in der Hoffnung, er würde sagen, dass Frau Mooser sich irrte.

»Wir werden alle Möglichkeiten in Betracht ziehen, Frau Böckle. Aber machen Sie sich nicht zu viele Sorgen. Vorerst bleiben Sie in Frau Moosers Nähe. Außerdem werden wir die Pension regelmäßig anfahren.«

Es klopfte, herein kam ein anderer Kripobeamter, den ich auch schon kannte. Es war Herr Mengert, breitschultrig, in abgewetzter Lederjacke und mit ultrakurzem Bürstenhaarschnitt.

»Das Konto, auf das Frau Brixener überwiesen hat, ist ein Offshore-Konto bei einer Bank in Puerto Rico. Das können wir vergessen, von da bekommen wir keine Infos.« Er reichte Herrn Alsberger eine Aktenmappe. »Hier. Korffkes ist in Mannheim gemeldet. Der gute Mann ist kein Unbekannter. Gegen den läuft schon eine Anzeige wegen Körperverletzung.«

»Interessant ...« Herr Alsberger blätterte in der Akte. »... Danke, Dieter. Setzt euch mit der Klinik in Verbindung und lasst euch eine Liste von den Angehörigen geben, die die Beschwerde gegen ihn unterschrieben haben. Wir müssen herausfinden, ob noch andere Eltern diese Rätsel bekommen haben. Sieh zu, dass du noch was über Korffkes in Erfahrung bringen kannst. Und dann werden wir dem Herrn einmal einen Besuch abstatten. Frau Böckle, Sie gehen jetzt bitte rüber in das Büro von Herrn Malek, dort wird man Ihre Aussage aufnehmen.«

Dann schenkte er mir ein aufmunterndes Lächeln.

»Nur Mut, vielleicht ist der Spuk bald vorbei.«

Frau Mooser stand auf und warf mit ernstem Gesicht den kleinen Papierball in den Plastikeimer neben der Tür.

»Wollen wir es hoffen«, sagte sie.

Ich überlege, mit meinen Aufzeichnungen aufzuhören und alles zu verbrennen. Es ist totaler Blödsinn, aber seitdem der tote Porchertz an meinem Bett gestanden und verkündet hat, dass sie mich erwischen werden, denke ich viel häufiger darüber nach, ob ich Fehler gemacht habe. Noch mehr Fehler. Einer war, mich auf andere zu verlassen. Ich werde später nur noch Sachen abziehen, die ich allein hinbekomme. Keine Mitwisser mehr. Vielleicht ist es auch gut, dass ich diesen idiotischen Traum hatte. Natürlich war es ein Traum, mehr nicht. Er drängt mich, mir zu überlegen, wie man mir auf die Schliche kommen könnte. Etwas niederzuschreiben, mit dem man mich überführen könnte, ist der pure Leichtsinn. Auch wenn mein Versteck für dieses Buch noch so gut ist. Das Schreiben hilft mir, meine Gedanken zu sortieren und den Kopf zu beruhigen. Abends noch ein paar Zeilen aufs Papier zu bannen, leert Herz und Hirn. Eine Wirkung, auf die ich ungern verzichten werde. Es hat mir sehr geholfen, als ich den Hexenschuss hatte. Trotzdem, ich sollte damit aufhören.

Dass Porchertz an meinem Bett gestanden und mir gedroht hat, man würde mich erwischen, hat nichts mit Geistererscheinungen zu tun. Das war kein Gruß aus dem Jenseits. Das war ein Gruß aus meinem Inneren, mein brillanter Verstand, der mir auf diese Weise rät, vorsichtiger zu sein.

Ich werde dieses Buch verbrennen. Heute noch.

11

Meine Aussage wurde aufgenommen und ein Protokoll angefertigt, das ich zu unterzeichnen hatte. Ich sollte beschreiben, wie der Mann an der Kapelle ausgesehen hatte. Jemand kam mit einem Laptop, auf dem man Mund, Augen, Nase und alles, was sonst zu einem Gesicht gehörte, in jeder erdenklichen Kombination zusammenfügen konnte. Aber es fiel mir so schwer, dass ich immer wieder zurückruderte. Vielleicht würde ich diesen Mann erkennen, wenn er irgendwann einmal vor mir stand. Vielleicht auch nicht. Und über den Jogger konnte ich nicht mehr berichten, als dass er schlank gewesen war und eine königsblaue Jacke getragen hatte. Man fragte mich nach Menschen, mit denen ich Streit gehabt hatte oder die mir aus anderen Gründen hätten schaden wollen. Aber außer unserem speziellen Gast, dem es wohl kaum um mich ging, fiel mir beim besten Willen niemand ein.

Als ich endlich gehen durfte und in den Flur trat, hörte ich Frau Mooser reden. Sie saß im Zimmer von Herrn Pöltz, die Tür war nur angelehnt.

»Das hätten sie mir früher sagen können, wenn ich ihnen auf den Wecker gehe. Aber nein, die ganze Zeit halten sie den Mund, und dann kommt das große Drama. Vier Wochen Urlaub habe ich mir genommen, und plötzlich fällt ihr ein, dass sie ihre Mutter nicht dabeihaben will ... Jetzt fängt Roland hier auch noch an. Ich soll mich nicht in seine Ermittlungen einmischen ... Ja, ich weiß schon, dass ich im Urlaub und im Grunde genommen Zeugin bin, das brauchst du mir nicht zu erklären, aber Roland tut gerade so, als ...«

Hörte sich so an, als hätte es Ärger mit dem Schwiegersohn gegeben. Ich klopfte an die Tür.

»Hallo, ich bin fertig.«

Herr Pöltz begrüßte mich freundlich wie immer.

»Hallo, Frau Böckle, noch einen Kaffee?«

»Nein, wir werden jetzt etwas essen gehen«, bestimmte das Krokodil.

Nach einem kurzen »Tschüss« und der Anordnung »Du hältst mich auf dem Laufenden« verließen wir die Abteilung. Frau Mooser war so in Gedanken versunken, dass sie fast an Emma vorbeigelaufen wäre, hätten nicht deren Krücken in den Weg hineingeragt. Emma saß vor dem Gebäude seitlich der Treppe auf einem Mäuerchen, den Fuß mit dem klobigen Schuh von sich gestreckt.

»Frau Brixener!« Frau Mooser blieb stehen.

»Dieser Idiot«, platzte Emma heraus. »Erst sagt er, alles kein Problem, er kommt mit, dann haut er einfach ab. Projektbesprechung! Als ob man so eine blöde Besprechung nicht verschieben kann. Das macht er nur, weil er mir eins auswischen will. Rolf ist sauer, weil ich mich auf diese Rätsel eingelassen habe.«

Erst jetzt sah ich, dass Emma ihr Smartphone in der Hand hielt.

»Dann habe ich Ferdi angerufen und gefragt, ob er mich holen kann. Aber mein toller Cousin meint, ich solle mir doch ein Taxi nehmen. Er übe gerade mit Paulina Seilchenspringen, und außerdem sei er nicht dazu da, Rolfs asoziales Verhalten auszubügeln. Jetzt ist mein Akku leer, und ich kann mir nicht einmal ein Taxi rufen.«

»Wenn Sie möchten, fahre ich Sie gleich nach Hause«, bot Frau Mooser an. »Aber wir wollten gerade noch etwas essen gehen. Das Café ist gleich hier vorn. Möchten Sie mitkommen?«

Emma stimmte sofort zu. Wahrscheinlich brauchte sie jemanden, bei dem sie über die Männer in ihrem Leben schimpfen konnte.

»Soll Ferdi noch ein bisschen Seilchenspringen. Ich komme gern mit, danke.«

Das Café Merlin lag nur wenige Meter vom Polizeirevier

entfernt, an der Ecke zur Bergheimer Straße. Während Emma in einem Salat herumpickte, beschwerte sie sich weiter über Rolf. Es sprudelte nur so aus ihr heraus. Emma und er hatten sich vor einigen Monaten getrennt.

»Wir waren gerade erst von Heilbronn hierhergezogen, weil er eine Stelle an der Uni in Mannheim bekommen hat. Mir hat der Umzug nach Heidelberg ganz gut gepasst, weil einige meiner Freundinnen hier wohnen. Und vor allem wegen Ferdi, meinem Cousin.«

Emma selbst war Grundschullehrerin, hatte sich aber beurlauben lassen, um mehr Zeit für Paulina zu haben.

»Ferdi ist Paulinas Patenonkel. Er hat zurzeit keinen Job. Ich unterstütze ihn ein bisschen, dafür passt er manchmal auf Paulina auf. Eine Win-win-Situation. Aber Rolf meckert immer nur. Der kann nicht den kleinsten Fehler verzeihen, dabei kümmert Ferdi sich so nett um Paulina.«

»Was für einen kleinen Fehler hat Ihr Cousin denn gemacht?«

Frau Mooser kippte ausgiebig Ketchup über ihre Pommes und hatte Ohren groß wie Blumenkohl.

»Er war einmal bekifft, als Rolf Paulina bei ihm abgeholt hat. Ferdi ist da eben ein bisschen lockerer drauf. Rolf würde so etwas nie tun. Der soll froh sein, dass Ferdi sich um Paulina kümmert. Wenn sie in Lörberg war, ist er öfter dort gewesen als Rolf. Der hat natürlich behauptet, Ferdi hätte das nur getan, weil er sich in eine der Pflegerinnen verknallt hat. Aber Paulina liegt Ferdi wirklich am Herzen, ob er nun in Luise verliebt war oder nicht.«

Luise, die freundliche Klinikangestellte, von der wir die Infos über die Angehörigengruppe bekommen hatten. Jetzt war mir klar, weshalb sie sich so interessiert nach Paulinas Patenonkel erkundigt hatte.

Nachdem Emmas Wut über den Ex halbwegs verraucht war, schimpfte sie über Korffkes weiter.

»Das ist so ein Widerling. Ich habe ihn per Zufall an dem

Tag in der Klinik getroffen, als er erfahren hat, dass er entlassen wird. Ich dachte, der geht mir an die Gurgel. Er kam auf mich zu und hat mich lauthals beschimpft. Menschen wie ich wären schuld, wenn Kinder mit giftiger Chemie vollgestopft würden. Unsere Kinder würden für unsere Dummheit bezahlen. Ich war heilfroh, als jemand dazukam.«

Emma spießte mit der Gabel ein Stück Tomate auf.

»Mich hat er auch nie mit seinen verschrobenen Theorien behelligt. Der wusste ganz genau, an wen er sich halten musste. Es waren immer die, die an der Schulmedizin Zweifel hatten.«

Ich konnte mir gut vorstellen, dass es genügend Eltern gab, die sich sorgten, ob sie für ihre Kinder das Richtige taten. Antiepileptika, das hatte ich bei meiner Recherche in der Bäckerei auch gelesen, konnten müde machen, Schwindel und Übelkeit verursachen.

»Wenn er sie erst einmal genug verunsichert hatte, hat er ihnen seine Spezialpillen verkauft, von denen keiner wusste, was drin war. Dass der uns jetzt das Ripolaxin zu Mondpreisen verkauft, ist der reinste Hohn und Spott.«

Frau Moosers Handy klingelte. Ein Blick auf das Display, dann drückte sie auf das grüne Icon.

»Ja, hallo! ... Einen Moment ... Warte, ich gehe raus.«

Sie nickte uns kurz entschuldigend zu, schon war sie mit ihrem Handy zur Tür hinaus. Sobald sie nicht mehr zu sehen war, begann Emma in ihrer Handtasche nach etwas zu suchen. Schließlich zog sie einen Umschlag heraus und hielt ihn mir hin.

»Das ist für dich, Mila. Ich hatte vor, Rolf zu bitten, mich nach der Vernehmung bei dir vorbeizufahren. Ich wusste ja nicht, dass wir uns hier treffen. Bitte, nimm es an. Ich fühle mich so mies. Du würdest mir wirklich einen Gefallen tun.«

Ich schaute hinein. In dem Umschlag waren mehrere Hundert-Euro-Scheine.

»Bitte!«, drängte Emma. »Ich bin dir das schuldig.«

Genau darum ging es, um Emmas Schuldgefühle. Sie versuchte gerade, sich freizukaufen. Wenn ich das Geld annahm, machte ich es ihr verdammt einfach. Dann dachte ich an die Kaution, die ich vielleicht zu zahlen hatte, wenn ich mir doch eine neue Bleibe suchen musste, und ließ den Umschlag kommentarlos in meiner Hosentasche verschwinden.

»Und pass auf dich auf, hörst du«, sagte Emma. »Hannes hat mir eben auf dem Flur erzählt, was dir zugestoßen ist. Ich hoffe nur, dass das nichts mit den Rätseln zu tun hat. Aber wer weiß schon, was in so einem verkorksten Typen vor sich geht. Es gab ein Gerücht, das in der Klinik rumging. Es hieß, Korffkes hätte einen frei laufenden Hund dabei erwischt, wie er auf dem Klinikparkplatz an seinem Auto das Bein gehoben hat. Angeblich hat er ihn halb totgetreten. Ich weiß nicht, ob das stimmt, erzählt wird viel. Aber besser, du weißt davon.«

Wie beruhigend. Konnte Emma nicht einfach ihren Mund halten?

Frau Mooser kehrte zurück. Obwohl ihr Teller nicht einmal halb leer war, schob sie das Besteck zusammen und sagte kaum noch etwas, bis wir aufbrachen.

In der Straße, in der Emma wohnte, sah man schon von Weitem ein Mädchen auf dem Gehsteig Seilchenspringen. Ihre Zöpfe flogen bei jedem Hüpfer in die Luft. Nicht weit davon entfernt stand der Mann mit den lockigen Haaren, der mir bei meinem ersten Besuch bei Emma an der Tür begegnet war. Er lehnte an der Hauswand und schaute auf sein Handy. Die Jeans, die er trug, war an einigen Stellen zerrissen, das T-Shirt so verwaschen, als stünde es kurz vor seiner Ernennung zum Putzlappen. Nur seine Turnschuhe sahen noch erstaunlich weiß und unbenutzt aus.

Emma quälte sich mit ihren Krücken aus dem Auto. Paulina hatte sie gleich entdeckt und kam ihr entgegengelaufen, während Emmas Cousin nur kurz zu ihr herübersah und, ohne eine Miene zu verziehen, gleich wieder auf sein Handy starrte. Erst als Emma bis zu ihm gehumpelt war und ihn ansprach, hob er den Kopf. Gemeinsam mit Paulina verschwanden sie im Haus.

»Na, das war doch mal eine nette Begrüßung.« Frau Mooser ließ den Wagen an. »Und was tun wir beide jetzt?«

Ich hatte keine Lust zu gar nichts. Außer vielleicht, mich in meiner Dachkammer ins Bett zu legen und die Decke über den Kopf zu ziehen. Meine Lieblingsstrategie, wenn das Leben schwierig wurde.

»Machen wir einen kleinen Ausflug«, schlug das Krokodil vor. »Wir können im Moment sowieso nichts tun, außer zu warten. Arthur wird mich informieren, sobald es Neuigkeiten gibt. Ich könnte etwas Bewegung vertragen.«

Also fuhren wir weiter nach Handschuhsheim, dem nördlichsten Stadtteil Heidelbergs. Mit seiner kleinen Burg aus rotem Sandstein und den alten Häusern, die sich im Ortskern aneinanderreihten, hätte man glauben können, hier in dieser dörflichen Atmosphäre würde es friedlich und beschaulich zugehen. Ich wusste es besser, denn Frau Mooser und ich hatten in einem der Hinterhöfe schon an Händen und Füßen gefesselt um unser Leben gebangt.

Eine schmale Straße führte uns hoch bis zu einem Parkplatz am Waldrand. Hier begann der Spazierweg ins Mühltal. Leicht ansteigend zog sich der Weg an einer Wiese, dann wieder an hohen Bäumen entlang. Der Mühlbach war mal kaum sichtbar, mal zu Tümpeln gestaut, wahrscheinlich sehr zur Freude von Kaulquappen und den schwarz-gelben Feuersalamandern, die es hier geben sollte. Der Jahrhundertsturm hatte alles Laub, das nicht fest an den Bäumen hing, abgerissen und ein paar Äste gleich mit dazu. Trotzdem wirkte dieses grüne Tal wie aus einem Bilderbuch, ruhig und verwunschen, und schien zu einer anderen Welt zu gehören als die trubelige Heidelberger Altstadt.

Das Krokodil war ungewöhnlich schweigsam. Es war nicht allzu schwer, sich zusammenzureimen, dass es mit ihrem Telefonat im Merlin zu tun haben musste.

»War das Ihre Tochter, die eben angerufen hat?«

»Nein. Es war Arno, mein Freund.« Frau Mooser blieb stehen und stützte die Hände in die Seiten. »Er möchte, dass ich zu ihm nach Lappland komme. Ich habe aber keinen Nerv für Rentiere und Elche, wenn ich mit meiner Tochter Krach habe.«

»Aber vielleicht wären Rentiere und Elche jetzt die perfekte Ablenkung.«

»Nein, ich kenne mich. Ich würde nur schlechte Laune verbreiten. Das kann nicht gut gehen. Arno hat sich beklagt, ich würde Vera immer den Vorrang geben. Deshalb haben wir uns schon öfters gestritten.« Frau Mooser schob mit dem Fuß einen Zweig beiseite, der auf dem Weg lag. »Aber so sauer wie heute habe ich ihn noch nie erlebt. Ich glaube, an seiner Stelle wäre ich es auch.«

»Wenn Ihre Tochter wollte, dass Sie an die Nordsee nachkommen, hätte sie Sie bestimmt längst angerufen. Was macht das noch für einen Sinn, hier zu warten?«

»Na, schließlich muss ich auf Sie aufpassen.«

»Tun Sie doch nicht so, als wäre ich der Grund, warum Sie noch hier sind!«

Erst manövrierte sie mich in den ganzen Mist rein, und jetzt sollte ich auch noch für ihren Beziehungsstress verantwortlich sein. Das war ja noch schöner.

»Also gut. Sie sind nicht der Hauptgrund. Aber Sie wissen doch, wie das ist, wenn man sich an etwas festbeißt und nicht anders kann.«

»Ich? Wieso ich?«

»Sie sind doch das Paradebeispiel dafür. Hocken in der Pension, falten Wäsche zusammen und himmeln den Partner Ihres Freundes an. Jedes Mal, wenn Emilio in der Nähe ist, sehen Sie aus wie eine verliebte Kuh.«

»Und wie bitte schön sieht eine verliebte Kuh aus?«

»Na, so wie Sie.«

»Prima, das ist ja eine richtig gute Beweisführung. Ich habe es Ihnen schon einmal gesagt: Sie liegen komplett falsch. Emilio ist nur ein Freund!«

»Sicher«, sagte das Krokodil. »Und ich bin die neue Primaballerina vom Berliner Staatsballett.«

»Ach, ja? Glückwunsch.«

»Ich habe einen Blick für so etwas, Mila. Sie haben sich verrannt. Ich glaube, das zwischen Hugo und Emilio hat gute Chancen zu halten. Sie werden vom Kuchen nichts abbekommen. Wenn Sie so weitermachen, werden Sie nur unglücklich. Und in ein paar Jahren sind Sie nicht nur unglücklich, sondern verbittert, weil Sie Ihr Leben nicht gelebt haben. Ziehen Sie die rosarote Brille ab und sehen Sie sich Emilio einmal genau an. Seine Schwachstellen. Die hat jeder von uns. Beim Entlieben kann das sehr hilfreich sein.«

Das hörte sich an, als gäbe es einen Schalter, den man nur umlegen musste, und schon war es mit den Gefühlen vorbei. Aber Emilio hatte keine Schwachstellen, und wenn, ich liebte sie alle.

»Ich habe noch nie einen Menschen gehört, der so laut lacht«, half Frau Mooser mir auf die Sprünge. »Und seine Füße riechen auch nicht nur nach Blumen. Gestern hat er sich unter dem Küchentisch die Schuhe ausgezogen. Du lieber Gott!«

»Sie sind gemein.«

»Ja, stimmt. Ich bin gemein. Aber Menschen, die ich mag, sehe ich nicht gern beim Unglücklichsein zu.« Frau Mooser ließ ihren Blick über die Wiese schweifen, bis er wieder bei mir landete. »Wir beide tun Dinge, die nicht gut für uns sind. Sie blockieren sich und versuchen jeden Tag, Ihre Gefühle zu verstecken, und ich bin so dumm und gehe das Risiko ein, den Mann zu verlieren, den ich über alles schätze. Warum tun wir uns das an?«

Sie gab sich die Antwort auf ihre Frage gleich selbst.

»Weil wir einen Grund haben, das zu tun. Einen Grund, der stark genug ist: Sie lieben Emilio, und ich liebe meine Tochter.«

Eine goldgrün schimmernde Libelle schwebte an uns vorbei, hinüber zum Bach. Eine verbitterte alte Frau. So hatte ich meine Zukunft noch nie gesehen, aber die Chancen darauf standen wahrscheinlich ziemlich gut.

»Wenn wir Risiken eingehen, tun wir das nie ohne Grund. Es gibt für alles einen Grund. Es muss auch einen Grund geben, warum uns eines der Rätsel zu genau dieser Kapelle führt. Einen guten Grund.«

Kleiner Themenwechsel. Ich war froh drum.

»Das erste Rätsel ist den Hexen gewidmet. Wenn Korffkes so wütend auf Emma war wegen seiner Kündigung, wäre das ein guter Grund. Emma mit den roten Haaren. Emma, die böse Hexe.« Frau Mooser vergrub die Hände in die Taschen ihres Capes. »Aber warum geht es im zweiten Rätsel um die Gutleuthofkapelle? Wie kommt jemand, der in Mannheim wohnt, auf eine kleine Kapelle in Heidelberg? Warum geht es nicht um eine andere Kapelle, eine in Mannheim, die Magdalenenkapelle zum Beispiel?«

Eine Frau kam uns entgegen, mit einem weiß-braunen Spaniel, der mal hier und mal dort stehen blieb, um interessiert herumzuschnüffeln. Ich musste sofort daran denken, was Emma erzählt hatte. An den Hund, den Korffkes angeblich halb totgetreten hatte. Wenn ihn das schon so wütend machte, was stellte er dann mit jemandem an, der ihm bei seinem Rätsel-Spiel dazwischenfunkte? Auf die Straße stoßen war vielleicht nur die erste Stufe in seinem Racheprogramm.

Nun wechselte ich das Thema, ich wollte nicht länger über diesen Menschen nachdenken.

»Was werden Sie jetzt tun, ich meine, wegen Arno?«

»Ich reise nach Lappland …«, Frau Mooser lächelte, ein wenig hämisch, wie ich fand, »… wenn Sie Ihre rosarote Brille ablegen. Also vorerst wohl nicht.«

Wir wanderten das Mühltal hoch, kehrten auf der anderen Seite des Baches wieder zurück und hingen unseren Gedanken nach. Ich sah mich alt und runzlig auf einem Hocker in unserer

Waschküche sitzen und Bettwäsche zusammenfalten. Es war Frau Moosers Bild, aber jetzt war es in meinem Kopf.

Nach unserer Rückkehr ging Frau Mooser gleich hoch in ihr Zimmer. Hugo war dabei, das neu gerahmte Bild über Rosels Bett aufzuhängen. Er hatte uns kommen hören und stand im Flur, noch bevor ich meine Jacke ausgezogen hatte. »Da bist du ja wieder. Gibt es etwas Neues?« Ich berichtete ihm, was geschehen war und dass es einen Verdächtigen gab. Natürlich hoffte ich, er würde mir erzählen, ob er und Emilio immer noch Streit hatten, aber er sagte nichts, und ich fragte nicht. Oben in meiner Dachkammer holte ich Emmas Umschlag heraus. Es waren die vereinbarten fünfhundert Euro. Das würde wohl reichen, um die Kaution für ein WG-Zimmer zu bezahlen. Ich schob ihn vorerst unter meine Matratze.

Als es am Abend an der Haustür klingelte, hatte ich seit Stunden auf meinem Bett gelegen und Sudokus gelöst, um nicht an Frau Moosers Prophezeiung denken zu müssen. Außer Emilios Stimme hörte ich die eines anderen Mannes, eine, die mir bekannt vorkam. Vorsichtig schaute ich ins Treppenhaus. Es war Herr Pöltz, der schweren Schrittes die Stufen hochkam und an Frau Moosers Zimmertür klopfte.

Nachdem er in ihrem Zimmer verschwunden war, schlich ich mich vor ihre Tür. Manche verurteilen neugierige Menschen, aber ohne sie wüssten wir immer noch nicht, dass es hinter den Alpen weitergeht. Neugier erweitert den Horizont und ist schlicht und ergreifend überlebensnotwendig. Zum Beispiel, wenn man beinahe einen Stein an den Kopf bekommen hat und andere vielleicht mehr darüber wissen als man selbst. Ich hielt mein Ohr so nah wie möglich an die Tür. Herr Pöltz sprach leider so leise, dass ich nur ein paar Satzfetzen verstehen konnte. Aber was ich hörte, reichte. Es ging um Richard Korffkes. Es war etwas schiefgelaufen.

12

Bei meiner Lauschaktion stieß ich aus Versehen mit dem Arm an die Klinke. Frau Mooser wusste das metallene Geräusch richtig zu deuten.
»Kommen Sie nur herein, Mila. Das ist bequemer, als vor der Tür zu stehen.«
Ich trat ein, die Schamröte im Gesicht. Herr Pöltz saß auf dem Sofa, tief in die weichen Kissen eingesunken. Auf seiner Stirn glänzten Schweißperlen.
»Hallo, Frau Böckle«, grüßte er matt.
»Tut mir leid ... Ich ...«, stammelte ich.
»Kommen Sie, setzen Sie sich zu uns.« Frau Mooser thronte in ihrem Bademantel auf dem Bett und deutete neben sich.
»Arthur erzählt gerade, wie es mit Herrn Korffkes gelaufen ist. Sprich ruhig weiter, Arthur. Frau Böckle ist direkt betroffen, sie sollte wissen, was los ist.«
Vom Sofa her war ein leises Schnaufen zu hören.
»Es gab leider Probleme«, erklärte Herr Pöltz. »Die Kollegen waren bei Korffkes, der ist auch ganz bereitwillig zur Vernehmung mit auf die Dienststelle gefahren. Wir hatten inzwischen Informationen über ihn in der Lörberg-Klinik eingeholt. Korffkes hat noch Kontakt zu einem der früheren Kollegen. Ihm gegenüber hat er aus seiner Wut auf die Eltern keinen Hehl gemacht. Emma Brixener ist für ihn ein rotes Tuch, weil sie die Aktion gegen ihn angeführt hat.«
Herr Pöltz rutschte ein wenig nach vorn, wohl im Bemühen, nicht noch tiefer in den Sofakissen zu versinken.
»In der Vernehmung hat er alles abgestritten. Es gab keine Handhabe, ihn festzuhalten. Zwei Stunden später ging ein Anruf ein, dass ein Betrunkener am Mannheimer Bahnhof Passanten belästigen würde. Als die Kollegen von der Streife kamen, lief ein Mann auf dem Vorplatz pöbelnd mit der Schnapsflasche

durch die Gegend. Die beiden haben ihn angesprochen, da hat er rumgeschrien, ob sie eigentlich wüssten, wen sie vor sich hätten. Ob die anderen Scheiß-Bullen und der Scheiß-Arschberger ihnen nicht gesagt hätten, dass er Richard Korffkes sei, der größte Heiler der Welt.«

Herr Pöltz zog ein riesiges weißes Taschentuch hervor und wischte sich damit den Schweiß von der Stirn.

»Sie wollten ihn mitnehmen, damit er in der Ausnüchterungszelle seinen Rausch ausschlafen kann. Da hat Korffkes etwas aus der Jackentasche gezogen und sich an den Hals gehalten. Er hat gedroht, er würde sich die Kehle durchschneiden, wenn sie noch näher kamen. Die Kollegen konnten nicht sehen, was es war, und haben erst einmal Abstand gehalten. Wahrscheinlich war es ein Kuli, der lag später dort auf dem Boden.«

Passanten waren stehen geblieben, erzählte Herr Pöltz, einer hatte sich zum Helden berufen gefühlt und versucht, Richard Korffkes zu überwältigen.

»Korffkes hat ihm mit einem Schlag die Nase zertrümmert, noch bevor die Kollegen einschreiten konnten. Einige sind hinzugestürzt, um zu helfen, andere sind in Panik geraten und in alle Richtungen gelaufen. Die Kollegen wurden regelrecht überrannt. Ein Zugriff auf Korffkes war nicht mehr möglich, ohne jemanden zu gefährden.«

»Das heißt, er ist Ihnen entwischt?«, fragte ich.

»Ja, er hat es geschafft, in dem Tumult zu verschwinden.«

Der Spuk hätte zu Ende sein können. Genau wie Herr Alsberger gesagt hatte. Korffkes hatte Drohungen gegen die Eltern ausgestoßen, und die Polizei ließ ihn entkommen.

»Er ist zur Fahndung ausgeschrieben, und seine Wohnung wird überwacht, für den Fall, dass er dahin zurückkehrt.«

»Wie geht es dem verletzten Passanten?«, erkundigte sich Frau Mooser.

»Einigermaßen. Korffkes hat ganz ordentlich zugeschlagen. Erstaunlich, dass der in seinem alkoholisierten Zustand so schnell reagieren konnte.«

»Betrunken und viel Wut im Bauch. Das hört sich nicht gut an.« Frau Mooser rückte den Kragen ihres Bademantels zurecht. »Wäre besser, wenn ihr ihn bald findet.«

»Danke für den Tipp, wir wollten damit eigentlich noch ein wenig warten.«

»Und die Anzeige wegen Körperverletzung, von der Mengert sprach?«

»Da hat er sich in einer Gaststätte mit einem jungen Kerl geprügelt, mit dem er in Streit geraten ist.«

»Wie geht es Roland mit der Sache?«

»Der kriegt das schon hin, Maria. Tu mir einen Gefallen und ruf ihn jetzt nicht an, um ihm zu erklären, was er zu tun hat. Die Stimmung zwischen euch ist schon mies genug.«

»Keine Sorge, das hatte ich nicht vor. Hat er etwas von dem Kleinen erzählt?«

Herr Pöltz steckte umständlich sein Taschentuch wieder ein. Selbst ich bemerkte, dass er mit der Antwort zögerte.

»Nein, hat er nicht.« Der große Mann erhob sich schwerfällig vom Sofa. »So, jetzt bist du auf dem neuesten Stand, und ich gehe nach Hause. Wäre schön, wenn ihr eure familiären Spannungen bald in den Griff bekommt. Würde mir das Leben einfacher machen.«

»Ich bringe dich noch zur Tür.«

Frau Mooser begleitete ihn nach unten, aber Herr Pöltz ging nicht nach Hause. Ich hörte Frau Mooser im Flur etwas von »noch ein Bier« sagen, dann verschwanden die beiden in der Küche.

Zurück in meiner Dachkammer hatte ich nun nicht nur das Bild von der verbitterten alten Frau im Kopf, sondern auch noch das von Korffkes, der mit der Faust die Nase eines Passanten zertrümmerte. Da half auch kein Sudoku mehr.

Es dauerte, bis unten die Haustür ging. Die Treppe knarrte, dann klopfte Frau Mooser an meine Tür.

»Mila, sind Sie noch wach?«

Ich dachte, sie käme, um mit mir über Korffkes' Verschwinden zu reden. Aber Frau Mooser hatte ein anderes Problem – einen akuten Kummeranfall.

»Es hat drei Bier gebraucht, ehe Arthur es mir erzählt hat. Ich kenne ihn in- und auswendig, ich habe gesehen, dass er mir etwas verschweigt. Mein Enkel hat eine schlimme Bronchitis. Ich denke, ich rufe Vera an. Oder soll ich einfach hinfahren? Sie hat noch so wenig Erfahrung mit kranken Kleinkindern. Was meinen Sie, Mila?«

»Seien Sie einfach nett zu Ihrem Schwiegersohn und warten Sie ab«, riet ich. »Wenn Ihre Tochter mit Ihnen sprechen will, wird sie sich schon melden.«

Aber Frau Moosers Familienzwistigkeiten interessierten mich im Moment nicht wirklich.

»Was glauben Sie, was wird Korffkes jetzt machen?«

»Korffkes?« Frau Mooser schien überrascht, dass man an Korffkes denken konnte, wenn ihr Enkel eine Bronchitis hatte.

»Ja, Korffkes! Der Mann, der möglicherweise mit einem Stein nach meinem Kopf geworfen und mich auf die Straße gestoßen hat, wenn Ihre Vermutung stimmt.«

»Fragen Sie doch meinen Schwiegersohn«, sagte sie. »Das ist nicht mein Problem.«

Aber selbst eine Hauptkommissarin irrt manchmal.

Ich schlief denkbar schlecht in der Nacht und stand zeitig auf, um Frühstück zu machen, bevor Frau Mooser wieder meinen Job an sich riss.

Emilio kam als Erster zu mir in der Küche. Er sah ein wenig verstrubbelt und wieder einmal unverschämt gut aus. Wenn Frau Mooser mir anmerkte, dass ich verliebt in ihn war, hatte er dann auch etwas bemerkt? Oder, noch schlimmer, Hugo? Ich vermied es, ihn anzusehen, und füllte Wasser in die Kaffeemaschine. Emilio plauderte über dies und das, dann kam er auf mich zu.

»Was ist mit dir, Mila? Du wirkst oft so traurig und bedrückt.« Ohne Vorwarnung zog er mich in seine Arme. »Ist es noch wegen Flo? Das wird bestimmt besser, glaub mir.« Ich wusste, er wollte mich nur trösten, mehr war das nicht. Egal, was ich dabei empfand. Ich stand da, stocksteif, und erlaubte mir nicht, seine Umarmung zu erwidern, weil ich mir nicht traute. Emilio ließ mich auch gleich wieder los, vielleicht dachte er, es wäre mir unangenehm. Zum Glück, denn zwei Sekunden später schlurfte das Krokodil im Bademantel herein und setzte sich nach einem knurrigen »Guten Morgen« an den Frühstückstisch. Frau Mooser gab keine Anweisungen und meckerte auch nicht, dafür starrte sie mit leerem Blick auf das karierte Tischtuch und krümelte mit ihrem Croissant alles voll. Ich versorgte sie mit Kaffee und ließ sie in Ruhe, weil ich das Krokodil in diesem Zustand nicht einschätzen konnte. Wahrscheinlich litt sie immer noch an ihrem Tochter-Liebeskummer. Nach einer Weile verschwand sie mitsamt Kaffeebecher nach oben.

Ich hörte erst am Mittag wieder etwas von ihr, während ich dabei war, die Treppe zu wischen. Hinter Frau Moosers Zimmertür erklang die Melodie von »Mission Impossible«. Diesmal musste ich mithören, so laut, wie sie redete, blieb mir gar nichts anderes übrig.

»Ja, danke, grüß sie zurück ... Eine kleine Erkältung, aha ... Was? Ach, heute Morgen, nein das hätte ich jetzt nicht gedacht ... Na, die Eltern werden dir das auch nicht auf die Nase binden. Ihr solltet nach anderen Wegen suchen, um das herauszufinden ... Wie du meinst, das sollte keine Kritik sein, natürlich ist das deine Entscheidung ... Ich könnte den Brief bei ihr abholen und zu euch bringen. Vielleicht redet sie bei mir. Ich habe einen guten Draht zu Frau Brixener, möglicherweise weiß sie etwas darüber, ob andere Eltern gezahlt haben ... Gut, dann übernehme ich das. Bis später.«

Kaum hatte sie das Gespräch beendet, kam sie zu mir in den Flur.

»Lassen Sie das mit dem Putzen Ihre Männer machen! Wir

haben Wichtigeres zu tun. Emma Brixener hat sich bei meinem Schwiegersohn gemeldet. Sie hat ein neues Rätsel bekommen. Ich habe angeboten, den Brief bei ihr abzuholen und ihn auf die Dienststelle zu bringen.«

Auf der Fahrt zu Emma verlor Frau Mooser kein Wort mehr über ihre Tochter und den kranken Enkel. Sie schien wieder ganz die Alte zu sein und fuhr beinahe einen Radfahrer an, während sie mir erzählte, dass man Richard Korffkes noch nicht gefasst hatte und dass nicht nur bei Emma ein neues Rätsel eingetroffen war. Auch Hannes Freutner hatte eines mit der Post erhalten und sich bereits bei der Kripo gemeldet.

Emma ging es ganz offensichtlich besser. Als sie uns an der Haustür empfing, war sie nicht mehr so blass, hatte sich geschminkt und sah so hübsch aus wie auf dem Foto vom Elternausflug.

»Herr Alsberger hat mir schon Bescheid gegeben, dass Sie unterwegs sind. Ich habe alles in eine Plastikhülle getan, wie er gesagt hat.«

Emma humpelte vor uns den Flur entlang. Der Brief lag auf dem Couchtisch. Sie nahm die Hülle und reichte sie Frau Mooser.

»Ich habe Ferdi gebeten, Paulina heute zu sich zu nehmen. Das macht mich alles ziemlich fertig, und auftreten kann ich auch kaum.« Emma stützte sich an der Couchlehne ab, streckte das Bein aus und ließ sich in die Polster sinken. »Rolf kümmert sich nur außer der Reihe um Paulina, wenn ich mindestens zwei Tage vorher einen Antrag stelle. Am besten schriftlich und in doppelter Ausführung.«

Während Emma klagte, studierte Frau Mooser das Schreiben.

»Gleiche Struktur, gleicher Sprachstil«, sagte sie und gab es an mich weiter. Auf dem Papier standen nur vier Zeilen:

»Nur der gewinnt, der klug und schnell ist: Sein Körper war sechsunddreißig Jahre gefangen, aber sein Geist blieb frei.

Suche dort, wo in Heidelberg seine Worte in Stein gemeißelt stehen. Beim Himmel findest du, was du brauchst.«

Beim Himmel. Was sollte das bedeuten? Gab es in Heidelberg irgendeinen Ort, der als »Himmel« bezeichnet wurde? Mir fiel nur die »Himmelsleiter« ein, ein Weg, der auf den Königstuhl führte.

»Frau Brixener, Sie kennen doch viele der Eltern gut, deren Kinder in Lörberg behandelt wurden«, begann Frau Mooser.

»Die Kollegen haben gestern mit denen Kontakt aufgenommen, die sich an der Unterschriftenaktion gegen Korffkes beteiligt haben und auf der Liste der Angehörigengruppe stehen. Angeblich ist keiner wegen des Ankaufs von Ripolaxin kontaktiert worden. Man kann sich gut vorstellen, dass auch niemand zugeben möchte, gestohlene Medikamente gekauft zu haben. Aber wenn der Täter gefasst wird, wird man sicher herausfinden, wer etwas gekauft hat. Sie verraten nichts, wenn Sie uns Namen nennen, Sie helfen nur dabei, dass die Wahrheit früher ans Licht kommt.«

Doch Emma schüttelte den Kopf.

»Ich habe darüber nicht mit anderen Eltern gesprochen. Wirklich nicht. Nur mit Hannes, nachdem er mich angerufen hatte.«

»Wer kommt an die Adressen der Eltern?«

»Jeder, der nicht völlig dumm ist. Zumindest an die Adressen der Eltern, die in der Angehörigengruppe sind oder waren. Die Liste hängt in einigen Stationszimmern am Pinnbrett. Die Krankheit wird immer noch viel zu oft tabuisiert. Als müsste man sich schämen, wenn man ein Kind hat, das an Epilepsie erkrankt ist. Das Pflegepersonal darf die Adressenliste rausgeben. Alle aus der Gruppe haben sich bereit erklärt, als Erstkontakt für Interessenten zur Verfügung zu stehen. Auch viele der Ehemaligen.«

Emma zupfte eine Fluse von ihrem Pullover. Mit spitzen Fingern ließ sie sie zu Boden fallen.

»Ich weiß nicht, wer sonst noch gezahlt hat. Tut mir leid.

Wirklich nicht. Allerdings ... Es gibt noch eine Sache, die ich nur einmal erwähnen wollte, falls ...«

Der helle Ton der Türklingel unterbrach sie.

»Könntest du bitte aufmachen, Mila?«, bat sie. »Das ist Amelie, meine Freundin. Sie war für mich einkaufen.«

Ich ging zur Wohnungstür und drückte den Öffner, aber es kam niemand herein. Dafür reckte jemand oben im Treppenhaus den Kopf über das Geländer.

»Hallo!«, rief eine Frauenstimme. »Wer ist denn da?«

Offenbar hatte es bei mehreren Parteien gleichzeitig geklingelt. Der Kopf verschwand wieder. Auch ich ging zurück, aber ich war kaum in der Wohnung, als es erneut schellte und gleich darauf summte. Jemand anderes hatte schon den Türöffner betätigt. Wieder erschien der Kopf über dem Geländer, eine Frau, deren lange blonde Haare herabhingen, als wäre sie Loreley.

»Gehen Sie doch bitte einmal nachsehen, ob die Haustür abgeschlossen ist. Unser lieber Herr Folkmann geht gern auf Nummer sicher.«

»Was ist hier los?« Frau Mooser kam aus der Wohnung. »Mila!«

Doch ich war schon an der Haustür und hatte sie aufgezogen. Vor mir stand ein Mann, der sich mit einer Hand an der Wand abstützte. Die Kleidung verdreckt, die Hose etwas runtergerutscht, graue Stoppeln im Gesicht. Er sah aus, als käme er, um ein paar Euro zu schnorren.

»Lassen Sie ihn nicht rein!«, rief Frau Mooser.

Zu spät. Der Fremde stieß mich in den Hausflur. Ich war so überrascht, dass ich das Gleichgewicht verlor und rücklings auf den Steinboden fiel. Schon stand er im Flur, eine Flasche in der Hand. Mit glasigem Blick schaute er auf mich herab.

»Wo ist ... die Brixener?«

Seine Augen waren wässrig blau, seine Haut grau und fahl. An der Wange hatte er eine Wunde, als wäre er gestürzt. Ich rutschte bis in die letzte Ecke. Er folgte mir, beugte sich herab.

Dieser Mensch hatte kaum noch Ähnlichkeit mit dem, den ich auf dem Foto gesehen hatte. Nur der Haarkranz und die Halbglatze erinnerten an den Heiler Richard Korffkes.

»Ich bin nicht Frau Brixener!«

»Wo ist sie?«

»Gehen Sie da weg!« Frau Mooser kam auf uns zu. »Lassen Sie sie in Ruhe!«

»Was ist denn da unten los?«, rief Loreley von oben.

Korffkes reagierte nicht auf Frau Mooser. Er stützte sich über mir an der Wand ab. Sein Atem stank nach Erbrochenem und Alkohol.

»Herr Korffkes!« Frau Mooser Stimme war laut und scharf. »Treten Sie zurück!«

Korffkes ließ von mir ab und drehte sich zu ihr. Dabei taumelte er einen Schritt nach hinten.

»Brixener!«, schrie er und schwenkte mit der freien Hand die Flasche. »Brixener, komm raus!«

Dann steuerte er auf Emmas Wohnungstür zu.

»Stopp!« Frau Mooser stellte sich ihm in den Weg. »Ich bin Hauptkommissarin Mooser von der Kripo Heidelberg. Verlassen Sie sofort das Haus!«

»Du bist …«, Korffkes grinste, als hätte sie einen Witz gemacht, »… du bist von den Bullen? Weißt du, was du bist? Auch nur 'ne blöde Scheiß-Fotze, das bist … du.«

»Gehen Sie jetzt!« Frau Mooser wich keinen Zentimeter zurück. »Sie machen die Sache nur noch schlimmer!«

»Ich rufe die Polizei!«, war von oben zu hören.

Gleich darauf wurde mit lautem Knall eine Tür zugeschlagen.

Es war dieser eine kurze Moment, nur der Bruchteil einer Sekunde, in dem Frau Mooser den Kopf zum Treppenhaus wandte. Korffkes holte aus und schleuderte die Flasche in ihre Richtung. Noch ehe Frau Mooser den Arm hochgerissen hatte, prallte die Flasche auch schon mit einem dumpfen Geräusch vor ihren Kopf. Erst geschah nichts, dann knickte Frau Mooser ein und sank zusammen wie eine Marionette. Korffkes schaute ihr dabei zu, den Kopf leicht schräg gelegt, als wäre er selbst erstaunt über das, was gerade geschah.

»Hey!« Er ging zu ihr und stieß sie mit dem Fuß an. »Hey, Bullen-Fotze!«

Ich sah das Blut an Frau Moosers Stirn, aber ich traute mich nicht aus meiner Ecke heraus. Korffkes drängte sich an ihrem reglosen Körper vorbei und hämmerte mit der Faust an Emmas Tür.

»Brixener, bist du da drin? Komm raus, Brixener! Du hast mir die Bullen auf den Hals gehetzt! Es reicht, hörst du! Ich lass mich von dir nicht mehr kaputtmachen! Komm raus, damit ich dir deine blöde Lügenfresse polieren kann!«

Die Tür vibrierte unter seinen Fäusten. Noch einmal schlug er zu.

»Ich krieg dich noch!«, schrie er. »Ich krieg dich! Dann schlag ich dir dein Lügenmaul zu Brei.«

Frau Mooser regte sich, Gott sei Dank.

»Scheiß-Weiber. Scheiß-Bullen.« Korffkes ging an ihr vorbei und trat ihr dabei in die Seite. »Verreck doch«, zischte er.

Er zog die Haustür auf, blieb kurz im Türrahmen stehen, dann ging er hinaus. Millimeter für Millimeter bewegte sich die Tür wieder auf das Schloss zu. Unerträglich langsam. Endlich schnappte sie hinter ihm zu.

Inzwischen hatte Frau Mooser sich aufgesetzt. Sie kroch zur Flurwand und richtete sich auf. Leicht vorgebeugt lehnte sie an der Mauer und hielt eine Hand an ihre Stirn gepresst.

Von draußen war ein leises Plätschern zu hören.

»Gehen Sie zu Emma!«, sagte Frau Mooser leise. »Schließen Sie sich ein.«

Immer noch plätscherte es. Dann roch ich den Urin, der unter der Tür hereinlief.

»Gehen Sie!«, flüsterte Frau Mooser. »Schnell!«

13

Ich klingelte und klopfte an Emmas Wohnungstür.
»Emma! Mach auf! Er ist weg!«
Hinter mir schnappte die Haustür ins Schloss. Ich drehte
mich um, Frau Mooser war nicht mehr zu sehen.
»Emma! Emma, mach auf!«
Emma öffnete die Tür einen Spaltbreit, gerade so, dass sie
herausschauen konnte.
»Wo ist er?«, wisperte sie.
»Raus. Ich glaube, Frau Mooser ist hinter ihm her.«
Endlich gab Emma die Tür frei.
»Ich habe auch die Polizei gerufen!«, flüsterte sie, als könnte
Korffkes uns hören. »Hoffentlich sind die bald da.«
Unschlüssig blieben wir im Wohnungsflur stehen. Emma
war so kalkweiß wie die Wand hinter ihr. Korffkes hatte ziel-
strebig ihre Tür angesteuert, er musste wissen, dass sie im
Erdgeschoss wohnte.
»War der mal bei dir?«
»Ja, wir haben hier von der Klinik aus einmal gegrillt.«
»Ist die Tür zu? Die Terrassentür?«
Emmas Augen wurden groß.
»Ich ... ich denke, ja ... Ich war heute Morgen draußen. Ich
mache sie eigentlich immer zu, aber ich weiß nicht, ich ...«
Die Angst hatte sich wie ein Ring um meine Brust gelegt. Ich
musste Luft holen. Tief Luft holen. Korffkes war da draußen.
Irgendwo. Vielleicht war er weg, die Straße hinunter. Vielleicht
auch nicht.
Ich ging einige Schritte ins Wohnzimmer. Durch die Glas-
front konnte ich die Terrasse sehen, den Tisch mit Metallrohr-
stühlen darum, Plastikspielzeug, das auf dem Boden lag. Ein
Blumenkübel mit Astern und Heidekraut. An der Terrassentür
war die Klinke nach unten gedreht. Sie war zu, wenigstens das.

»Mila! Im Schlafzimmer habe ich Pfefferspray.« Emma stand auf der Schwelle zum Wohnzimmer. »Geh es holen! Es liegt im Nachttisch, oben in der Schublade.«

Doch ein polterndes Geräusch ließ mich innehalten. Draußen vor der Glasfront sah ich Korffkes, der über eines der Spielzeuge gestolpert war. Er schwankte, fing sich aber gleich wieder, stützte beide Hände auf das Glas und spähte durch die Scheibe. Emma stand noch immer an der Wohnzimmertür, Korffkes hatte sie gleich entdeckt. Er schlug mit der Hand auf das Glas. Es dämpfte seine Stimme, aber nicht die Wut darin.

»Brixener! Du feige Sau!«

»Oh Gott!« Emma wich zurück in den Flur. »Mila! Mila, komm her! Besser, wir gehen hier raus!«

Ich wollte zu ihr, aber es ging nicht. Meine Beine gehorchten mir nicht mehr. Ich war erstarrt wie das Kaninchen, über dem der Bussard kreiste. Gebannt schaute ich zu Korffkes.

Er warf sich mit der Schulter gegen die Tür. Je öfter er dagegenprallte, desto wütender wurde er. Schließlich griff er nach einem der Stühle und schlug die Lehne mit voller Wucht gegen das Glas. Dann trat er zurück und schleuderte den Stuhl gegen die Scheibe. Mit lautem Getöse fiel er zu Boden.

»Mila! Jetzt komm doch!«, rief Emma.

Wo war Frau Mooser? Bestimmt war sie ihm gefolgt und irgendwo im Garten. Oder lag sie draußen vor dem Haus, weil sie wieder zusammengebrochen war?

Stille auf der Terrasse. Korffkes hatte eine Hand in die Hüfte gestemmt und sah sich um. Dann bückte er sich. Als er sich wieder aufrichtete, hielt er den Blumenkübel in beiden Händen. Er ging noch weiter zurück, drehte sich, das Gesicht vor Anstrengung verzerrt, und warf den Kübel gegen die Terrassentür. Ein lautes Krachen. Tonscherben, die zu Boden fielen. Ein Knirschen, wie wenn Eis sich langsam unter den Füßen teilte. Der Kübel lag zerborsten auf der Terrasse. Das Glas in der Tür hatte einen Sprung.

»Herr Korffkes!«

Da war sie. Endlich. Ich sah Frau Mooser einige Meter hinter ihm.

»Stopp! Hören Sie sofort auf!«

Korffkes aber ging zur Seite und tauchte gleich darauf mit dem nächsten Blumenkübel auf. Frau Mooser lief wieder weg. Was jetzt? Ließ sie uns mit diesem Monster allein? Der nächste Kübel prallte gegen die Scheibe. Scherben und Erde fielen zu Boden. Ich wusste, ich musste hier raus. Aber meine Füße klebten am Boden fest. Ich schaffte es nicht mehr, den Drang zu unterdrücken, und fing an, nach Luft zu schnappen. Schneller, immer schneller, weil es nie genug war. Mein Atem wurde flach wie der einer Flunder auf dem Trockenen, meine Beine weich wie die Tentakel eines Tintenfischs. Gleich würde ich nicht mehr stehen können. Wenn Korffkes erst einmal die Scheibe zertrümmert hatte, würde ich mich nicht wehren können. Bis dahin wäre ich umgekippt, und er könnte mich tottreten wie den Hund auf dem Parkplatz.

Korffkes warf sich gegen das Glas.

»Aufhören!«, schrie draußen jemand. »Hören Sie auf!«

Sie war zurückgekommen! Frau Mooser stürmte auf die Terrasse zu.

»Schluss jetzt!«

Richard Korffkes aber war wie von Sinnen, warf sich gegen die Scheibe, trat dagegen. Es knirschte. Der Sprung in dem Glas, das uns schützte, wurde größer.

In Frau Moosers Händen sah ich einen rot-blauen Gartenzwerg. Sie holte aus und zerschlug ihn mit voller Wucht auf Korffkes' Kopf. Der stockte in seinem Wüten, als hätte man ihm einen Kübel Eiswasser über den Kopf gekippt. Schon umfasste Frau Mooser von hinten eines seiner Beine und riss es weg. Korffkes fiel bäuchlings auf den Boden. Frau Mooser war sofort über ihm, stemmte ihr Knie in seinen Nacken und drehte ihm den rechten Arm mit festem Griff auf den Rücken.

Das Martinshorn eines Einsatzwagens erklang. Die Erlösung. Der Gesang der Engel.

»Sagen Sie den Kollegen, dass ich hier hinten bin!«, rief Frau Mooser mir durch die Scheibe zu. »Los, Mila!« Meine Tintenfisch-Beine zitterten, aber sie gehorchten wieder. Ich wankte durch das Zimmer. Die Tür zum Hausflur stand offen, Emma war fort. Es klingelte, ich drückte auf den Türöffner. Zwei Polizisten in dicken Westen kamen in den Flur.

»Hier!«, rief ich und zeigte hinter mich. »Er ist auf der Terrasse. Hier durch.«

Die Männer liefen an mir vorbei. Die Haustür war noch nicht ins Schloss gefallen, da folgten schon die nächsten.

»War das die Polizei?«, rief Emma von oben aus dem Treppenhaus.

Hinter mir hörte ich Frau Moosers Stimme und die der Männer. Und Korffkes, der in einem letzten Aufbäumen schrie: »Ich krieg dich noch, Brixener! Ich mach dich fertig! Dafür bezahlst du!«

Frau Mooser lehnte ab, sich von einem Arzt untersuchen zu lassen. Das Einzige, was sie bräuchte, sei ein Coolpack, und davon hatte Emma gleich mehrere im Kühlschrank. Man hatte Richard Korffkes abgeführt, nun saßen wir, schockiert über das, was geschehen war, in der Küche.

Herr Alsberger und Herr Mengert waren kurz nach ihren Kollegen eingetroffen. Emma hatte erst hektisch etwas in ihr Handy getippt, nun schilderte sie Herrn Alsberger haarklein, was passiert war. Wie ein Kind, das Geisterbahn gefahren war und zu Hause von dem Horror erzählte, den es unbeschadet überstanden hat. Ich aber bekam immer noch kaum ein Wort heraus. Auch Frau Mooser, die sich das Coolpack vor den Kopf drückte, war recht schweigsam.

»Ist wirklich alles in Ordnung, Maria?«, fragte Herr Alsberger, nachdem Emma ihren Bericht beendet hatte.

»Keine Sorge. Ich habe schon Schlimmeres abbekommen.«

»Wir hatten vermutet, dass Richard Korffkes noch in Mannheim ist.« Herr Mengert stand in seiner abgewetzten Lederjacke in der Tür. »Ein Mann hat dort gestern Abend in einer Kneipe im Jungbusch randaliert. Dann kam am frühen Morgen die Meldung, dass jemand am Wasserturm auf zwei Jugendliche los ist, mit denen er in Streit geraten war. Einen der beiden Jungs hat er niedergeschlagen und durch Tritte verletzt. Der Täter konnte entkommen. Die Beschreibungen passten immer auf Korffkes.«

»Schon gut«, sagte Frau Mooser. »Ich habe nicht gesagt, dass ich euch etwas vorwerfe. Was wisst ihr inzwischen über ihn? Trinkt der schon länger?«

»Sieht so aus.« Herr Mengert lehnte sich an den Rahmen. »Korffkes hat nach der Entlassung aus Lörberg noch eine andere Stelle gehabt, da ist er auch nach kurzer Zeit rausgeflogen. Er muss früher schon gern einen gekippt haben, aber danach ist er völlig abgedriftet. Er erzählt rum, er hätte etwas gefunden, mit dem er Krebs heilen könnte. Jetzt würde die Pharmalobby ihn verfolgen, weil er ihnen das Geschäft kaputtmacht. Der muss ziemlich explosiv drauf sein. Eine Nachbarin hat angegeben, dass er schon einen Tobsuchtsanfall bekommt, wenn die Müllabfuhr die Tonne nicht wieder vor seine Garage stellt.«

Ich griff nach dem Glas, in das man mir Wasser eingeschenkt hatte. Meine Hand zitterte immer noch.

»Wart ihr schon in seiner Wohnung?«

»Ja, gestern Abend noch.«

»Und, habt ihr etwas gefunden, das ihn in Verbindung mit den Rätseln oder dem Medikamentendiebstahl bringt? Oder mit Porchertz?«

»In einer Schublade lagen Zeitungsausschnitte, in denen es um medizinische Themen und Medikamente ging. Und jede Menge handschriftliche Aufzeichnungen«, antwortete Herr Alsberger. »Die meisten über Heilkräuter und Mixturen, aber wir sind noch nicht durch. Vor allem haben wir noch keinen Zugang zu seinem PC.«

»Mit anderen Worten, ihr habt nichts«, resümierte Frau Mooser.

»Das stimmt nicht ganz.« Herr Alsberger hielt kurz inne, bevor er seinen Joker ausspielte. »Korffkes hat in der Klinik Lörberg einmal einen Vortrag über das AWS gehalten, das ›Alice-im-Wunderland-Syndrom‹. Wahrnehmungsstörungen, die manche Menschen vor epileptischen Anfällen erleben. Ein Syndrom, das nach den Erlebnissen der Alice aus Lewis Carrolls Kinderbuch benannt ist. Die Mitarbeiter haben reihum solche kleinen Infoveranstaltungen für Angehörige, Personal und andere Interessierte abgehalten. Kein Wunder also, dass das erste Codewort ›Carroll2701‹ war.«

»Aber das heißt doch nicht zwingend, dass es deshalb von Korffkes stammen muss.« Frau Mooser drehte das Coolpack auf die andere Seite. »Schließlich gab es auch Zuhörer.«

»Korffkes hat Bücher über Philosophie und Quantentheorie im Schrank stehen. Ich glaube, dass er ein kluger Kopf ist.«

»Ich weiß nicht, Roland … Richard Korffkes säuft sich seit Monaten die Hucke voll und rastet aus, sobald er sich ärgert. Der reagiert schon bei Kleinigkeiten aggressiv und enthemmt.« Frau Mooser nahm das Coolpack von der Stirn. »Glaubst du wirklich, jemand wie er denkt sich solche Rätsel aus und versteckt Umschläge an Heidelberger Sehenswürdigkeiten, wo er dann geduldig wartet, vielleicht stundenlang, ob jemand auftaucht? Ich kann mir das nicht vorstellen. Das passt nicht zu dem, was ihr über ihn in Erfahrung gebracht habt.«

»Wir sollten ihn nicht unterschätzen«, widersprach Herr Alsberger. »Unter Alkoholeinfluss mag er enthemmt sein, das bedeutet nicht, dass er nicht klar denken kann, wenn er einmal nüchtern ist.«

»Kommt das denn noch vor? Vielleicht hat durch eure Vernehmung auch nur eine alte Wut neue Nahrung bekommen. Er macht Frau Brixener für seine Kündigung verantwortlich, jetzt wird er wegen ihr auch noch eines Verbrechens beschuldigt. Das kann Grund genug sein, um hier aufzutauchen.«

Frau Mooser presste das Coolpack wieder auf die Stelle an der Stirn, die inzwischen rot-blau schimmerte.

»Glaub mir«, sagte sie, »es ist immer besser, in mehrere Richtungen zu denken.«

»Du meinst also, ich liege falsch?«

»Ich finde nur, ihr solltet nichts außer Acht lassen. Frau Böckle hat an der Kapelle einen Mann gesehen. Einen Mann, der nicht wie Korffkes aussah. Das würde ich nicht einfach übergehen.«

»Möglicherweise ein harmloser Passant«, sagte Herr Alsberger. »Oder ein anderer Suchender, der aufgegeben hatte.«

Herrn Alsbergers Idee erschien mir sehr plausibel: Der Mann war vielleicht ein frustrierter Mitspieler gewesen, der die Leprarassel auf dem Stein nicht erkannt hatte.

»Bei den Eltern war ein Paar auffällig nervös, als wir sie befragt haben. Der Mann konnte kaum ruhig sitzen bleiben, und seine Frau hätte fast angefangen zu heulen. Ich wette, die haben bei den Rätseln mitgemacht«, schaltete sich Herr Mengert ein. »Bislang konnten wir nur die aufsuchen, die auf der Liste der Angehörigengruppe stehen. Die Klinikleitung beruft sich auf die Schweigepflicht. Sie hat aber für uns ein Schreiben an die anderen Eltern weitergeleitet, deren Kinder Ripolaxin bekommen. Darin haben wir den Sachverhalt geschildert und gebeten, sich mit uns in Verbindung zu setzen, wenn sie kontaktiert wurden.«

Frau Mooser wandte sich noch einmal an ihren Schwiegersohn.

»Was wirst du wegen des neuen Rätsels unternehmen, Roland?«

»Na, was wohl? Herausfinden, welcher Ort gemeint ist, und sehen, ob dort ein Umschlag hinterlegt ist. Ich tippe mal, dass wir dort nichts finden werden. Korffkes ist seit der Vernehmung gestern im Ausnahmezustand, der hat sicher nirgendwo mehr etwas hingelegt.«

»Wenn wir wissen, welcher Ort gemeint ist, könnte Frau Böckle sich dort umschauen«, schlug Herr Mengert vor. »Kann doch sein, sie erkennt jemanden wieder. Den Jogger oder den Mann, den sie an der Kapelle gesehen hat. Sollten wir mit Korffkes falschliegen, taucht vielleicht der Täter dort auf. Der will bestimmt nicht verpassen, wie sich die Mitspieler um den Umschlag prügeln.«

Alle Augen richteten sich auf mich.

»Ich weiß nicht, ich habe den Mann nur kurz gesehen«, sagte ich.

»Man erkennt einen Menschen nicht nur an seinem Gesicht wieder.« Frau Mooser wischte einen Wassertropfen weg, der über ihre Wange lief. »Größe, Statur, Körperhaltung, das alles macht uns aus. Von den Eltern wird niemand so dumm sein, dorthin zu kommen, jetzt, wo sie wissen, dass die Polizei informiert ist. Aber unser Täter muss nichts davon mitbekommen haben, dass wir von seinem perfiden Spiel wissen.«

Es klingelte. Sofort sah ich Korffkes' wutverzerrtes Gesicht wieder vor mir. Seine Bartstoppeln, seine kleinen Echsenaugen. Am liebsten wäre ich unter den Tisch gekrochen.

»Geh nachschauen, Dieter«, orderte Frau Mooser. »Und bring das Rätsel mit, es liegt im Wohnzimmer auf dem Tisch.«

Herr Mengert kam kurz darauf mit einem Korb wieder, aus dem ein Baguette und eine Porreestange herausschauten.

»Eine Dame, die für Sie eingekauft hat, Frau Brixener. Ich habe sie weggeschickt und gesagt, Sie melden sich.« Er stellte den Korb ab. »Und hier das Preisrätsel des Tages!«

Laut las er vor, was auf dem Blatt stand.

»›Nur der gewinnt, der klug und schnell ist: Sein Körper war sechsunddreißig Jahre gefangen, aber sein Geist blieb frei. Suche dort, wo in Heidelberg seine Worte in Stein gemeißelt stehen. Beim Himmel findest du, was du brauchst.‹«

»Da geht es bestimmt um Hölderlin. Das wusste ich gleich,

als ich es gelesen habe«, warf Emma ein. »Ich habe ein Buch mit Biographien berühmter Dichter. Ich fand es so entsetzlich, dass man den armen Mann sechsunddreißig Jahre lang eingesperrt hat.«

»Natürlich, Hölderlin«, stimmte Herr Alsberger zu. »Auf dem Philosophenweg gibt es einen Gedenkstein mit einer Strophe seines Heidelberg-Gedichts.«

Der Philosophenweg war ein Spazierweg, der sich am Südhang des Heiligenbergs lang zog und von dem aus man einen phantastischen Blick auf die Altstadt und die Schlossruine hatte. Ein Weg, den so gut wie jeder in Heidelberg kannte.

»Ist das dieser durchgeknallte Spruch mit der Mutter und der Lust?«, sagte Herr Mengert, dem das Gedicht anscheinend nicht sehr zusagte. »Ich frage mich immer, weshalb sich jemand so verschwurbelt ausdrücken muss. Hört sich ein bisschen pervers an, oder nicht?«

»Da geht es doch nicht um etwas Perverses!« Emma klang, als hätte er sie persönlich beleidigt. »Das ist doch wunderschön: ›Lange lieb ich dich schon, möchte dich, mir zur Lust, Mutter nennen ...‹ Der Rest fällt mir nicht mehr ein. Kommt dann noch etwas vom Himmel?«

Herr Alsberger zog sein Handy heraus. Er tippte auf das Display und hatte schnell Hölderlins Gedicht gefunden.

»Nein. Das Wort ›Himmel‹ kommt nicht vor. Das geht so weiter: ›... und dir schenken ein kunstlos Lied, Du, der Vaterlandsstädte Ländlichschönste, so viel ich sah.‹ Mehr als das steht auch auf dem Stein am Philosophenweg nicht, da bin ich mir ziemlich sicher.«

Schon wieder war die Klingel zu hören. Diesmal verschwand Herr Mengert gleich Richtung Wohnungstür. Eine dunkle Männerstimme drang bis zur Küche, dann die von Herrn Mengert: »Moment, Sie warten hier!« Er kehrte zurück. »Hatten Sie Ihren Mann herbestellt, Frau Brixener?«

»Ja, ich habe ihm eben eine Nachricht geschickt, dass Korffkes hier war und mich umbringen wollte.«

»Emma!«, rief Rolf Brixener, der voller Sorge über die Schulter von Herrn Mengert sah. »Emma, geht es dir gut?« Was dann kam, hätte auch in einen Rosamunde-Pilcher-Film gepasst. In Windeseile humpelte Emma zur Tür, dann lag sich das Ehepaar in den Armen. Emma begann zu weinen, Rolf Brixener drückte sie an sich und strich ihr über das rote Haar.

»Schon gut«, flüsterte er. »Schon gut. Es ist doch alles vorbei.«

Es war ein anderer Rolf Brixener, der in der Küche stand, als der, den ich vor dem Polizeirevier kennengelernt hatte. Emma schien ihm doch noch etwas zu bedeuten. »Wie gut, dass nichts passiert ist.« Er sagte es mindestens fünf Mal. Es wirkte fast schon ein wenig so, als hätte er gerade einen Auftritt als sorgender Ehemann im Heidelberger Theater. Aber vielleicht war ich auch nur neidisch, weil mich niemand in den Arm nahm.

»Wir fahren, Dieter.« Herr Alsberger steckte sein Blöckchen ein und stand auf. »Sehen wir, ob Korffkes vernehmungsfähig ist. Der Brief mit dem Rätsel geht in die KTU, eine Kopie an die Kollegen. Die werden schon herausfinden, welcher Ort gemeint ist. Maria, am besten, ihr kommt gleich auf die Dienststelle, dann besprechen wir, wie es mit Frau Böckle laufen soll.«

Emma löste sich aus den Armen ihres Mannes.

»Es ist ein neues Rätsel gekommen«, erklärte sie ihrem Rolf. »Heute Morgen, bevor Korffkes aufgetaucht ist. Frau Mooser meint, es könnte sein, dass Korffkes nichts mit den Rätseln zu tun hat und der Täter vielleicht da sitzt und wartet, dass jemand kommt.«

»Korffkes wollte hier mit Gewalt eindringen.« Herr Brixener schaute in die Runde, als wäre er erstaunt über so viel Naivität. »Das ist doch so gut wie ein Geständnis!«

Doch Herr Alsberger hatte nicht vor, über sein Vorgehen zu diskutieren. Er nickte nur kurz, dann ging er, gefolgt von Herrn Mengert, und ließ Rolf Brixener einfach stehen. Im

Gegensatz zu ihrem Schwiegersohn schien Frau Mooser es nicht eilig zu haben. Sie legte das Coolpack auf die Spüle und setzte sich wieder.

»Frau Brixener, was wollten Sie mir eben noch sagen?«, fragte sie.

»Ich?« Emma schien überrascht.

»Bevor Korffkes hier aufgetaucht ist, haben Sie eine ›Sache‹ erwähnt, über die Sie mir etwas mitteilen wollten. Es hörte sich an, als könnte es für die Ermittlungen wichtig sein. Dann hat es geklingelt, und Sie haben nicht weitergesprochen.«

»Das weiß ich nicht mehr ... Aber es war sicher nicht besonders wichtig, sonst hätte ich es nicht vergessen.«

Frau Mooser stand auf. »Darf ich kurz?« Sie schob sich an Herrn Brixener vorbei ins Wohnzimmer. Gleich darauf kam sie mit ihrer Handtasche zurück.

»Hier.« Sie gab Emma eine Visitenkarte. »Rufen Sie mich an, wenn es Ihnen wieder einfällt. Oder am besten gleich meinen Schwiegersohn. Und kaufen Sie Ihrem Nachbarn einen neuen Gartenzwerg.«

Dann verabschiedeten auch wir uns. Draußen im Hausflur hing immer noch Korffkes' Alkoholdunst. Ich blieb stehen. Es roch, als wäre er noch da.

»Kommen Sie.« Frau Mooser legte mir die Hand auf den Rücken und schob mich Richtung Tür. »Es ist alles in Ordnung. Korffkes kann Ihnen nichts mehr tun.«

Ich beeilte mich, zum Wagen zu kommen. Korffkes war nicht mehr da, das wusste ich, aber meine Angst hatte das noch nicht ganz verstanden.

Kaum saßen wir im Auto, öffnete sich die Haustür. Rolf Brixener schaute heraus und winkte zu uns herüber.

»Hallo! Warten Sie noch einen Moment!«

Er eilte auf den Wagen zu und beugte sich zu Frau Mooser, die das Fenster hinunterließ.

»Ich wollte Ihnen nur ... erklären ... wissen Sie ... Emma und ich, wir haben einige Differenzen. Es war auch alles nicht so einfach für uns. Der ständige Ärger mit Emmas Verwandt-schaft. Emma denkt immer, sie muss allen helfen, aber ... dem ... dem ist nicht zu helfen.« Der scheinbar so selbstsi-chere Rolf Brixener stotterte herum. »Na ja, egal, es hat sich eben viel angestaut. Ich verhalte mich Emma gegenüber oft nicht sehr einfühlsam, ich weiß das. Aber ich liebe Paulina und Emma, auch wenn ich nicht mit ihnen zusammenlebe ... Was ich eigentlich sagen wollte: Danke! Ihnen, Frau Mooser, weil Sie Emma heute beschützt haben. Und Ihnen, Frau Böckle, weil Sie nur in bester Absicht gehandelt haben, als Sie für Emma bei den Rätseln eingesprungen sind. Also dann ...«

Rolf Brixener trat zurück, nur um sich gleich wieder zum Fenster hinabzubeugen.

»Ach, übrigens, Emma hat mir gerade erzählt, um was es in dem neuen Rätsel geht. Ich hätte da eine Idee, wo Sie Höl-derlins Himmel finden.«

14

Rolf Brixener wusste nicht, ob es wirklich das Wort »Himmel« war, das man in der Handschuhsheimer Friedenskirche in Stein gemeißelt hatte. Aber dass dort Wörter aus einem Hölderlin-Gedicht auf einer Stufenanlage zu sehen waren, das wusste er ganz genau. »Die Stufen führen bis zur Orgel hoch«, erklärte er. »Sie sind mehrere Meter breit und nehmen fast den gesamten Raum hinter dem Altar ein. In manchen ist ein Wort eingemeißelt. Das ist alles recht neu. Die Kirche wurde vor einigen Jahren renoviert. Emma und ich waren früher manchmal bei Konzerten dort. Recht hörenswert, muss ich sagen.«

Es war wahrscheinlich das höchste Lob, das man von einem Rolf Brixener bekommen konnte.

»Nach der Renovierung habe ich mir den Umbau angesehen. Man kann tagsüber in die Kirche rein. Der Kirchenraum wirkt jetzt hell und offen. Mir gefällt's.«

»Sie scheinen sich gut dort auszukennen«, stellte Frau Mooser fest.

»Ja, mich interessiert so etwas. Statt auf einer Empore neben der Orgel zu verschwinden, bleibt der Chor auf der Stufenanlage in der Gemeinschaft. Taufbecken, Altar und Orgel liegen wieder auf einer Achse, so wie es das Wiesbadener Programm vorsieht. Das ist eine Art Leitlinie für den evangelischen Kirchenbau. Ich hätte das auch so gemacht. Sehr ähnlich zumindest. Ich wollte einmal Architektur studieren. Das ist immer noch ein Steckenpferd von mir. Wie so einiges anderes. Aber auch wenn man vielfältig begabt ist, man muss eben eine Entscheidung treffen.«

»Und was sind Sie geworden?«

»Volkswirt. Ich arbeite an der Universität Mannheim.« Rolf Brixener steckte die Hände in die Hosentasche und wandte den Blick ab, als wäre ihm peinlich, was er dann sagte:»Ehrlich gesagt hangle ich mich von Projekt zu Projekt. Wie das halt an der Uni so ist. Die Professuren liegen eben nicht auf der Straße rum. Ich könnte eine Dauerstelle im Ausland bekommen, aber …« Er schaute zurück zum Haus.»Ich habe Familie. Da kann man nicht so einfach weg. Auch wenn wir getrennt leben, fühle ich mich für die beiden verantwortlich … Also, wie gesagt, probieren Sie es mal in der Friedenskirche.«

Rolf Brixener hob kurz die Hand, ein Gruß in meine Richtung, dann ging er wieder.

»Wie schön, dass Herr Brixener sich so für Architektur interessiert.« Frau Mooser ließ die Seitenscheibe wieder hochfahren. »Dann wollen wir den Kollegen mal einen Tipp geben.«

Danach hielt ich lieber den Mund, denn nun hatte Frau Mooser es eilig. Jegliche Ablenkung bei einer Fahrerin wie ihr war lebensgefährlich. Sie brauste über die Brücke und wechselte gleich mehrfach die Spur, ohne zu blinken, sodass hinter uns wütend gehupt wurde. Ich war heilfroh, als wir unbeschadet vor dem Polizeirevier hielten.

»Ich schau mal, ob mein Schwiegersohn in der Vernehmung ist«, teilte sie mir oben in der Abteilung mit. »Gehen Sie zu Herrn Pöltz, ich komme gleich nach.«

Die Tür zu Herrn Pöltz' Büro stand offen, aber es war leer. Also setzte ich mich auf einen der Stühle vor seinem Schreibtisch und wartete. Stimmengemurmel drang herein, ein Telefon klingelte.

Hoffentlich war das mein letzter Besuch hier. Frau Mooser mochte ihre Zweifel haben, aber sie hatte nicht den Hass in Richard Korffkes' Augen gesehen, so wie ich. Herr Alsberger würde etwas ausgraben, das Korffkes' Schuld bewies. Er würde jeden Notizzettel in Korffkes' Wohnung dreimal lesen und alles auf den Kopf stellen. Bestimmt würde er etwas finden. Ein Versteck mit Kisten voller Ripolaxin, eine Datei mit den Rätseln auf dem PC, massenweise CDs von DJ Ötzi. Es war nur eine Frage der Zeit.

»Ach, hallo! Treffen wir uns schon wieder bei der Polizei!«
Ich war so in Gedanken versunken, dass ich vor Schreck
zusammenfuhr. Hannes Freutner hatte mich im Vorbeigehen
entdeckt und steckte den Kopf zur Tür herein. Als er sah, dass
ich allein war, kam er zu mir.

»Ganz schön aufregend, was? Ich habe gerade den Brief
mit dem nächsten Rätsel abgeliefert, den ich heute Morgen
bekommen habe. Ich soll auf dem Flur warten, anscheinend
brauchen die mich noch für irgendwas.«

Er trug ein Hemd mit Schulterklappen, sodass man glatt
hätte denken können, er wäre selbst ein Polizist.

»Wissen Sie schon Bescheid?«

»Ja, ich war mit Frau Mooser bei Emma, weil wir den Brief
mit dem Rätsel dort abholen wollten«, sagte ich. »Dann ist
Korffkes aufgetaucht und hat versucht, in die Wohnung zu
kommen. Gott sei Dank hat Frau Mooser ihn vorher niedergeschlagen. Ich habe gedacht, er bringt uns um.«

»Wow! Wie schrecklich.« Hannes Freutner lehnte sich an
den Schreibtisch. »Frau Mooser, ist das die Polizeibeamtin,
die bei Ihnen wohnt und mit an der Kapelle war?«

»Ja, genauer gesagt ist sie bei der Kripo.«

»Da habe ich aber Glück gehabt, dass Korffkes nicht bei
mir aufgeschlagen ist. Wie hat Emma das alles überstanden?«

»Ihr Mann ist bei ihr und kümmert sich um sie.«

»Der gute Rolf.« Der leicht zynische Unterton in Freutners
Stimme war nicht zu überhören. »Wenn er will, kann er auch
ganz nett sein.«

»Aber Sie scheinen ihn nicht zu mögen.«

»Sagen wir es einmal so: Rolf hat eine besondere Begabung,
sich unbeliebt zu machen. In der Gruppe waren alle froh, wenn
der Herr Besserwisser nicht dabei war.« Freutner stützte sich
mit einer Hand auf dem Schreibtisch ab und lehnte sich lässig
zurück. »Haben Sie eigentlich auch jemanden, der Ihnen bei-
steht? Einen Mann, der Händchen hält in schwierigen Zeiten?«

Baggerte der mich etwa an? Hannes Freutner sah nicht annähernd so gut aus wie Emilio. Aber auch nicht schlecht. So von schräg unten sogar eher gut.

»Dafür habe ich sogar zwei Männer. Ich wohne mit ihnen zusammen. Und mit einem Krokodil.«

»Oh, erstaunlich.« Freutner nickte anerkennend. »Darf ich fragen, womit Sie das Krokodil füttern? Ich überlege, ob ich mir auch eins anschaffe.«

»Es isst sehr gern Spaghetti und trinkt ziemlich viel Rotwein. Und Kaffee. Unmengen an Kaffee.«

Freutners Blick wanderte zur Tür. Er erhob sich abrupt. Frau Mooser war hereingekommen, auf leisen Sohlen, wie üblich.

»Soso, ein Krokodil. Darüber müssen Sie mir unbedingt mehr erzählen, Mila. Guten Tag, Herr Freutner. Wie schön, dass Sie nicht gleich wieder davonlaufen, wenn Sie mich sehen.«

Zum Glück kam direkt hinter ihr Herr Pöltz herein und beendete die Peinlichkeit.

»Ach, da sind ja alle.« Der große Mann ließ sich auf seinen Bürostuhl fallen und klappte das Notebook auf, das auf dem Schreibtisch stand. »Herr Freutner, wenn Sie bitte wieder zurück zum Kollegen gehen würden. Da gibt es noch etwas, das Sie sich ansehen sollen.«

»Sicher. Mache ich.«

Hannes Freutner zwinkerte mir im Hinausgehen zu. Von Krokodilfreund zu Krokodilfreundin.

»Lassen Sie uns das zuerst klären, Frau Böckle.« Herr Pöltz drehte sein Notebook so, dass ich darauf schauen konnte. »Haben Sie diesen Mann schon einmal gesehen?«

Ein Gesicht mit einem spitzen Kinn, schmalen Lippen und einer langen Nase, die in eine hohe Stirn überging. Es erinnerte mich an einen Raubvogel. Bekannt kam es mir nicht vor.

»Nein, ich glaube nicht. Warum?«

»Dieser Mann ist mehrfach mit Ludwig Porchertz in des-

sen Stammkneipe gesehen worden. Auch kurz vor Porchertz'
Tod. Die beiden haben nach Angaben der Wirtin jedes Mal
aufgehört zu reden, wenn sie an den Tisch kam. Leider haben
wir noch keinen Hinweis darauf, wer das sein könnte.«
Herr Pöltz klappte das Notebook wieder zu und schob es
beiseite.

»Na gut, dann jetzt zum neuen Rätsel. Das Wort ›Himmel‹
ist tatsächlich eines von mehreren Wörtern auf der Stufenanlage in der Friedenskirche. Sie stammen aus Hölderlins Gedicht ›Friedensfeier‹. Diese Kirche muss die Örtlichkeit sein,
die im Rätsel gesucht wird, etwas anderes kommt eigentlich
nicht in Frage.« Er wandte sich zu Frau Mooser, die mit verschränkten Armen vor der Fensterbank stand. »Zwei Kollegen
waren sowieso in der Nähe, sie fahren vorbei. Wenn niemand
drin ist, schauen sie, ob dort ein Umschlag zu finden ist.«

Das Telefon auf seinem Schreibtisch klingelte. Anscheinend
kannte er die Nummer auf dem Display.

»Ah, das sind sie schon«, sagte er und hob ab. »Ja, leg los …
Ach ja? Welches Alter ungefähr? … Nein, bleibt da raus …
Ja, auf jeden Fall … Gute Idee, wenn ihr ihn von dort aus im
Blick habt, ist das doch ideal … Egal, und wenn ihr bis heute
Abend wartet. Sollte das wirklich der Rätselsteller sein, nimmt
er den Umschlag vielleicht irgendwann wieder an sich, wenn
niemand kommt. Das wäre optimal, aus der Nummer käme er
nicht mehr raus … Ja, ich schicke euch noch jemanden … Frau
Böckle ist gerade hier, sie hat den Täter möglicherweise an der
Kapelle gesehen. Maria könnte mit ihr zu euch kommen …
Aber nur, wenn sie sich den aus sicherer Distanz anschauen
kann … Okay, dann machen wir das so … Ja, tschüss.«

Er legte auf und drehte sich zu Frau Mooser.

»Das war Katrin, die gerade angerufen hat. Da sitzt jemand
in der Kirche. Ein Mann.«

»Na, sieh mal einer an«, sagte Frau Mooser.

»Katrin ist kurz rein, weil sie nachschauen wollte, ob dort
ein Umschlag liegt, hat den Mann gesehen und ist sofort wieder

raus. Sie meint, er hat sie nicht bemerkt. Becker hat sich oben auf einer der Seitenemporen platziert. Von dort aus kann er den Mann beobachten. Katrin bleibt in der Nähe des Haupteingangs, alle anderen Eingänge sind zu.«

»Dann fahren Mila und ich jetzt.«

»Ich schicke zur Verstärkung noch zwei Kollegen. Aber vielleicht ist es auch schlicht und ergreifend jemand, der dort betet«, wandte Herr Pöltz ein.

»Das werden wir dann sehen. Informiere Katrin, dass wir unterwegs sind.«

Wir waren noch nicht an der Tür, da klingelte das Telefon auf Herrn Pöltz' Schreibtisch erneut.

»Ja, Katrin ... Der macht was? Ach, wirklich? ... Ja, Maria und Frau Böckle fahren jetzt los.« Herr Pöltz legte wieder auf. »Das ist in der Tat seltsam«, sagte er. »Unser Kirchenbesucher hat eine Thermoskanne aus einem Rucksack geholt. Der vespert da.«

»Bestimmt eine besondere Form des Gebets«, bemerkte Frau Mooser und konnte sich ein kleines, triumphales Lächeln nicht verkneifen.

Also fuhren wir noch einmal Richtung Norden, wieder über die Brücke und vorbei an der neuen Konzernzentrale von »Heidelberg Materials«, deren weiße Fassade so geschwungen war, als wäre über den noch nicht ganz trockenen Beton ein stürmischer Wind hinweggefegt.

»Der Mensch, der die Rätsel gestellt hat, plant ganz genau, was er tut.« Frau Mooser setzte den Blinker und schaute sogar über die Schulter, bevor sie die Spur wechselte. Es gab doch noch Wunder. »Der recherchiert, schickt Briefe, versteckt Umschläge, alles ist genau aufeinander abgestimmt.«

»Das ist jetzt nichts Neues, oder?«, fragte ich.

»In der Kirche sitzt jemand, der wartet. Hätte Herr Brixener uns nicht geholfen, hätten wir wahrscheinlich noch eine Weile gebraucht, um Hölderlins Himmel zu finden. Und was macht man, wenn man jemand ist, der sorgfältig plant und weiß, dass man lange warten muss?«

»Sie glauben, deshalb hat er sich ein Brötchen mitgebracht?«

»Ganz genau. Die Spiele können beginnen, der Herr macht es sich gemütlich. Waren Sie einmal in Verona in der Oper? Da haben auch alle ihren Picknickkorb dabei. Dann wird bei ›Tosca‹ gefuttert und geschlemmt. Und getrunken. Jede Menge Rotwein. Das lockt bestimmt viele Krokodile an.«

Oje, sollte ich mich bei ihr für das »Krokodil« entschuldigen? Vielleicht später. Ich wusste nicht, was ich dann zu hören bekommen würde, und einer Diskussion über Respekt, Benehmen oder Ähnliches war ich im Moment nicht gewachsen. Zumindest nicht mit Frau Mooser. Dafür war mein Nervenkostüm nach dem Zusammenstoß mit Korffkes noch zu lädiert.

Wir parkten auf dem Platz vor der Tiefburg, nicht allzu weit von der Friedenskirche entfernt. Schon von Weitem hatte man den schiefergedeckten Turm der Kirche sehen können, der über die anliegenden Häuser ragte. Vom Parkplatz aus rief Frau Mooser die Kollegin an. Wir trafen uns mit Katrin an dem Seiteneingang der Kirche, der zur Burg hin lag.

»Das Pfarramt hat uns den Schlüssel überlassen. Die Seiteneingänge sind um diese Zeit eigentlich abgeschlossen, nur der Haupteingang ist offen«, informierte uns Katrin. »Von hier aus kommt man über das Treppenhaus unbemerkt auf die Seitenempore. Der Mann sitzt unten in der Kirche. Becker weiß schon, dass Sie kommen. Oben sind Holzdielen, vorsichtig auftreten, sonst knarrt es.«

Wir stiegen die Treppe hoch, die bis vor eine Holztür führte, hinter der die Seitenempore lag. Dort standen hintereinander mehrere lange dunkle Kirchenbänke.

»Gehen Sie erst einmal allein«, flüsterte Frau Mooser. »Ich bin zu schwer, bei mir knarrt es bestimmt.«

Ich stieg auf die Empore und sah Herrn Becker, der hinter der letzten Bank an der Wand lehnte. Er nickte mir zu.

Vorsichtig trat ich auf die Holzdielen. Von hier aus konnte man hinab in den Kirchenraum sehen, auch in den Bereich, der unter der gegenüberliegenden Empore lag. Auf einem der hellgrauen Stühle saß ein Mann, den Kopf gesenkt. Wenn man in die Kirche stürmte, um bei der Stufenanlage vor der Orgel aufgeregt nach einem Umschlag zu suchen, würde man ihn vielleicht gar nicht entdecken. Ein Mann mit grauen Haaren, wie der an der Kapelle.

Es war ein heller, freundlicher Kirchenraum, genau wie Rolf Brixener gesagt hatte. Ganz anders als der in Ülske. Das letzte Mal war ich dort bei Flos Beerdigung gewesen. Die Urne hatte auf einem Gestell gestanden, mit einem Kranz aus rosafarbenen Blüten, daneben ein großes Foto von Flo. Katja hatte es einst gemacht, als wir zusammen mit Flo im Garten gesessen hatten. Bei Kaffee und Kuchen. *Mein Schätzchen, gibst du mir noch eine Tasse?* »Mein Schätzchen«, so hatte Flo mich oft genannt.

Vielleicht war es, weil die Sache mit Korffkes mich so fertiggemacht hatte. Vielleicht lag es auch daran, dass ich in der Nacht so schlecht geschlafen hatte. Der Gedanke an Flo trieb mir die Tränen in die Augen. Ich biss mir auf die Zunge, manchmal half das, aber ich konnte die Tränen einfach nicht zurückhalten. Das fehlte noch, dass ich jetzt hier losheulte. Besser, ich ging raus. Ein unbedachter Schritt. Eine Holzdiele knarrte, laut und vernehmlich. Erschrocken blieb ich stehen und drehte mich um. Der Mann unter der Empore schaute zu mir hoch. Herr Becker machte eine Handbewegung, dass ich verschwinden sollte. Dann war Frau Mooser plötzlich neben mir, packte meinen Arm und zog mich zurück ins Treppen-haus. Gleich darauf stürmte Herr Becker an uns vorbei.

»Der haut ab!«, rief er und rannte die Treppe runter.

Frau Mooser ließ mich einfach stehen und lief ihm hinter-her.

Ich hätte nie in eine Kirche gehen sollen. In der Kirche wartete die Erinnerung. An die Urne. An Flo, die nur noch ein

Häufchen Asche war. *Mila, mein Schätzchen.* Ich kam unten vor dem Eingang an. Ich musste mich zusammenreißen. Nicht mehr an Flo denken. Wenn Korffkes unschuldig sein sollte, dann steckte vielleicht der Mann hinter allem, der unter der Empore gesessen hatte. Dann war er derjenige, der mich auf die Straße gestoßen hatte. Ich musste wissen, ob er es war, den ich an der Kapelle auf der Bank gesehen hatte.

Rasch ging ich um die Kirche herum. Sie standen vor dem Hauptportal: Katrin, Herr Becker, Frau Mooser, zwei weitere Polizisten und der Mann, der in der Kirche gewesen war.

Wie oft ging man an Menschen vorbei, schaute ihnen ins Gesicht, und doch wusste man später nicht einmal mehr, dass man ihnen begegnet war. Ich versuchte, mir das Bild des Mannes an der Kapelle in Erinnerung zu rufen. Er war breiter gewesen, oder? Und das Gesicht? Hatte er nicht gröbere Gesichtszüge gehabt und viel deutlichere Geheimratsecken? Ich wusste es einfach nicht. Keine Chance.

Frau Mooser hatte mich bemerkt, unsere Blicke trafen sich. Ich schüttelte ratlos den Kopf.

Der ältere Herr, der bei ihr und ihren Kollegen stand, trug eine dunkle Windjacke und hatte einen Rucksack vor seinen Füßen stehen, bei dem seitlich eine Art Flaschenhalter angebracht war. Darin steckte eine silbern glänzende Thermoskanne. Man hatte ihn wohl aufgefordert, sich auszuweisen, denn er zog eine Karte aus seiner Geldbörse und hielt sie Herrn Becker hin.

»Lüsebock, Joachim Lüsebock«, hörte ich ihn sagen. »Meine Nachbarin hat mir eben eine Nachricht geschickt, dass die mit dem Presslufthammer für heute fertig sind.«

Er schaute zu Frau Mooser, dann wieder zu Herrn Becker.

»Ich habe doch kein Verbrechen begangen. Nur weil man mal etwas länger in der Kirche sitzt, muss doch nicht gleich die Polizei kommen.«

Herr Becker sagte etwas, das ich nicht verstehen konnte. Aber danach brach es aus dem alten Herrn heraus, laut und deutlich.

»Gut, ich habe in der Kirche mein Brot gegessen. Das tut man nicht. Aber zu Hause fällt einem die Tasse aus der Hand, so rappelt es da. Seit Jahren geht das so. Eine Baustelle nach der anderen. Ab sieben Uhr morgens geht es los. Da werden Sie verrückt, das können Sie mir glauben. Das ist die Hölle.« Herr Lüsebock erzählte. Vom Lärm der Presslufthämmer und Betonmischer, vom Dröhnen der Bohrmaschinen und vom Geschirr, das im Schrank klirrte, weil der Boden bebte. Sein Auto hatte er seit Wochen nicht mehr benutzt, weil jeden Tag ein anderes Baufahrzeug vor seiner Garage parkte. Wenn er es gar nicht mehr aushielt, flüchtete er vor der Baulärm-Hölle in die himmlische Ruhe der Kirche.

Handschuhsheim war ein begehrter Stadtteil. Alte Häuser wurden von Investoren aufgekauft, saniert, in möglichst viele Wohneinheiten zerteilt und zu Höchstpreisen wieder verkauft. Herr Lüsebock hatte Pech, er lebte in einer Straße, in der in den letzten Jahren gleich mehrere Häuser vakant geworden waren.

Während Herr Becker und die Kollegin weiter mit ihm sprachen, kam Frau Mooser zu mir.

»Alles in Ordnung mit Ihnen, Mila? Was war denn los? Weshalb haben Sie geweint?«

Ich schaute auf den Boden und schwieg. Wenn ich jetzt von Flos Beerdigung erzählte, würde ich gleich wieder anfangen zu heulen.

»Ich glaube, der ist genauso harmlos, wie er wirkt.« Frau Mooser sah hinüber zu dem Mann, der immer noch sein Leid klagte. »Ich fahre Sie am besten nach Hause. Aber erst muss ich wissen, ob hier ein Umschlag liegt.«

Damit ging sie zurück zu den Kollegen, sprach kurz mit ihnen und verschwand in der Kirche. Hinter mir knatterte ein Moped die Straße entlang. Dann kam ein ganzer Pulk Kinder mit dicken Tornistern, schwätzend und lachend, anscheinend von einer nahe gelegenen Schule. Sie waren so laut, dass ich nicht mehr verstand, was Frau Moosers Kollegen mit Herrn

Lüsebock besprachen. Doch sie schienen ihre Auffassung zu teilen, dass er nichts mit den Rätseln zu tun hatte, denn der lärmgeplagte Mann nahm seinen Rucksack und ging davon. Gleich darauf kam Frau Mooser aus der Kirche zurück. Sie hielt etwas in der Hand, das sie Herrn Becker gab. Es sah aus wie ein Blatt Papier. Bis sie wieder bei mir war, hatte ich mir die Nase geputzt und die verlaufene Wimperntusche weggewischt.

Im üblichen Eilschritt zog sie an mir vorbei.

»Kommen Sie, wir fahren!«

»Und, was haben Sie gefunden?«

»Eine Nachricht«, sagte sie.

15

Es erstaunte mich immer wieder, dass ein Mensch, der doch leicht rundlich war und die Sechzig schon deutlich überschritten hatte, so schnell gehen konnte. Ich hastete hinter Frau Mooser her, zurück Richtung Parkplatz.

»Was denn für eine Nachricht?«, fragte ich.

»Nichts Neues.«

»Was soll das heißen: nichts Neues?«

Sie blieb so abrupt stehen, dass ich fast mit ihr zusammengestoßen wäre.

»›Tief liegt des Todes Schatten auf der Welt.‹ Glauben Sie etwa, das wäre für eine Kripobeamtin etwas Neues?«

»Stand das auf dem Blatt?«

»Finsternis, Schmerz, Leid und Halleluja. Vier Strophen lang. Von irgendeinem Williams. Ein Notenblatt. Es lag neben der Stufenanlage auf dem Boden.«

»Das heißt, es war kein Umschlag in der Kirche?«

»Nein, aber dieses Blatt könnte eine Nachricht sein.« Frau Mooser lief weiter. »Eine Ankündigung. ›Des Todes Schatten‹. Vielleicht bedeutet es, dass noch ein Mensch sterben wird.«

»Und wenn es keine Nachricht ist? Das Blatt kann doch auch jemand dort verloren haben. Eine Sängerin, die auf den Stufen gestanden hat, und der ist es aus der Mappe gefallen.«

»Möglich«, sagte sie wieder einmal. Anscheinend Frau Moosers neues Lieblingswort.

»Das ist nicht nur möglich, das ist sogar sehr wahrscheinlich.«

»Da wäre ich mir nicht so sicher. Vor allem nicht, wenn man mir mit einem Stein beinahe den Kopf eingeschlagen hätte.«

»Aber warum ist kein Umschlag in der Kirche?«

»Weil es diesmal eine Nachricht ist: Das Spiel ist vorbei, der Ernst des Lebens fängt an.«

Es gab keinen Umschlag in der Kirche, weil Richard Korff-kes seit der Vernehmung gestern nur noch betrunken gewesen war und Randale gemacht hatte, statt Umschläge zu verteilen. Die wollte mir nur Angst machen, weil sie sauer war. Frau Mooser öffnete den Wagen, und ich beeilte mich einzusteigen. Nicht dass sie noch ohne mich losfuhr. Aber sie saß nur da und schaute auf die rötlich schimmernden Mauern der Tiefburg.

»Verraten Sie mir lieber, warum wir hier sind, in Handschuhsheim? Strengen Sie mal Ihre kleinen grauen Zellen ein bisschen an, Sherlock.«

Ich schnallte mich an. Sicher war sicher.

»Also?«, drängte Frau Mooser.

»Weil ich feststellen sollte, ob der Mann in der Kirche derselbe war wie der, der an der Kapelle saß. Weil Sie gehofft haben, dass er hinter den Rätseln steckt und nicht Korffkes. Und das wollen Sie, weil Sie sich über Ihren Schwiegersohn geärgert haben, der Ihrer Tochter den Rücken stärkt, die sich weigert, dem kleinen Jannik Ihre kratzige Mütze anzuziehen.«

»Sie sollten sich lieber nicht in meiner Psyche verirren. Ich bin komplizierter, als man denkt. Und jetzt noch mal zurück, Sherlock: ein eiserner Ring oben am Schloss, ein Stein mit einer Leprarassel in Schlierbach, ein Wort von Hölderlin in der Handschuhsheimer Friedenskirche. Gibt es da irgendeinen Zusammenhang? Es muss doch einen Grund geben, warum wir ausgerechnet hier gelandet sind. Es gibt viel Interessantes und Geschichtsträchtiges in der Gegend, warum geht es in den Rätseln um den Hexenring, die Gutleuthofkapelle und die Friedenskirche?«

»Vielleicht ergibt sich ein Zeichen, wenn man die Orte auf der Karte miteinander verbindet«, schlug ich vor.

»Das ergibt ein Dreieck, das kann ich Ihnen auch ohne Karte sagen.«

»War das Dreieck nicht das Symbol der Freimaurer?«

»Ja, und ein auf der Spitze stehendes Dreieck ist in Polen

das Symbol für die Herrentoilette«, knurrte Frau Mooser. »Sie haben zu viel Dan Brown gelesen. Außerdem wäre unser Dreieck extrem schief. Nein, das glaube ich nicht. Aber ich glaube auch nicht, dass unser Rätselkönig die Orte ohne Grund ausgesucht hat.«

»Ihr Schwiegersohn könnte mal Herrn Korffkes fragen.«

»Korffkes hat sich seit der Vernehmung nur geschadet. Er verletzt einen Passanten, versucht mit Gewalt in Emmas Wohnung einzudringen und droht ihr. Der ist nicht mehr in der Lage, zu taktieren oder vernünftig zu reagieren, wenn er emotional belastet ist. Der kennt die Antwort nicht. Jemand wie Korffkes veranstaltet keine Rätsel-Spiele, der haut drauf, wenn er sauer ist. Er hat die Kontrolle verloren. Über sein Leben und über sich, so wie Sie.«

»So wie ich?« Was sollte das denn jetzt?

»Weshalb haben Sie eben in der Kirche geweint?«, fragte Frau Mooser. »Wegen Emilio?«

Ich schaute aus dem Seitenfenster.

»Weiß ich nicht.«

Ich hatte es geschafft, alle Erinnerungen an Flo wieder zu verstauen und den Deckel auf die Kiste zu machen. Das sollte auch so bleiben.

»Wenn Sie doch mal drüber reden wollen, leihe ich Ihnen gern mein Ohr. Meine Zimmernummer kennen Sie ja.«

Frau Mooser legte den Rückwärtsgang ein und setzte schwungvoll zurück.

»Und Sie müssen mir noch etwas versprechen: Wenn meine Kollegen bei Korffkes etwas finden, das seine Schuld beweist, werde ich es als Erste erfahren. Es wird meinem Schwiegersohn mit Sicherheit eine Freude sein, mich gleich zu informieren. Aber solange das nicht hundertprozentig geklärt ist, gehen Sie weiterhin nicht allein aus dem Haus. Sind wir uns da einig?«

»Sie meinen wegen ›des Todes Schatten‹?«

»Ganz genau.«

Ich nickte brav. Ich glaubte zwar, dass Herr Alsberger mit Korffkes genau den Richtigen im Visier hatte, aber auf Nummer sicher zu gehen konnte nicht schaden.

»Wenn Sie doch glauben, Ihr Schwiegersohn ist auf der falschen Spur, warum beenden Sie nicht Ihren Urlaub und übernehmen den Fall?«

»Das werde ich bestimmt nicht tun. Es wäre der Beweis für Roland und Vera, dass ich mich wieder einmal einmische und alles an mich reiße. Nein, ich werde heute Abend kochen. Ein kleines Festessen, weil wir Richard Korffkes' Attacke heil überstanden haben.« Frau Mooser lenkte den Wagen vom Parkplatz. »Es gibt als Vorspeise Spaghetti, als Hauptgericht Spaghetti und als Nachspeise Spaghetti. Und literweise Rotwein. Wir werden Emma dazu einladen.«

»Sie wollen Emma zum Essen einladen? Zu uns?«

»Warum nicht? Soll ihr Mann sich um Paulina kümmern. Oder ihr Cousin. Ich finde, Emma hat sich nach der Aufregung heute einen netten Abend verdient.«

Die Ampel an der Kreuzung sprang auf Rot. Frau Mooser bremste so abrupt, dass ich ungewollt nickte.

»Außerdem ist sie eine sympathische und interessante Frau. Ich würde sie gern näher kennenlernen.«

Sie hörte sich an wie der Wolf, der Kreide gefressen hatte. Man musste nicht Sherlock Holmes sein, um mitzubekommen, dass sie etwas im Schilde führte.

»Was haben Sie vor?«

Die Ampel am Hans-Thoma-Platz sprang auf Grün, und Frau Mooser trat aufs Gaspedal, um noch vor dem Fußgänger abzubiegen, der am Übergang wartete.

»Habe ich doch gesagt: literweise Rotwein trinken. Und Spaghetti essen. Das machen Krokodile so.«

»Hören Sie, das mit dem Krokodil tut mir leid. Das ist nur … eine Art interner Spitzname. Ich rede sonst nie so über Sie. Das ist auch nicht negativ gemeint. Ich finde Krokodile sehr ansprechend. Sie haben schöne große Zähne, sie sind

schnell, auch wenn sie nicht so aussehen, sie können gut zu-
beißen und haben eine wunderbar ledrige Haut.«
»Oh, vielen Dank.« Frau Mooser schaute kurz zu mir rüber.
»Ganz reizend. Das hört man gern.«
»Verraten Sie mir jetzt, was Sie vorhaben?«
»Genau das, was ich gesagt habe: literweise Rotwein trinken. Wir werden Emma das eine oder andere Gläschen ein-
schenken und darauf hoffen, dass der Alkohol ihre Zunge
lockert.« Die nächste Ampel. Wieder mussten wir halten.
»Denn auf eins verwette ich meinen Krokodilkopf mitsamt
den schönen Zähnen: Emma lügt. Mal wieder. Oder besser
gesagt: Sie verschweigt etwas.«
»Wie kommen Sie denn darauf?«
»Sie wollte mir noch etwas sagen, bevor Korffkes aufgetaucht ist. Erinnern Sie sich? Aber als ihr Mann dann dabei-
stand, wollte sie davon nichts mehr gewusst haben.« Frau
Mooser hupte, weil der Wagen vor uns nicht gleich bei Grün
angefahren war. »Ich vermute, dass sie nach Korffkes' Auftritt überzeugt ist, dass er der Schuldige ist, und es daher keine
Rolle mehr spielt. Die Kollegen könnten sie deshalb befragen,
aber wenn Emma in der Dienststelle sitzt und die Aufzeich-
nung läuft, wird sie wahrscheinlich erst recht den Mund halten.
Wir werden das auf andere Weise angehen.«
So weit zu Frau Moosers Absichten, sich nicht einzu-
mischen. Aber ich sagte nichts dazu. Ich hielt mich lieber aus
ihren Familienangelegenheiten raus. Die nächste Ampel, der
nächste Stopp.
»Am besten, ich regle das gleich.«
Sie bog ins Neuenheimer Feld ab und hielt an einer Bus-
haltestelle. Dann rief sie Emma an. Nachdem Frau Mooser das
Gespräch beendet hatte, wusste ich, dass ich ihr nie mehr über
den Weg trauen würde. Ich spielte anderen Leuten manchmal
etwas vor und war darin ziemlich gut, Frau Mooser aber war
brillant. Sie wickelte Emma so ein, dass sie gleich zusagte.
»Aber das ist doch kein Problem. Ich hole Sie ab und fahre

Sie auch wieder zurück. Das mache ich gern.« Sie klang so zuckersüß, dass ich an Emmas Stelle gleich misstrauisch geworden wäre. »Ich bin gegen neunzehn Uhr bei Ihnen … Nein, wirklich nicht … Schön, Emma, ich freue mich. Und Mila natürlich auch.«

Mit einem zufriedenen Ausdruck auf ihrem Gesicht steckte sie ihr Handy wieder ein. Das Krokodil hatte erfolgreich seine Beute angelockt.

Die Gerüche, die ab dem späten Nachmittag durch die Pension zogen, waren so köstlich und verlockend, dass mir das Wasser im Mund zusammenlief. Was immer Frau Mooser kochte, es waren keine Spaghetti. Wir hatten auf dem Rückweg bei einem Supermarkt gehalten und sie hatte eingekauft, als wollte sie bei uns ein Drei-Sterne-Lokal eröffnen. Hugo und Emilio wurden gleich nach unserer Ankunft darüber informiert, dass sie die Küche heute Abend leider nicht nutzen konnten.

»Ein Essen im kleinen Kreis, nur für die, die den heutigen Tag überlebt haben«, hatte sie erklärt.

»Was ist denn jetzt schon wieder passiert?«, hatte Hugo gefragt und war ganz blass geworden, als ich ihm erzählte, was bei Emma geschehen war.

Ab diesem Zeitpunkt hätte Frau Mooser von Hugo und Emilio verlangen können, was sie wollte. Sie war meine Retterin und die Heldin des Tages, wahrscheinlich der ganzen Woche.

Ich hatte mich in meine Kammer zurückgezogen, mich aufs Bett gelegt und durch das Dachfenster in den Himmel geschaut. Ob Flo dort irgendwo war? Aber ich glaubte nicht daran, dass die Menschen nach dem Tod auf einer Wolke dahinschwebten, nicht an einen Himmel und nicht an eine Hölle. Asche zu Asche, hieß es, Staub zu Staub. Mehr blieb nicht. Auch wenn Flo mir als Kind oft erzählt hatte, meine Mutter wäre zu einem Stern am Himmel geworden. Es war immer der hellste von allen, wenn wir in der Dunkelheit unter den silbernen Punkten nach ihr gesucht hatten.

Manchmal wünschte ich mir, noch einmal mit Flo auf der Bank vor dem Haus zu sitzen, nur einmal noch ihre Hand halten zu dürfen. Wir hatten keinen Abschied nehmen können, ihr überraschender Tod hatte uns dafür keine Zeit gelassen. Sie fehlte mir. Ein Mensch, der mich immer geliebt hatte, der wollte, dass ich glücklich war.

Es klopfte an der Tür, und mein Herz schlug ein wenig schneller. Aber es war nicht Emilio, sondern Hugo, der hereinkam.

»Wie geht es dir, Mila?«

»Alles gut.«

»Frau Mooser ist weg, euren Gast holen. So lange soll ich auf dich aufpassen.«

»Dann nimmst du dir am besten ein langes Messer und stellst dich vor meine Tür. Auf mir liegt nämlich der Schatten des Todes.«

»Was redest du denn da?«

»Tut mir leid, das war ein blöder Witz.«

Ich hatte den armen Hugo verschreckt. Das lag nur am Umgang mit dem Krokodil. Jetzt fing ich schon an, genauso dumme Witze zu machen wie Frau Mooser.

»In der Kirche hat Frau Mooser ein Notenblatt gefunden. Da stand etwas vom Schatten des Todes drauf. Sie meint, es könnte so eine Art Botschaft sein, dass es noch einen Mord geben wird.«

»Oh Mann! Davon hast du heute Mittag nichts erzählt.«

»Weil es keine Nachricht ist, sondern ein dummer Zufall. Aber Frau Mooser glaubt nicht an Zufälle.«

»Na, hoffentlich ist es einer.« Hugo blieb ein wenig unschlüssig vor meinem Bett stehen. »Kann ich mit dir mal über etwas reden?«

Ich setzte mich auf. Ich wusste gleich, es ging um etwas sehr Wichtiges, so wie Hugo aussah. Bestimmt um den Streit, den er und Emilio hatten. Hugo hatte endlich gemerkt, dass Emilio nicht der Richtige für ihn war. Die beiden würden sich trennen. Meine Träume konnten endlich wahr werden.

»Klar, was denn?«

Er setzte sich zu mir und zog ein Kästchen aus seiner Hosentasche.

»Schau mal, wie findest du den?«

In dem Kästchen lag auf dunkelblauem Samt ein silberner Ring. Hugo nahm ihn heraus und gab ihn mir.

»Was sagst du dazu? Gefällt er dir?«

Der Ring war matt poliert und hatte einen winzigen, hell glitzernden Stein.

»Der ist wunderschön«, sagte ich.

»Der Stein ist ziemlich klein, aber es ist ein echter Diamant. Mehr konnte ich mir nicht leisten.«

Hugo nahm den Ring wieder und legte ihn zurück in das Kästchen.

»Was denkst du, Mila? Soll ich Emilio fragen, ob er mich heiraten will? Wir haben uns in den letzten Tagen so gestritten, dass ich echt überlegt habe, wie es wäre, wieder ohne ihn zu sein. Und das Ergebnis war: Ich kann es mir nicht vorstellen. Ich liebe ihn, Mila. Sogar wenn wir streiten. Emilio hat sicher seine Macken, aber ich habe noch viel mehr. Du bist einer der Menschen, die mich am besten kennen. Glaubst du, das kann gut gehen mit ihm und mir? Wenn er mich überhaupt noch will nach unserem Krach.«

Ich konnte Hugo nicht ansehen. Ich wusste, er ließ sich von mir beeinflussen. Hugo einzureden, dass er mit seinem Antrag besser noch warten sollte, würde einfach sein. Ihm einzureden, dass er es lieber lassen sollte, würde schwierig werden, aber Hugo gab viel auf mein Urteil. Ich könnte zumindest Zweifel säen. Hugo hatte tatsächlich einige Macken. Aber er war auch großzügig, mitfühlend, rücksichtsvoll und einfach ein liebenswerter Mensch.

»Weißt du, Hugo …« Ich räusperte mich, weil ich Angst hatte, meine Stimme könnte versagen. »Ich denke … ihr …«

Verdammter Mist. Er war mein bester Freund.

»Du und Emilio … Ich glaube, wenn es zwei Menschen

gibt, die füreinander geschaffen sind, dann seid ihr das.« Ich musste schlucken. »Frag ihn. Unbedingt. Wenn du ihn nicht fragst, frag ich ihn.«

»Scherzkeks.« Hugo stupste mich mit dem Ellbogen an, ein breites Grinsen auf dem Gesicht. »Ich hatte gehofft, dass du das sagen würdest. Wenn Emilio Ja sagt, wirst du natürlich unsere Trauzeugin. Ich frage ihn, wenn sich ein guter Augenblick findet. Aber spätestens an seinem Geburtstag.«

Der war am Donnerstag in zwei Wochen. Ich wusste es ganz genau. So bald schon. Hoffentlich sah Hugo mir mein Entsetzen nicht an.

»Sorry, aber ich muss ganz schnell mal verschwinden.«

Ich lief die Treppe hinunter ins Bad und schloss die Tür hinter mir ab. Dann ließ ich eiskaltes Wasser über meine Hände laufen, setzte mich auf den Rand der Badewanne und wartete darauf, dass ich in kleine Stücke zerfiel. Auseinanderbrach. Mich auflöste. Wenn die beiden heirateten, gab es keine Hoffnung mehr darauf, es könnte doch noch ein Wunder geschehen. Dann war es amtlich besiegelt, dass meine Liebe keine Chance hatte. Zumindest für die nächsten Jahre. Ich konnte auf ihre Scheidung hoffen, aber bis dahin war ich wahrscheinlich alt und grau.

Wenn wenigstens Flo noch da wäre. Asche zu Asche, Staub zu Staub. Was, wenn es doch anders war? Wenn man nach dem Tod dorthin kam, wohin man sich sehnte. Zu den Menschen, die man vermisste. Was, wenn man wirklich zu einem Stern am Himmel wurde oder das Jenseits ein schöner Garten war, mit Liegestühlen, Butterblumen und Schmetterlingen?

»Mila!« Hugo klopfte an die Tür. »Was ist denn? Ist alles in Ordnung?«

»Ja«, rief ich rasch. »Tut mir leid. Ich habe mir den Magen verdorben.«

»Bestimmt?«

»Ja, es grummelte schon die ganze Zeit in meinem Bauch.«

»Oje, und das, wo euer Festessen ansteht.«

»Wird schon wieder. Ich komme gleich.«

»Ich wollte mit Emilio noch zu Max pokern fahren. Ist das okay? Frau Mooser müsste gleich wiederkommen.«

»Kein Problem.«

»Du gehst aber nicht allein raus?«

»Nein, was denkst du denn? Fahrt nur.«

Ich blieb im Bad, bis ich hörte, dass die Haustür ins Schloss fiel. Dann ging ich hinunter, in Rosels Zimmer. Hugo hatte die Läden schon geschlossen. Ich machte das Licht an, öffnete das Fenster, klappte die Läden wieder auf und lehnte mich hinaus, soweit ich konnte.

»Hey, du Arschloch«, rief ich. »Ich bin jetzt so weit. Tu mir den Gefallen und versuch's noch mal!«

Diesmal schaffte ich es nicht, mich rechtzeitig zu bücken.

16

Man soll nicht mit dem Feuer spielen. Auch nicht, wenn man glaubt, der Tag, den man gerade erlebt, wäre der schrecklichste im ganzen Leben.

Es schwirrte etwas durch die Luft und prallte seitlich vor meinen Kopf, um dann mit einem Klirren auf die Gasse zu fallen.

»Reicht das?«, rief jemand. »Oder hätten Sie lieber einen Pflasterstein?«

Ich fasste an meinen Kopf, dort, wo das Wurfgeschoss mich getroffen hatte. Vor lauter Schreck hatte es mir die Sprache verschlagen. Immerhin blutete ich nicht, aber es tat ziemlich weh.

Frau Mooser trat vor das Fenster und stemmte die Hände in die Hüften.

»Und, wie ist das so?«

In meinem Anfall von Paradies-Sehnsucht hatte ich nicht gesehen, dass sie mit Emma vor unserer Haustür stand, offensichtlich schon mit dem Schlüssel in der Hand. Der Schlüssel, den sie mir an den Kopf geworfen hatte.

Emma schaute irritiert zu uns.

»Kann ich irgendwie helfen?«, fragte sie zaghaft.

»Nein, danke. Das ist so eine Art Spiel zwischen Frau Böckle und mir.« Frau Mooser war so rot im Gesicht, als wäre sie kurz davor, Lava zu spucken. »Sie präsentiert sich als Köder für den Irren, der beabsichtigt, sie umzubringen, und ich muss versuchen, sie zu retten. Aber vielleicht steige ich aus dem Spiel aus. Meine Anweisungen werden nämlich nicht befolgt. Ich mische mich in einen Fall, der mich eigentlich nichts angeht, lasse jemanden, der im Schlaf wie ein Wasserfall redet, auf meinem Sofa nächtigen, und wozu? Damit diejenige bei der ersten Gelegenheit ihren Hohlkopf als Zielscheibe anbietet.«

Sie bückte sich und hob ihren Schlüssel wieder auf.

»Aber ich wollte nicht stören. Machen Sie ruhig weiter, Mila. Ich werde inzwischen mit Emma feiern, dass wir noch leben. Jedem seine Entscheidung.«

Der Schmerz, den Frau Moosers Wurfgeschoss verursacht hatte, hatte eine ähnliche Wirkung, als wäre ich aus einem schlimmen Traum wachgerüttelt worden. Was hatte ich mir nur dabei gedacht?

»Tut mir leid. Ich ... wollte einfach mal frische Luft schnappen. Und dann ist es irgendwie über mich gekommen.«

»Frische Luft schnappen, sicher doch.«

Während Frau Mooser aufschloss und Emma auf Krücken ins Haus humpelte, klappte ich die Läden wieder zu und schloss das Fenster. Ich ging hinüber in den Flur und versuchte, so normal wie möglich zu wirken.

»Hallo, schön, dass du da bist, Emma.«

Ich half ihr aus dem Mantel und hängte ihn an die Garderobe. Das Krokodil würdigte mich keines Blickes.

»Alles in Ordnung mit dir, Mila?«, sagte Emma leise. »Hat sie dich verletzt?«

»Nein, schon gut.«

Ich war nicht mehr in der Küche gewesen, seit Frau Mooser dort am Nachmittag herumgewirbelt hatte. Als ich nun hineinkam, staunte ich nicht schlecht. Der Holztisch war unter einer weißen Decke verschwunden, vermutlich eines unserer Bettlaken. In der Mitte stand ein kleiner Strauß Rosen, und neben den Tellern glänzten Löffel, Messer und Gabeln. Zu Schwänen gefaltete Servietten und zwei hohe Kerzenleuchter, die eigentlich in Rosels Zimmer gehörten, rundeten das Ganze ab.

Frau Mooser holte gleich eine Flasche aus dem Kühlschrank.

»Fangen wir mit einem Gläschen Sekt an.«

Sie ließ den Korken knallen und füllte die Gläser, die auf der Ablage bereitstanden. Der hohe Kelch, den sie Emma reichte, war fast randvoll.

»Prost! Auf dass wir das heute alle gut überstanden haben!«

Dabei lächelte sie, als sie mit Emma anstieß, bei mir aber verzog sie keine Miene. Sie war sauer auf mich, ich konnte es ihr nicht einmal verdenken. Vorsichtig betastete ich meinen Kopf. Ich spürte schon die Beule, klein, aber schmerzhaft. Als Nächstes stießen wir auf den Gartenzwerg an, mit dem Frau Mooser Richard Korffkes außer Gefecht gesetzt hatte, dann auf die vier Kollegen, die so schnell vor Ort gewesen waren, einzeln, denn Frau Mooser kannte jeden von ihnen mit Namen. Damit war die Flasche leer.

Frau Mooser stieg auf Mineralwasser um, schließlich musste sie Emma noch nach Hause fahren. Die hatte inzwischen ihre Krücken abgestellt und am Tisch Platz genommen. Frau Mooser goss ihr einen Pfälzer Dornfelder in ein bauchiges Glas, in das locker ein Viertelliter hineinpasste. Emma schien es nicht zu stören, sie war in Feierlaune.

»Ist Ihr Mann bei Paulina?«, fragte Frau Mooser.

»Nein, Ferdi passt auf sie auf. Rolf konnte nicht, ein superwichtiges Meeting. Und das, wo Korffkes mich heute fast umgebracht hätte.«

»Dabei war er doch so besorgt um Sie.«

»Oh ja. Manchmal vergisst er einfach, dass ich ein schrecklicher Mensch bin und er eigentlich nichts mehr von mir will.«

»Mit uns hat er aber sehr liebevoll über Sie gesprochen.«

»Wirklich?« Emma machte eine genervte Handbewegung. »Das kann morgen schon wieder anders sein. Vergessen Sie es einfach. Das ist kompliziert zwischen uns. So kompliziert, dass Rolf eine Pause braucht. Aber das wird schon wieder.«

»Na dann, auf den guten Ferdi …«, Frau Mooser erhob ihr Sprudelglas, »… der diesen schönen Abend möglich macht.«

Das Menü begann mit lauwarmen Ziegenkäse-Crostini, dekoriert mit ein paar Tropfen Honig und gehackten Walnüssen. Danach ging es weiter mit einer Kürbissuppe. Frau Mooser stand mal am Herd, mal saß sie bei uns, vor allem aber schenkte sie Emma munter nach und begann, Fragen zu stellen. Wie ein Raubvogel, der seine Beute fest im Blick hat und seine Kreise immer enger zieht. Ich schwieg die meiste Zeit. Es war mir unangenehm, bei ihrer Aushorchaktion als Statistin mit dabei zu sein. Außerdem musste ich ständig an Hugos Ring mit dem Diamantsplitter denken.

Frau Mooser erkundigte sich nach Paulina, dann nach Paulinas Erkrankung und lenkte über auf die Zeit, in der das Ripolaxin nicht verfügbar gewesen war.

»Wenn ich das richtig verstanden habe, gab es ein alternatives Medikament. Aber das haben nicht alle Kinder vertragen?«

»Paulina auf jeden Fall nicht. Es ist doch entsetzlich, dass so etwas überhaupt passieren kann.«

Emma erzählte davon, wie sie vor Sorge nicht mehr hatte schlafen können, wie verzweifelt sie gewesen war, als klar wurde, dass es Monate dauern würde, bis die Produktion in Hyderabad wieder anlaufen konnte.

»Für mich ist es immer noch schwierig, meine Ängste im Zaum zu halten. Paulina ist ein Kind, das gern alles ausprobiert und jeder Katze hinterherläuft. Ich kann sie nicht in ihr Zimmer einsperren, nur damit ich keine Angst um sie haben muss und es mir besser geht«, sagte Emma. »Die Gruppe hat mir da sehr geholfen.«

»Ich persönlich bin nicht so der Gruppentyp.« Frau Mooser nahm sich ein Stück Brot aus dem Korb. »Meistens gibt es dann doch irgendwann Ärger. Oder wie war das bei Ihnen?«

Ein Lächeln huschte über Emmas Gesicht. Es war so schnell wieder verschwunden, wie es aufgetaucht war.

»Sicher gibt es auch Konflikte. Aber wir haben die Kurve immer noch gekriegt. Es gab auch schon einmal einen recht heftigen Streit. Und das ausgerechnet bei der Weihnachtsfeier.«

Sie legte den Löffel beiseite und tupfte sich mit der Serviette den Mund ab.

»Das war schrecklich. Man muss sich das einmal vorstellen: Da schreien erwachsene Menschen sich gegenseitig an, obwohl die Kinder danebensitzen.«

»Was war denn los?« Frau Mooser schob den Brotkorb wieder in die Mitte. »Hat der Weihnachtsmann die falschen Geschenke gebracht?«

»Nein, das Problem war, dass Piet Tackmer meinte, er müsse ausgerechnet zu der Gelegenheit lauthals kundtun, dass es keinen Weihnachtsmann gibt und wir den Kindern nicht einen solchen ›Schwachsinn‹ vermitteln sollen. Man würde nicht belohnt, egal wie brav man wäre. Selbst dann nicht, wenn man sich jahrelang ›den Arsch aufreißen‹ würde. Das hat er tatsächlich gesagt: den Arsch aufreißen. Vor all den Kindern!«

Emma legte die Serviette wieder über ihren Schoß und strich sie glatt.

»Ich hatte Ferdi überredet, den Weihnachtsmann zu spielen. Er wollte erst gar nicht. Es sollte eine nette Überraschung sein, und dann bricht Piet Tackmer eine Grundsatzdiskussion vom Zaun, statt sich zu freuen und einfach die Klappe zu halten.«

Emma griff nach ihrem Glas und nahm einen großen Schluck von ihrem Dornfelder, bevor sie weitersprach.

»Aber der hatte schon einen getankt, bevor er kam, das konnte man riechen. Ferdi hat ihn angeranzt, er solle lieber den Mund halten, er sei schließlich der Weihnachtsmann, sonst würde er die Rute rausholen. Da hat Tackmer gesagt, Ferdi würde doch höchstens einen Joint rausholen. Anscheinend hatte er mitbekommen, dass Ferdi ab und zu was raucht. Er hat ihn vor allen anderen beschimpft und behauptet, Ferdi sei einer von denen, die es sich in der ›sozialen Hängematte‹ bequem machen. Das ist total ungerecht, Ferdi hat es eben sehr schwer im Leben, viel schwerer als andere. Dass es zuletzt mit der Ausbildung zum Kfz-Mechatroniker nicht geklappt hat, lag bestimmt nicht daran, dass er bequem wäre. Das war eben nicht seins. Es war einfach eine blöde Idee von seinem Arbeitsberater.«

»Und warum hat Ferdi es so schwer?«, hakte Frau Mooser nach.

»Ach ... das ist eine alte Geschichte. Es gab da diesen Unfall, damals, als wir noch in Büsecke wohnten. Ein tragisches Unglück. Unsere ganze Sippe wohnt dort. Seit diesem furchtbaren Unfall ist für Ferdi leider alles ...« Emma schüttelte den Kopf, als wollte sie die Erinnerung vertreiben. »Aber was soll's, das tut ja nichts zur Sache. Auf jeden Fall hat Piet Tackmer sich unmöglich aufgeführt. Dann fing Rolf auch noch an, dass schon Martin Luther das Schenken am Nikolaustag verurteilt hätte, und jemand aus der Gruppe rief, der Herr Professor sollte doch endlich mal seine Klappe halten. Tackmer aber meinte, Rolf hätte wenigstens etwas im Kopf, im Gegensatz zu Ferdi.«

Emma nahm ein Stück Brot und fuhr damit über den Rand ihres Tellers.

»Es gab einen ziemlichen Aufstand, bis Piet endlich gegangen ist. Ferdi war danach wochenlang beleidigt, weil ich ihn angeblich nicht genug verteidigt habe, und das, obwohl seine damalige Flamme Luise dabei war. Dabei habe ich ihn sehr wohl verteidigt. Im Nachhinein haben wir erfahren, dass man Piet Tackmer an dem Tag gekündigt hatte und er deshalb so durch den Wind war.«

Emma aß das Brot, dann wischte sie die Krümel von ihrem Pullover.

»Piet ist kein schlechter Kerl. Er war nur frustriert und betrunken. Ich meine, er hatte keine Arbeit mehr und war sicher ziemlich sauer auf einige aus der Gruppe. Als es so eskalierte, ist schon das eine oder andere unschöne Wort gefallen. Aber nie im Leben hätte er Medikamente gestohlen und verkauft. Das wollte ich Ihnen heute Morgen erzählen, bevor Korffkes bei mir aufgetaucht ist. Aber danach – warum unnötig schlecht über jemanden reden? Es ist mir auch erst wieder eingefallen, als Sie weg waren.«

Emma sah Frau Mooser erwartungsvoll an.

»Und, was kommt jetzt? Ihre Kürbissuppe war wirklich ganz wunderbar.«

Es ging auch wunderbar weiter, mit Steinpilz-Maultaschen in einer Weißwein-Sahne-Soße.

Der Rest des Abends drehte sich um Kinofilme und Heilmittel bei Bronchitis, und ab der Whiskeycreme übertrumpften Frau Mooser und Emma sich mit den niedlichsten Kinderbildern. Frau Mooser mit denen von Enkel Jannik, die sie auf ihrem Handy hatte – ich vermute, es waren an die tausend –, Emma mit denen von Paulina und ihren fünf kleinen Nichten und Neffen. Ich überlegte kurz, die Bilder von meinem Kaninchen zu holen, das zu Kinderzeiten eine Weile mein ein und alles gewesen war. Aber das Kaninchen war schon lange tot und zählte wahrscheinlich beim Nachwuchs-Wettbewerb nicht.

»Die Jüngste von meiner Schwester ist so was von süß«, schwärmte Emma und suchte in ihrem Handy nach einem Foto. »Hier, ist die nicht goldig?«

Sie hielt mir das Bild eines kleinen Mädchens hin, das umringt von gelben Plastikenten in der Badewanne saß und frech in die Kamera grinste. Frau Mooser sah sich das Foto an, dann runzelte sie die Stirn.

»Darf ich mal?«

Sie nahm Emmas Handy, hielt es von sich und kniff die Augen zusammen.

»Was steht da?« Sie zeigte auf die Zeile am oberen Rand des Displays, wo der Name der Chat-Gruppe angezeigt wurde. »Ich kann das ohne Brille nicht lesen. Heißt das Hexenschwanz?«

»Oh Gott, nein.« Emma lachte. »Da steht ›Hexengeschwätz‹. Das ist der Name der WhatsApp-Gruppe, die ich mit meinen Schwestern habe. Das ist Ferdis Standardkommentar, wenn eine von uns etwas sagt, was ihm nicht in den Kram passt: Hexengeschwätz. Caro meinte, das wäre doch der perfekte Name für unsere Schwestern-Gruppe.«

»Warum sagt Ihr Cousin das, Hexengeschwätz?«

»Na, weil nicht nur ich rote Haare habe. Caro und Lisa haben dieselbe Haarfarbe, oder zumindest eine sehr ähnliche.« Frau Mooser gab ihr das Handy zurück.

»So ist das, wenn man rote Haare hat. Man denkt, die Zeiten wären vorbei, aber was glauben Sie, was ich in meinem Leben schon alles zu hören bekommen habe«, erklärte Emma. »›Sexy Hexy‹ war da noch das Netteste. Aber Ferdi lasse ich das durchgehen.«

Frau Moosers Handy, das neben ihrem Teller lag, vibrierte. Sie warf einen kurzen Blick auf das Display.

»Entschuldigung«, sagte sie und verschwand damit in den Flur.

Aber nicht nur das, ich hörte, wie sie die Treppe hochstieg und ihre Zimmertür hinter sich schloss. Emma warf einen Blick auf ihre Uhr.

»Ich muss bald aufbrechen. Ich habe gesagt, ich bin spätestens um zehn wieder zu Hause.« Sie nahm die Wasserflasche und füllte ihr Weinglas mit Sprudel. »Das war auf jeden Fall sehr nett heute Abend bei euch. Weißt du, so schrecklich das alles ist, ich freue mich, dich kennengelernt zu haben.« Ein Lächeln tauchte um Emmas Mundwinkel auf. »HGF hat übrigens nach dir gefragt. Er scheint sehr angetan von dir zu sein.«

»HGF?« Aber in dem Moment fiel mir auch schon ein, wer sich dahinter verbarg: Hannes Gereon Freutner. »Du meinst Herrn Freutner?«

»Ganz genau. Wie findest du ihn?«

»Ich … Keine Ahnung.«

»Na, lass nur. Das musst du mir nicht auf die Nase binden. Geht mich auch nichts an.«

Beim Zusammentreffen an der Kapelle hatte er mir Angst eingejagt, aber als wir uns in Herrn Pöltz' Büro gesehen und über das Krokodil gescherzt hatten, war das weit weg gewesen. Wie fand ich ihn? Ganz nett. Nicht unattraktiv.

»Hannes ist solo, das weißt du wahrscheinlich, oder? Er und seine Frau haben sich getrennt.«

Wäre Flo noch am Leben, hätte sie jetzt sicher gesagt, ich sollte nach seiner Nummer fragen. Oder Emma bitten, ihn auch von mir zu grüßen. Aber einen Mann ganz nett zu finden, war ein bisschen wenig, wenn es einen gab, den man umwerfend fand.

Frau Mooser kehrte zurück und sah ziemlich aufgeräumt aus.

»Noch einen Espresso?«, fragte sie uns. »Zu den Neuigkeiten des Tages?«

Ich ahnte schon, wer angerufen hatte. Bestimmt Herr Pöltz, der seinen abendlichen Bericht durchgegeben hatte.

»Was ist denn?«, wollte Emma wissen.

»Die Schatten des Todes haben sich aufgeklärt.« Frau Mooser befüllte die Espressokanne mit Pulver und Wasser. »Ein Chor hat das Lied vor Kurzem in der Kirche gesungen. Es ist also in der Tat sehr wahrscheinlich, dass das Notenblatt daher stammt. Und dann gibt es noch etwas ...« Sie drehte sich zu uns. »Ein Geständnis. Von Richard Korffkes.«

Emma lehnte sich zurück, mit einem Ausdruck der Erleichterung auf dem Gesicht.

»Gott sei Dank. Ich wusste gleich, dass der hinter allem steckt.«

»Er hat sogar mehrere Morde gestanden.« Das Krokodil holte die Tassen aus dem Schrank und brachte sie zum Tisch. »Braucht jemand Zucker?«

»Was?« Emma war genauso überrascht wie ich. »Der hat noch jemanden umgebracht? Nicht nur den Mann, der mir die Medikamente gebracht hat?«

»Richard Korffkes hat ausgesagt, er hätte drei Menschen getötet.« Frau Mooser stellte die Kanne auf den Herd und setzte sich wieder zu uns. »Mit der Kraft seiner Gedanken.

Er könnte damit körperliche Prozesse in Gang setzen, die zum Tod führen würden. Genauso, wie er mit der Kraft seiner Gedanken heilen könnte. Leider hat er nicht verraten, wen er getötet haben will.«

»Was soll das heißen?«, fragte Emma. »Spinnt der, oder was?«

»So kann man das nennen. Ich vermute aber, in der Psychiatrie wird man dafür einen anderen Begriff haben. Man hat ihn vorerst in der Forensischen Klinik in Wiesloch untergebracht.«

»Der blufft doch!«, stieß Emma hervor. »Der weiß ganz genau, wie er aus der Nummer wieder rauskommt. Der tut so, als wäre er verrückt, weil er dann schuldunfähig ist.«

Mit einem brodelnden Geräusch begann das Wasser in dem kleinen Kaffeebehälter hochzusteigen. Frau Mooser wartete, bis es wieder still war, dann nahm sie die Kanne vom Herd und verteilte den Espresso auf die Tassen.

»Wie auch immer, im Moment ist nicht herauszufinden, ob er wirklich einen Mord begangen hat. Zumindest nicht über ihn. Korffkes ist nicht mehr vernehmungsfähig. Er muss noch einiges andere an wirrem Zeug erzählt haben.«

»Super.« Emma zog die kleine Tasse so energisch zu sich, dass der Inhalt überschwappte. »Dieser Widerling. Der ist so was von durchtrieben. Was sagst du dazu, Mila? Du hast ihn heute Morgen doch auch erlebt. War der psychisch krank?«

»Keine Ahnung. Normal war sein Verhalten auf jeden Fall auch nicht, oder?«

»Es ist noch nicht gelungen, auf seinen Computer zuzugreifen. Das wird noch dauern.« Frau Mooser versenkte einen Zuckerwürfel in ihrem Espressotässchen. »Der Umschlag mit dem Rätsel, den Sie heute Morgen bekommen haben, ist im Briefzentrum Mannheim abgestempelt worden, gestern um zwölf Uhr.«

»Na, wer sagt es denn.« Nun schien Emma zufrieden zu sein. »Korffkes wohnt in Mannheim. Dann hat er den Brief noch eingeworfen, bevor die Polizei bei ihm aufgetaucht ist.

Er spielt jetzt nur den Irren, weil man ihm auf die Schliche gekommen ist.«

Noch einmal schaute Emma auf ihre Armbanduhr.

»Jetzt muss ich aber wieder zurück. Ich habe Ferdi versprochen, pünktlich zu Hause zu sein. Ich kann mir auch ein Taxi nehmen.«

Doch Frau Mooser bestand darauf, Emma zurückzubringen.

»Und Sie kommen mit, Mila!«

Ich versuchte erst gar nicht, mich zu widersetzen. Nachdem ich meinen Kopf aus dem Fenster gehalten hatte, würde die Glucke mich wahrscheinlich nicht mehr aus den Augen lassen.

Während der Rückfahrt beruhigte Emma sich wieder, und Frau Mooser übte sich im Small Talk. Als wir an der Ampel vor der Brückenstraße halten mussten, kam sie noch einmal auf Emmas Cousin Ferdi zu sprechen.

»Ihr Cousin und Ihre Tochter verstehen sich gut, oder?«

»Ja, die beiden mögen sich sehr.«

»Ferdinand Brixener.« Frau Mooser sagte es so andächtig, als würde sie den Vers eines Gedichts zitieren. »Was für ein klangvoller Name.«

»Nein, nein«, widersprach Emma. »Ferdi heißt nicht Brixener. Brixener ist Rolfs Nachname, den ich angenommen habe. Ferdi heißt Ahrveld, so wie ich früher. Ferdis und mein Vater sind Brüder.«

»Ach, natürlich.« Frau Mooser fasste sich an die Stirn. »Wie dumm von mir. Aber Ferdinand Ahrveld klingt auch nicht schlecht.«

Emma dankte noch einmal für den Abend und lobte ausgiebig Frau Moosers Kochkünste, bevor sie in Neuenheim ausstieg und auf ihre Krücken gestützt zum Haus humpelte.

»Respekt«, murmelte Frau Mooser, während sie Emma hinterherschaute.

»Ja, nach dem, was Sie in Emma reingekippt haben, ist es

wirklich erstaunlich, dass sie noch halbwegs geradeaus laufen kann. Wahrscheinlich helfen die Krücken.«

»Das meine ich nicht.«

Emma war inzwischen an der Haustür angekommen, drehte sich noch einmal um und winkte uns kurz zu.

»Ich meine, dass Emma Brixener eine sehr kluge Frau ist.«

Das Krokodil fletschte die Zähne und winkte freundlich zurück. »Bringt mir als kleines Gastgeschenk genau das mit, was ich hören will.«

17

»Der Wurstzipfel für den Spürhund. Damit er aufhört, weiter rumzuschnüffeln.« Frau Mooser nahm ein Tuch aus der Mittelkonsole und wischte damit über die Frontscheibe. »Aber darauf falle ich nicht rein.«

Ich hatte keine Ahnung, wovon sie redete.

»Welcher Wurstzipfel?«

»Piet Tackmer.«

»Sie denken, was Emma erzählt hat, war erfunden?«

»Nein, jedes Wort ist wahr. Und bekannt. Arthur hat mir davon berichtet. Diese Geschichte kennen die Kollegen längst von anderen Eltern aus der Angehörigengruppe. Piet Tackmer hat eine Stelle in Basel gefunden. Der verdient genug in der Schweiz, der muss keine Medikamente stehlen, um an Geld zu kommen.« Frau Mooser wischte noch einmal nach, als würde ihr ein klarer Blick auf Emmas Haus beim Nachdenken helfen. »Ich wüsste zu gern, was Emma da drinnen tut. Ob sie ihrem Cousin erzählt, worüber wir gesprochen haben. Oder jemanden anruft.«

»Klingeln Sie doch und fragen Sie nach. Sonst würde ich vorschlagen, wir fahren zurück.«

Ich hatte keine Lust, noch länger im Auto zu sitzen und ihren Spekulationen zu lauschen. Ich wollte nach Hause.

»Ich habe Emma zum Essen eingeladen, um herauszufinden, was sie mir heute Morgen sagen wollte. Emma ist gekommen, um mir etwas unterzujubeln, damit ich Ruhe gebe. Die war sicher begeistert, als ich sie angerufen und ihr die Gelegenheit dazu auf dem Silbertablett präsentiert habe.«

Ich war absolut fertig. Nicht nur Emma hatte viel getrunken, ich auch. Ich wollte nur noch ins Bett, damit dieser grauenhafte Tag endlich ein Ende fand.

»Können wir jetzt fahren?«

»Haben Sie gesehen, wie süffisant sie gelächelt hat, als sich endlich die Chance bot, mir die Weihnachtsgeschichte aufzutischen? Der Alkohol hat zwar nicht ihre Zunge gelockert, aber ihre Gesichtszüge hatte sie nicht mehr unter Kontrolle. Zumindest für einen Moment nicht. Ich sag ja, klug, aber nicht klug genug. Oder wohl eher nicht trinkfest genug.«

»Na prima, dann hat sich der Abend doch gelohnt. Dann können wir jetzt nach Hause fahren und ins Bett gehen, oder?«

Das Krokodil ließ tatsächlich den Wagen an. Schon während der Fahrt fielen mir die Augen zu. Frau Mooser hatte es anscheinend mitbekommen. Zurück in der Pension, entließ sie mich.

»Gehen Sie ruhig schlafen, ich räume noch die Küche auf.«

Doch als ich die Treppe hochsteigen wollte, hielt sie mich am Ärmel fest.

»Mila, warum haben Sie heute Abend Ihren Kopf als Zielscheibe angeboten? War irgendwas?«

Ich wollte nicht mehr reden. Aber ich wusste auch, dass sie mich diesmal nicht davonkommen lassen würde. Wenn ich noch jemals ins Bett wollte, musste ich sagen, was geschehen war. Sie wusste sowieso, dass ich Emilio liebte, selbst wenn ich es noch hundert Mal abstreiten würde.

»Hugo wird Emilio einen Heiratsantrag machen. Er hat es mir erzählt, während Sie unterwegs zu Emma waren.«

»Hm.« Frau Mooser musterte mich, als hätte ich die Windpocken, ein bisschen sorgenvoll, ein bisschen mitleidig. »Vielleicht ist es das Beste so. Dann ist der Speck endlich vom Tisch. Schlafen Sie gut, Mila.«

Stunden später wachte ich auf, weil der Speck und Hugo flüsternd die Treppe hochkamen. Das zerstrittene Paar? Oder hatten die beiden sich schon wieder versöhnt? Selbst wenn, es bestand immer noch die Möglichkeit, dass Emilio Hugos Antrag ablehnen würde. Immerhin hatte Hugo in seinem

Handy herumspioniert. Ich wälzte mich von der einen Seite zur anderen. Ob sie die Haustür wieder abgeschlossen hatten, als sie zurückgekommen waren? Was, wenn Herr Alsberger mit seinem Verdacht gegen Korffkes doch falschlag? Ich stand auf, schlich die Treppe hinunter, nur um festzustellen, dass die Tür verschlossen war. Trotzdem dauerte es noch eine halbe Ewigkeit, ehe ich wieder einschlafen konnte.

Im Land der Träume angekommen, saß ich mit Frau Mooser in Emmas Wohnzimmer. Der ganze Raum war voller rothaariger Frauen. Sie hielten Weingläser in den Händen und redeten laut durcheinander. Etwas abseits stand der Weihnachtsmann und rauchte einen gigantischen Joint, daneben Hannes Freutner mit einem Plastikkrokodil unter dem Arm. Emma kam auf mich zu und flüsterte mir ins Ohr: *Wie findest du ihn?*

Die Frage schwirrte noch in meinem Kopf herum, als ich wach wurde, und seit Monaten dachte ich in meinen ersten bewussten Augenblicken des Tages nicht an Emilio, sondern an Hannes Gereon Freutner.

Halbwegs ausgeschlafen fühlte sich die Welt zum Glück gleich anders an. Die Küche war blitzblank, es standen nur noch die Gläser vom gestrigen Abend in der Spüle. Ich setzte den Kaffee auf, deckte den Tisch, dann ließ ich heißes Wasser ins Becken laufen.

Während ich die Sektgläser spülte, fiel mir mein Traum wieder ein. Emma und die rothaarigen Frauen in ihrem Wohnzimmer. Der Weihnachtsmann. Ferdi, Emmas Cousin. Das Hexengeschwätz. Langsam dämmerte mir, warum Frau Mooser gestern auf der Rückfahrt noch einmal von Ferdi angefangen hatte.

Kaum dass ich an sie gedacht hatte, tauchte Frau Mooser in der Küche auf, die Haare von einem Gummi zusammengehalten, im Bademantel und mit dicken Wollsocken an den Füßen.

»Wie schön. Dann wäre das schon mal erledigt.« Erfreut schaute sie auf die gespülten Gläser. »Gestern Abend hat mich die Lust verlassen.«

»Das mit Ferdinand Brixener und dem schönen Namen war eine Finte, oder? Das haben Sie nur gesagt, damit Emma Ihnen den richtigen Namen ihres Cousins verrät!«

»Sieh an, sieh an.« Frau Mooser holte einen Becher aus dem Schrank und griff nach der Kaffeekanne. »Sherlocks graue Zellen sind schon wach.«

»Denken Sie, er hat etwas mit der Sache zu tun?«

Statt einer Antwort zog sie das Handy aus der Tasche ihres Bademantels, tippte darauf und hielt mir ein Bild hin.

»Das habe ich unter Ferdinand Ahrveld im Internet gefunden. Er hat einmal in Büsecke in einer Theatergruppe mitgespielt. Der Dritte von links. Hätten Sie ihn auf dem Bild wiedererkannt?«

Ich schaute mir das Foto an. Emmas Cousin hatte kurze lockige Haare. Der Mann auf dem Foto hatte halblanges glattes Haar und für mich keinerlei Ähnlichkeit mit dem, den ich vor Emmas Haus gesehen hatte.

»Nein, nie im Leben.«

»Sehr wandlungsfähig, nicht wahr? Vielleicht sogar so wandlungsfähig, dass er zu einem grauhaarigen Mann mutiert. Eine Narbe kann man wegschminken.« Sie setzte sich mit ihrem Kaffee an den Tisch. »Ferdinand Ahrveld ist wahrscheinlich bestens mit dem Thema Epilepsie vertraut, und garantiert weiß er von den Ängsten, die die Eltern seit dem Lieferengpass beim Ripolaxin umtreiben.« Frau Mooser wischte mit der Hand den feuchten Kranz weg, den ihr Becher auf der Tischplatte hinterlassen hatte. »Irgendetwas stimmt nicht zwischen den beiden. Ich habe den Eindruck, er ist Emma gegenüber nicht besonders freundlich, aber sie redet über ihn, als wäre er der netteste Mensch der Welt.«

»Ist eben Familie«, sagte ich.

»Ja, die liebe Familie.« Frau Mooser nippte an ihrem Kaffee.

»Da kommt Rolf Brixener uns bis ans Auto hinterher, um uns mitzuteilen, dass es mit der Verwandtschaft Probleme gab. Wie hat er sich ausgedrückt? ›Aber dem ist nicht zu helfen.‹ Dem. Ich wette, das bezog sich auf Ferdinand. Wenn das mal nicht der eigentliche Grund war, warum er noch einmal rausgekommen ist. Ein Tipp: Seht da mal genauer hin. In Emmas Anwesenheit darf Brixener über den heiligen Ferdinand wahrscheinlich nichts Schlechtes sagen. Und Emma selbst beißt sich eher die Zunge ab oder erzählt lieber Weihnachtsmärchen, als etwas über ihren Cousin weiterzugeben, das seinen Heiligenschein ernsthaft ankratzen würde.«

Sie zog den Bademantel enger um sich, als fröstelte sie.

»Wissen Sie, was mir Sorgen macht, Mila? Ob nun Ferdi oder wer auch immer: Der Mensch, der die Rätsel erdacht hat, sitzt auf einem Haufen Wut. Sonst hätte er sich diese Mühe nie gemacht. Die Rätsel und das Spiel mit den Ängsten der Eltern waren sein Ventil. So konnte er seine Wut ablassen, ohne zuzuschlagen, ohne etwas zu zertrümmern, ohne Gewalt. Was wird er tun, wenn es dieses Ventil nicht mehr gibt? Er hat keinen Umschlag in der Kirche hinterlegt. Der weiß, dass etwas nicht stimmt.«

Sie stand auf und stellte den Becher auf die Spüle.

»Ich mache mich fertig und fahre auf die Dienststelle. Ich muss mit Roland über Emmas Cousin reden und ihm von dem ›Hexengeschwätz‹ erzählen. Sie bleiben so lange hier, und wehe, Sie halten wieder Ihren Kopf aus dem Fenster.«

In der Tür stieß sie beinahe mit Emilio zusammen.

»Welch ein Glück, da treffe ich gleich am frühen Morgen die beiden schönsten Frauen Heidelbergs in unserer Küche«, scherzte er.

»Eine schöne Frau und ein Krokodil«, entgegnete Frau Mooser. »Allerdings eines mit sehr schönen großen Zähnen.«

Emilio schaute ihr verdutzt hinterher.

»Ein Krokodil? Habe ich etwas verpasst?«

»Vergiss es einfach«, sagte ich.

Auch Emilio nahm sich als Erstes einen Kaffee. Hugo und er hatten beim Pokern fast zweihundert Euro gewonnen. Emilio war bester Laune. Kein Wort mehr von ihrem Streit. Ich hätte mich für die beiden freuen sollen, aber ich konnte es nicht.

»In zwei Wochen habe ich Geburtstag«, verkündete er. »Dann feiern wir zusammen. Hugo, du und ich und vielleicht noch ein paar andere nette Leute. Merk dir das schon mal vor.«

In mir krampfte sich alles zusammen. Am Ende würde Hugo ihm noch den Antrag machen, während ich danebensaß.

»Vielleicht möchte Hugo lieber mit dir allein sein.«

»Wir sind oft genug allein. Du musst dabei sein, darauf bestehe ich.«

Emilio flachste herum, er könnte auch noch seinen Ex, Caspar, einladen, den hätte er inzwischen schon zum zweiten Mal in der Stadt gesehen.

»Gute Idee«, fand ich. »Der freut sich bestimmt.«

Es würde nämlich bei dieser Geburtstagsfeier einen freien Platz am Tisch geben: meinen.

Frau Mooser war nach zwei Stunden wieder vom Besuch bei ihrem Schwiegersohn zurück und hatte den Rest des Vormittags auf ihrem Zimmer verbracht. Am frühen Nachmittag erklärte sie mir, dass sie etwas einzukaufen habe, und fragte, ob ich sie begleiten würde. Sie bräuchte meinen Rat.

Eigentlich hatte ich mir vorgenommen, meine freie Zeit zu nutzen, um im Internet nach einem WG-Zimmer zu suchen. Aber schon beim Gedanken daran hatte ich ein Pochen hinter den Schläfen gespürt, so wie früher, bevor ich eine Migräne-Attacke bekommen hatte. Die Shopping-Tour mit Frau Mooser erschien mir in Anbetracht drohender Kopfschmerzen als das kleinere Übel. Ein fataler Irrtum.

»Ich brauche mehr Farbe in meinem Leben«, teilte Frau

Mooser mir mit, als wir die Gasse runter zur Hauptstraße liefen, die in Heidelberg auch Fußgängerzone und Haupteinkaufsmeile war. »Vera hat kürzlich gesagt, ich würde immer nur in diesem eintönigen Dunkelblau herumlaufen. Wenn ich sie treffe, möchte ich etwas in einer anderen Farbe tragen. Vielleicht mal was in Rot. Schließlich bin ich in der Lage, mich zu verändern.«

»Hat Ihre Tochter sich denn gemeldet?«

»Nein, noch nicht. Aber man kann ja nie wissen. Vielleicht ruft sie morgen schon an.«

Ich sagte nichts. Warum ihr die Hoffnung nehmen?

Heute zeigte sich der Spätsommer von seiner besten Seite. Seit dem Sturm war der Himmel wie blank geputzt. Die Sonne schien, es war klar, nicht zu warm und nicht zu kalt. So konnte man es in der Stadt gut aushalten, und wir trieben mit einem Strom von Menschen die Hauptstraße lang Richtung Bismarckplatz.

Seit Frau Mooser von dem Gespräch mit ihrem Schwiegersohn zurück war, schien sie mir verändert. Ich hätte nicht sagen können, warum. Vielleicht, weil sie mich ab und zu mit einem Seitenblick musterte, nur um schnell wieder wegzuschauen, wenn ich es bemerkte. Etwas, das so gar nicht zu ihr passte.

»Wie war es heute Morgen mit Ihrem Schwiegersohn?«, erkundigte ich mich. »Wird er wegen Emmas Cousin etwas unternehmen?«

»Er hat mir für den Hinweis gedankt.«

»Und?«

»Das war es. Roland hat es nicht für nötig befunden, mich in seine Pläne einzuweihen. Aber von Arthur weiß ich, dass sie immer noch Korffkes' Umfeld befragen und versuchen, Verbindungen zu Ludwig Porchertz aufzudecken.« Sie schob den Riemen ihrer Handtasche hoch, der dabei war, von ihrer Schulter zu rutschen. »Roland hat übrigens noch mit mir über ...«

Frau Mooser blieb vor einem Geschäft stehen, in dessen Fenster kahlköpfige Schaufensterpuppen Jacken und Hosen mit wüsten Mustern präsentierten.

»So etwas werde ich niemals anziehen«, sagte sie. »Auch nicht für Vera.«

»Was war mit Ihrem Schwiegersohn? Über was ...«

»Ich frage mich, ob die allen Ernstes glauben, so eine Hungerhakenausstellung würde jemanden wie mich animieren, hier etwas zu kaufen? Können Sie sich vorstellen, wie ich in dieser karierten Hose aussehe?«

Dann eilte sie im üblichen Schnellschritt weiter, bis wir fast am Ende der Fußgängerzone angekommen waren.

»Sie sollten einfach einmal etwas anprobieren«, riet ich.

»Kommen Sie, gehen wir hier rein.«

Ich bugsierte sie in das Kaufhaus, vor dem wir standen, und fuhr mit ihr hoch in die Damenabteilung. Es dauerte eine halbe Stunde, bis das Krokodil sich drei Pullover ausgesucht hatte. Ich nutzte die Zeit, um nach einem T-Shirt zu schauen, und hatte einen ganzen Stapel dabei, mit dem wir zu den Umkleidekabinen gingen. In der Anprobe, die von zwei Seiten aus zugänglich war, reihte sich eine leere Kabine an die andere. Das schöne Wetter lockte die Menschen eher nach draußen als in die Pullover-Welt.

Frau Mooser zog sich nebenan um. Kurz darauf riss sie ohne Vorwarnung den Vorhang meiner Kabine zur Seite und stand in einem knallroten Pulli vor mir.

»Was meinen Sie?«

Sie sah aus wie ein rotes Osterei auf zwei Beinen.

»Also ... etwas eng anliegend vielleicht.«

»Ja, das kommt von dem üppigen Essen gestern Abend. Möglicherweise brauche ich vorübergehend eine andere Größe. Ich schau mal, ob der noch in größer da ist.«

Sie ließ mich allein und ging ihren roten Pulli in XXL suchen, während ich mich in das nächste T-Shirt zwängte. Zu klein. Sie hatte recht, bestimmt lag das am Abendessen. Frau

Mooser musste schnell das Richtige gefunden haben, ich hörte, wie sie zurückkam.

»Und, hatten sie den Pulli noch in größer?«, rief ich.

Keine Antwort.

»Frau Mooser?«

Es gibt diesen einen Moment, in dem man weiß, dass etwas nicht stimmt. Wenn man die Schritte hinter sich hört, nachdem man in die dunkle Straße eingebogen ist. Der Moment, in dem man spürt, dass das Unheil ganz nahe ist.

Ich traute mich nicht, noch einmal zu rufen, stand da und presste das T-Shirt an mich, das ich gerade ausgezogen hatte, in der Hoffnung, dass Frau Mooser doch noch etwas sagte. Vergeblich. Dafür bewegte sich der Vorhang meiner Kabine. Jemand musste ihn von der anderen Seite aus berührt haben. Dann sah ich die Schuhe. Herrenschuhe, deren schwarze, abgerundete Kappen unter dem Vorhang in meine Kabine hineinragten. Einer der Schuhe hatte einen dicken Kratzer im Leder.

Ich drängte mich an die Kabinenwand. Wer immer dort stand, er müsste nur einen Schritt nach vorn machen, dann könnte er mich durch den Vorhang packen. Oder mir ein Messer in den Bauch rammen. So wie bei Porchertz. Wenn ich schreien würde, was würde er tun? Könnte Frau Mooser bei mir sein, bevor dieser Mensch mir etwas antat?

Die Schuhspitzen rührten sich nicht. Aber der Mensch vor der Kabine holte tief Luft. Ganz so, als sollte ich es hören. Als sollte ich Angst haben. Mit zitternden Händen zog ich mein Handy aus der Jacke, die an dem Haken neben mir hing. Die Schuhspitzen bewegten sich jetzt ein, zwei Zentimeter nach vorn. Der Mann kam näher. Nun zeichnete sich sein Umriss im Vorhang ab. Es gab nur noch ein Stück Stoff zwischen mir und dem, der dort stand. Zwischen mir und dem Unheil.

Ich würde Frau Mooser anrufen, sie würde sehen, dass ich es war, auch wenn ich keinen Mucks sagte. Sie würde wissen, dass ich in Not war. Ich tippte ihre Nummer an. Zwei, drei

Sekunden, dann erklang neben mir die Melodie von »Mission Impossible«. Wie dämlich, wie absolut dämlich von mir. Natürlich lag ihr Handy in ihrer Kabine. Doch die Schuhspitzen verschwanden, der Vorhang fiel wieder in sanften Wellen senkrecht hinab. Reglos verharrte ich. Was, wenn ich jetzt den Vorhang aufriss und er war noch dort? Stand im Gang und wartete auf mich. Die Maus, die aus dem Loch kam und der Katze direkt vors Maul lief.

Dann ein Schnaufen. Ein Rascheln. Er kehrte zurück. Jetzt gab es kein Entrinnen mehr. Der Vorhang wurde zur Seite geschoben.

»Wie finden Sie den?« Frau Mooser hielt mir einen fliederfarbenen Pulli hin. »Den, den ich anhabe, gibt es nicht mehr in größer.«

Ich hätte ihr um den Hals fallen können, wäre ich nicht starr vor Angst gewesen.

»Was ist denn los? Ist die Farbe so schrecklich?«

Ich schüttelte den Kopf.

»Mila! Was ist?«

»Da war jemand. Ein Mann. Vor meiner Kabine. Er stand ganz nah vor dem Vorhang. So nah, dass ich seine Schuhe sehen konnte.«

»Jetzt gerade?«

»Ja, vor ein paar Sekunden. Oder Minuten. Oder …«

Vielleicht auch vor einer halben Ewigkeit. So zumindest war es mir vorgekommen. Die Vorhänge der anderen Kabinen waren alle offen. Außer mir und Frau Mooser war niemand da.

Sie lief den Gang zurück und schaute sich im Verkaufsraum um.

»Da sind nur zwei Frauen. Kein Mann. Was hatte er an?«

»Ich weiß es doch nicht. Ich habe nur die Schuhe gesehen. Schwarze Männerschuhe.«

»Schwarze Schuhe! Jeder zweite Mann trägt schwarze Schuhe. Ziehen Sie sich an, schnell.«

Sie ging zu den beiden älteren Frauen, die sich neben einem Kleiderständer nahe der Rolltreppe angeregt unterhielten. Ich zog mich an, schnappte meine Tasche und hastete ihr hinterher.

»... kann ich nicht sagen, aber aufgefallen ist mir niemand«, hörte ich eine der beiden Frauen sagen. »Nein, da war niemand«, sagte ihre grauhaarige Begleiterin voller Überzeugung. »Wenn jemand an mir vorbeigelaufen wäre, dann hätte ich das bemerkt.«

»Sie bleiben hier«, befahl Frau Mooser mir. »Ich bin gleich wieder da.«

Dann lief sie in ihrem roten Pullover durch die Abteilung, bückte sich immer wieder, wohl um zu sehen, ob irgendwo die Beine einer Person zu entdecken waren, die sich hinter einem Kleiderständer wegduckte, und verschwand schließlich durch die gläserne Tür ins Treppenhaus.

»Was ist denn passiert?«, wollte eine der älteren Damen wissen. »Ist Ihre Mutter bestohlen worden?«

»Nein, da war ein Mann vor meiner Kabine, der hat da gestanden und ...«

Und was? Geatmet? Mich bedroht? Hatte er das?

Ich hatte keinen Nerv für Erklärungen. Ich sah mich um, überall Kleiderständer, Tische, auf denen sich Hosen, Pullover und T-Shirts stapelten. Aber keine Menschen. Doch dann entdeckte ich noch jemanden, eine Verkäuferin, die an der gegenüberliegenden Wand vor einem Regal stand und Kleidung einsortierte. Ich ging zu ihr.

»Haben Sie hier eben einen Mann gesehen?«, fragte ich. »Einen, der von den Umkleidekabinen kam?«

»Nein.« Die Frau reckte sich, um einen Pullover in eines der Fächer zu legen. »Haben Sie Ihren Mann verloren? Ich war mit einer Kundin beschäftigt.«

»Wollte die Frau einen roten Pullover haben, in einer anderen Größe?«

»Ja genau. Was ist denn?«

»Nichts, danke.«

Unschlüssig ging ich zurück Richtung Rolltreppe, wo die beiden älteren Damen immer noch standen und redeten, den Blick auf mich gerichtet. Der neue Gesprächsstoff.

Bald darauf kehrte das rote Osterei zurück, warf mir einen prüfenden Blick zu, ging selbst noch einmal zu der Verkäuferin und sprach kurz mit ihr. Anschließend verschwand Frau Mooser in den Kabinen, um in ihrem üblichen Outfit mitsamt Handtaschenbeutel wieder zu mir zu kommen.

»Das Treppenhaus ist nach oben hin gesperrt, da wird gestrichen. Die Handwerker haben niemanden gesehen. Wenn, dann muss derjenige nach unten gelaufen sein und ist mit Sicherheit längst draußen.« Sie fuhr sich durch die Haare, im Versuch, das Wirrwarr auf ihrem Kopf zu ordnen. »Warum haben Sie mich nicht gerufen?«

»Ich hatte Angst, wenn ich schreie, macht er etwas. Sticht mit dem Messer auf mich ein oder erwürgt mich. Irgendwas. Ich habe Sie auf dem Handy angerufen.«

»Sehr sinnvoll, wenn meine Tasche in der Kabine nebenan liegt.«

»Daran habe ich nicht mehr gedacht. Aber als es geklingelt hat, ist er verschwunden. Zumindest war er nicht mehr direkt vor meiner Kabine.«

»Warum sind Sie dann nicht rausgekommen und haben mir Bescheid gegeben? Oder um Hilfe gerufen?«

»Weil ich dachte, er steht vielleicht noch im Durchgang.«

»Wozu sollte er?«

Ich kam mir langsam vor wie in einem Verhör.

»Ich ... ich weiß nicht. Um auf mich zu warten? Ich ...«, stammelte ich. »Ich hatte einfach Angst ... Ich konnte mich nicht mehr rühren. Ich ...«

Vielleicht hatte ich auch nicht mehr klar denken können.

»Mila!« Frau Mooser hatte den gleichen sorgenvollen Blick wie am Abend zuvor, so als hätte ich mir irgendeine Krankheit eingefangen. »Die beiden Frauen haben niemanden gesehen, die Verkäuferin hat niemanden gesehen, ich habe niemanden gesehen.«

»Was soll das heißen? Glauben Sie mir etwa nicht?«

Frau Mooser schwieg.

»Die beiden alten Frauen da hinten haben gequatscht. Und Sie haben sich mit der Verkäuferin unterhalten. Hier hätte ein Elefant durchlaufen können, und er wäre nicht bemerkt worden.«

Dass sie mir nicht zu glauben schien, machte mich so sauer, dass ich sie am liebsten gepackt und geschüttelt hätte.

»Sie waren doch nur damit beschäftigt, den passenden Pullover zu finden, falls Ihre Tochter Sie noch einmal sehen will. Sie haben einfach nicht aufgepasst. Und die beiden Frauen sind wahrscheinlich halb taub und halb blind. Da war jemand! Er stand vor meiner Kabine. Das habe ich mir doch nicht eingebildet!«

»Schon gut«, beschwichtigte Frau Mooser in einem Tonfall, als wäre ich ein trotziges Kind.

Es machte mich nur noch ärgerlicher.

»Sie haben doch damit angefangen, dass dieser Rätsel-Fritze mir an den Kragen will. Sie haben mir den Floh ins Ohr gesetzt, dass er mich umbringen will, weil ich ihm ins Spiel gepfuscht habe. Sie glauben doch, dass es nicht Korffkes war und der Typ noch frei rumläuft! Fragen Sie doch mal Emmas Cousin, wo er heute Nachmittag war.«

»Stimmt genau, ich habe die Idee aufgebracht, dass der Rätselkönig Ihnen an den Kragen will. Und ich bin der Überzeugung, dass mein Schwiegersohn mit Korffkes auf der falschen Spur ist. Allerdings ...«

Sie zögerte, schob sich eine Haarsträhne hinter das Ohr.

»Was ›allerdings‹?«

Aber eine Antwort bekam ich nicht. Frau Mooser holte ihr Handy aus der Tasche.

»Am besten, ich informiere meinen Schwiegersohn.«

Zum Telefonieren ging sie so weit weg, dass ich nicht hören

konnte, was sie sagte. Ich stand neben einem Ständer mit den Sonderangeboten und fühlte mich so verlassen wie in den ersten Tagen nach Flos Tod, als mir klar geworden war, dass der Mensch, auf den ich immer hatte zählen können, nicht mehr da war.

18

Am frühen Abend tauchte Herr Alsberger in der Pension auf. Er wollte mit mir über das sprechen, was im Kaufhaus vorgefallen war. Wir setzten uns in die Küche, er ließ sich alles noch einmal schildern und machte Notizen auf seinem kleinen Blöckchen. Ich versuchte, in seinem Gesicht zu lesen, ob wenigstens er mir glaubte, aber es gelang mir nicht. Ich war am Boden zerstört. Korffkes konnte nicht vor meiner Kabine gestanden haben, Korffkes saß hinter verschlossenen Türen. Der Mensch, der mich verfolgte, mir Angst einjagte und Steine nach meinem Kopf warf, lief frei herum. Und was war Herr Alsbergers Kommentar zum Abschied? »Ich werde in den nächsten Tagen noch einmal auf Sie zukommen.«

Frau Mooser gab sich wie immer und sorgte beim Abendessen mit Anekdoten aus ihrem Leben für Unterhaltung. Selbst Hugo hing an ihren Lippen. Man hätte denken können, das Krokodil wurde langsam zu einem geschätzten Mitglied unserer kleinen Gemeinschaft. Ich aber ging ihr aus dem Weg, so gut es möglich war.

Am nächsten Morgen verschanzte ich mich beim Frühstück hinter der Zeitung und verbrachte den restlichen Tag damit, im Keller Ordnung zu schaffen, ein Projekt, das schon lange auf unserer To-do-Liste stand und mir ermöglichen würde, für längere Zeit abzutauchen. So musste ich weder Frau Mooser sehen noch Hugo und Emilio, die sich verhielten, als wären sie wieder ein Herz und eine Seele, was meine Laune absolut nicht besser machte.

Hinter den dicken alten Kellermauern fühlte ich mich einigermaßen sicher. Es gab nur einen Zugang, nämlich den über die Kellertreppe, und es gab kein Fenster, durch das man etwas hätte hineinwerfen können. In einem der Kellerräume stapelten sich noch Sachen von Rosel, Hugos Tante. Darunter war auch ein Golfbag mit verschiedenen Schlägern. Ich stellte einen in jeden Kellerraum, sodass ich mich im Fall der Fälle verteidigen konnte. Leider hatte ich hier keine Verbindung für mein Handy und musste es auf die Kellertreppe legen, um noch im Netz zu sein.

Ich fing mit dem Vorratsraum an, sortierte, wischte Staub und Spinnweben weg, legte eine Liste der Vorräte an und hoffte, dass sich oben auf der Welt irgendetwas ereignete, das mich von meinem unbekannten Verfolger erlöste. Vielleicht würde er mich auch einfach vergessen, wenn ich mich nur lange genug unsichtbar machte.

Frau Mooser allerdings hatte mich nicht vergessen.

Am zweiten Tag meiner Keller-Einsiedelei tauchte sie auf, um mir neue Hiobsbotschaften zu übermitteln. Oder, besser gesagt, den endgültigen Tiefschlag zu verpassen.

»Gemütlich hier unten«, sagte sie und begutachtete den Golfschläger, der neben der Tür stand. »Spielen Sie neuerdings Golf?«

»Nein, den hat Tiger Woods bei uns vergessen.«

Ich drehte ihr den Rücken zu und sortierte weiter die Konservendosen.

»Ich habe eben mit Arthur gesprochen. Emmas Cousin Ferdi ist ein unbeschriebenes Blatt. Zumindest, was unsere Datenbanken angeht. Aber das sagt überhaupt nichts. Arthur ist weiter dran.«

Auch das noch. Die einzige Spur, die Frau Mooser hatte, und sie war keinen Millimeter weitergekommen.

»Richard Korffkes war in der Nacht, in der Porchertz ermordet wurde, zur Beobachtung im Krankenhaus. Wegen Herzbeschwerden. Er hat selbst den Notarzt gerufen. Wen auch immer er umgebracht haben will, Porchertz kann auf jeden Fall nicht zu seinen Opfern gehören.«

Die Büchsen mit den Tomaten nach rechts, die mit den Bohnen daneben.

»Mein Schwiegersohn geht davon aus, dass es noch einen

Dritten im Bund geben muss. Sie vermuten, es ist der Mann, mit dem Ludwig Porchertz in der Kneipe gesehen worden ist.«

Frau Mooser stellte sich neben das Regal, sodass ich nicht mehr an ihr vorbeischauen konnte.

»Was ist los, Mila? Warum gehen Sie mir aus dem Weg? Glauben Sie, ich merke das nicht?«

Wusste sie das wirklich nicht? Konnte eine Hauptkommissarin so dumm sein?

»Warum? Das kann ich Ihnen verraten: Weil Sie mir nicht glauben, dass jemand vor meiner Kabine gestanden hat, der mich umbringen wollte. Und jetzt wäre es nett, wenn Sie mich weiterarbeiten lassen würden.«

Die Dosen mit Ananas und Pfirsichen nach links.

»Ich habe nicht gesagt, dass ich Ihnen nicht glaube. Ich habe nur gesagt, dass ich niemanden gesehen habe.«

Blöde Haarspalterei. Einen kurzen Moment schwieg sie, und ich hatte schon die Hoffnung, sie würde gehen. Vergebens.

»Also gut, dann reden wir eben drüber«, sagte Frau Mooser. »Die Kollegen haben herausgefunden, woher der Stein stammt, der den Bilderrahmen im vorderen Zimmer zertrümmert hat. Roland hat es mir erzählt, als ich vorgestern bei ihm war.«

»Und, woher?«

»Von Ihrem Hof. Da steht ein ganzer Sack davon. Roland hatte die Idee ... weil auf dem Stein auch Ihre Fingerabdrücke waren, vor allem Ihre Fingerabdrücke ... Er meinte, man müsste auch die Möglichkeit in Betracht ziehen, dass der Stein nicht durchs Fenster geflogen kam, sondern schon im Zimmer war.«

Ich brauchte ein paar Sekunden, ehe ich verstand, was das bedeuten sollte.

»Glauben Sie etwa, ich habe den Stein auf das Bild geworfen?«

»Nicht ich glaube das, sondern mein Schwiegersohn.«

»Und warum bitte schön sollte ich eines unserer Bilder zertrümmern?«

»Becker hat weitergegeben, dass Sie in der Kirche geweint haben. Roland wollte von mir wissen, wie ich Ihre psychische Verfassung einschätze. Da konnte ich schlecht lügen. Es geht Ihnen nicht besonders. Sie sind unglücklich verliebt und haben vor einer Weile Ihre Tante verloren. Da kann es sehr guttun, etwas mehr Aufmerksamkeit zu bekommen.«

Unterstellten die mir tatsächlich, ich hätte das alles inszeniert? Das war absolut ungeheuerlich.

»Haben Sie Ihrem Schwiegersohn etwa erzählt, ich hätte wegen Emilio Liebeskummer?«

»Nun ja, es …«

Sie hatte es getan! Elende Verräterin!

»Wenn Hugo und Emilio davon etwas erfahren, bringe ich Sie um«, sagte ich und meinte es auch genau so. Am liebsten hätte ich ihr die Dose Pfirsiche an den Kopf geworfen.

»Hören Sie, ich persönlich …«

»Sie persönlich haben mir nicht geglaubt, dass jemand vor meiner Kabine war!«

Nun wusste ich auch, warum. Ihr Schwiegersohn hatte ihr den Floh ins Ohr gesetzt, ich würde all das erfinden, damit man mich bemitleidete. Für ein bisschen Aufmerksamkeit.

»Das Hoftor ist oft genug nicht abgeschlossen. Das ist doch kein Ding, da einen Stein rauszuholen. Die halbe Nachbarschaft nutzt den Hof mit. Die stellen da alles Mögliche ab. Jeder kann da rein.«

Doch Frau Mooser ging nicht darauf ein.

»Als ich mit Emma vor der Haustür stand und Sie aus dem Fenster gerufen haben, dass Sie jetzt so weit wären …«

»… habe ich das nur getan, um Ihre Aufmerksamkeit zu bekommen. So bin ich halt.«

»Ich hatte eher den Eindruck, es ging darum, der Welt mitzuteilen, dass Sie genug vom Leben haben.«

»Sind Sie neuerdings Psychologin, oder was? Ich war einen Moment lang frustriert, das war alles.«

Marmeladengläser alle auf das oberste Regalbrett. Fünf davon an Frau Moosers Kopf.

»Dass wir uns selbst einmal eine Weile leidtun, ist völlig okay, aber irgendwann muss auch Schluss damit sein. Eine unglückliche Liebe ist kein Grund, das Leben wegzuwerfen. Oder sich im Keller zu verkriechen. Schauen Sie, was sonst in der Welt los ist, Mila. Uns geht es doch so verdammt gut ... Übrigens haben wir einen sehr netten neuen Kollegen bekommen. Er kennt hier noch niemanden, Sie könnten ihm ...«

»Ich brauche keine Kupplerin«, fauchte ich. »Ich kann mir allein einen Mann suchen.«

Die sollte endlich verschwinden.

»Gut. Vielleicht ein schlechter Zeitpunkt. Reden wir ein andermal drüber. Und wenn noch einmal etwas passieren sollte – was ich wirklich nicht hoffe –, dann kommen Sie sofort zu mir. Wenn ich schlafe, wecken Sie mich, wenn ich in Hörweite bin, rufen Sie so laut Sie können um Hilfe, in Ordnung? Es wäre gut, nicht immer zu warten, bis derjenige genug Zeit hat zu verschwinden.«

Ganz bestimmt würde ich die nicht rufen. Wozu auch, sie glaubte mir ja doch nicht. Da draußen rannte jemand herum, der mich auf die Straße gestoßen hatte, und Frau Mooser glaubte, alles, was ich brauchte, wäre ein Mann.

Am nächsten Morgen machte ich schon um sechs Uhr Frühstück, um ihr nicht über den Weg zu laufen. Danach tauchte ich wieder in den Keller ab. Wenn ich etwas essen wollte, lauschte ich erst im Flur, ob in der Küche auch niemand war. Ich war so gekränkt von ihrer Unterstellung, dass mein Unglück wegen Emilio dagegen schon fast verblasste.

Im Halbdunkel des Kellers kreisten meine Gedanken um die Rätsel. Die Idee mit dem Dreieck, das die drei Orte auf der Karte ergaben, war nicht sehr vielversprechend. Aber vielleicht sagten die Orte trotzdem etwas über den Täter aus. Fühlte er sich wie ein Leprakranker von der Gesellschaft ausgestoßen und sehnte sich nach dem Jenseits, dem Himmel? Hatte er sich, im übertragenen Sinne, an etwas die Zähne ausgebissen?

Ich zermarterte mir das Hirn, bis ich in einen Karton griff, in dem eine megadicke schwarze Spinne ihr Wohnzimmer hatte. Sie lief über meine Hand, hoch über meinen Unterarm bis zum Ellbogen, ehe ich sie abschütteln konnte. Ich flüchtete nach oben, um mich bei einem Kaffee von dem Schreck zu erholen. Dort musste ich an das gemeinsame Abendessen mit Emma und ihre Geschichte über Piet Tackmer denken, von der Frau Mooser glaubte, es sei nur ein Ablenkungsmanöver gewesen. Ich rief Emma an.

»Ach, hallo Mila! Wie schön, von dir zu hören«, begrüßte sie mich. »Wie geht es dir?«

Ich schüttete ihr mein Herz aus, oder, besser gesagt, es lief einfach über. Ich erzählte von dem Mann vor dem Vorhang und dass Herr Alsberger vermutete, ich wollte mich nur wichtigmachen. Ich erklärte Emma, dass ich, anders als Frau Mooser glaubte, keineswegs vorhätte, mir das Leben zu nehmen. Und natürlich berichtete ich ihr von Korffkes' Krankenhausaufenthalt. Korffkes, der auf keinen Fall vor meiner Kabine gestanden haben konnte, weil er hinter verschlossenen Türen saß.

»Korffkes ist Pfleger, der weiß, wie man Herzbeschwerden vortäuscht, um an ein Alibi zu kommen«, war Emmas Kommentar. »So Typen wie der haben doch immer jemanden, der für sie die Drecksarbeit erledigt.« Für den Mann vor meiner Kabine hatte sie auch eine Erklärung: »Das war bestimmt ein Spanner. Wenn der Vorhang an der Seite nicht ganz zugezogen ist, kann man über den Spiegel in die Kabine schauen, direkt auf deinen Busen.«

»Emma, du verschweigst doch nichts, oder?« Ich musste sie

einfach fragen.»War die Geschichte mit Piet Tackmer wirklich das, was du Frau Mooser sagen wolltest, bevor Korffkes bei dir aufgetaucht ist?«

»Aber natürlich. Worum sollte es denn sonst gehen?«

»Ich weiß nicht, sag du es mir. Frau Mooser glaubt, du verheimlichst etwas.«

»Na, die ist aber misstrauisch.« Emma schien Frau Moosers Verdacht eher zu amüsieren.»Ich verheimliche nichts, ganz bestimmt nicht, Mila. Ich schwöre es! Übrigens habe ich noch einmal mit Hannes telefoniert. Ich glaube, der hat sich tatsächlich in dich verguckt. Er hat mir aufgetragen, dir schöne Grüße zu bestellen, wenn ich noch einmal mit dir spreche. Soll ich ihm deine Nummer geben?«

Schon wieder jemand, der mich verkuppeln wollte. Nein, danke.

Ein Spanner. Niemand hat gern einen Spanner vor seiner Kabine. Trotzdem beruhigte mich die Idee.

Zwei Tage später, ich zog gerade einen verschimmelten Pullover aus einem von Rosels Kartons, stand plötzlich Frau Mooser in ihrem Regencape neben mir, wie eine riesige Fledermaus, die gekommen war, um mir das Blut auszusaugen. Mir blieb fast das Herz stehen.

»Mein Gott, haben Sie mich erschreckt!«

»Kommen Sie, wir fahren uns Schuhe ansehen.«

»Ich gehe nicht mehr mit Ihnen einkaufen.«

»Wir fahren auch nicht einkaufen. Es gab einen anonymen Hinweis auf einen Mann, in dessen Wohnung Kisten mit Medikamenten lagern. Offenbar steht er in Verbindung mit Korffkes. Die Spusi ist mit der Wohnung durch, aber die Kollegen sind noch vor Ort. Im Schrank sind mehrere Paar schwarze Schuhe.«

»Haben die den Mann festgenommen?«

»Nein, es sieht so aus, als hätte er sich aus dem Staub gemacht. Aber die Fahndung läuft. Also, kommen Sie mit?

Ich fahre jetzt auf jeden Fall, ich muss dringend mit meinem Schwiegersohn reden.«

Ich folgte ihr nur zu gern. Ich würde die Schuhe mit dem Kratzer darauf wiedererkennen. Man würde mir glauben. Wie ein Sonnenstrahl, der seinen Weg durch die Wolkendecke findet und dessen zartes Licht den trüben Tag erhellt, kämpfte sich die Hoffnung zurück in mein Herz. Es war so weit. Alles würde sich klären.

Wir fuhren nach Bad Schönborn und hielten vor einem unscheinbaren Mietshaus, an dessen Tür mindestens zehn Klingelschilder angebracht waren. Den Kurort zwischen Karlsruhe und Heidelberg kannte ich, allerdings nur vom Namen her, weil ein Gast der Pension mir einmal ausführlich von der Heilkraft des Bad Schönborner Thermalwassers vorgeschwärmt hatte.

»Da müssen wir hin.« Frau Mooser drückte auf den kleinen weißen Knopf, neben dem der Name »Lars Schwinkler« stand. Gleich darauf wurden wir hereingelassen. Im dritten Stock wartete Herr Mengert vor einer der Wohnungstüren.

»Hallo, Maria. Ich habe schon von Arthur gehört, dass du vorbeikommen willst.« Er lächelte mir aufmunternd zu. »Tag, Frau Böckle. Und, geht's wieder besser?«

Ich gab mich betont munter. »Danke, mir geht es gut.«

Wahrscheinlich war meine labile psychische Verfassung ein Punkt in der Dienstbesprechung gewesen, und alle wussten Bescheid. Diesmal würde ich nicht weinen, keine Miene würde ich verziehen, egal, was passierte. Herr Mengert trat zurück und ließ uns in die Wohnung. Im Flur schlug uns der Geruch von kaltem Zigarettenrauch entgegen.

»Wisst ihr schon mehr?«, fragte Frau Mooser.

»Die Medikamente waren im Keller. Sie stammen definitiv von dem Lagerdiebstahl. Die QR-Codes auf den Packungen stimmen überein. Aber der größte Teil fehlt, wurde wahrscheinlich schon verkauft.«

»Und, seid ihr bei den Eltern weitergekommen?«

»Nein, nichts. Von denen, die die Beschwerde gegen Korff-kes unterschrieben haben, will keiner Ripolaxin gekauft oder ein Rätsel bekommen haben. Die mauern alle. Von den anderen haben wir nichts gehört.«

»Was ist mit dem Ehepaar, das sich so auffällig verhalten hat, als ihr dort wart?«

»Das hat sich geklärt.« Ein Schmunzeln tauchte auf Herrn Mengerts markantem Gesicht auf. »Wir waren noch einmal dort. Als wir ankamen, saßen drei Frauen mit Alufolie in den Haaren im Garten.«

»Mit Alufolie?«

»Ja, die Dame des Hauses hat im Keller einen Friseurbetrieb. Bei schönem Wetter wird der Garten mitgenutzt. Lief alles schwarz, deshalb war die so nervös. Aber jetzt ist der Laden dicht.«

»Wo ist Roland?«

»Unten im Keller bei Becker, der müsste aber gleich wieder hier sein.«

Vom Flur gingen mehrere Türen ab. In einem der Zimmer waren die Schubladen einer Kommode herausgezogen, der Inhalt lag teils auf dem Boden, teils obenauf. Auch in dem Raum daneben sah es aus, als hätte man das Unterste zuoberst gekehrt. Ganz so, als wäre Lars Schwinkler ein Messie. Oder als hätte die Polizei nach etwas gesucht.

»Da sind die Schuhe.« Herr Mengert zeigte auf ein offenes Regal im hinteren Teil des Flurs. »Im Schrank hängen auch noch einige Jacken. Aber keine davon ist blau, so wie die des Joggers, den Frau Böckle auf dem Stufenweg gesehen hat.«

Neben uns, auf einem schmalen Schränkchen, stand ein gerahmtes Foto. Eine Frau saß im Bikini am Strand, umarmt von einem Mann mit spitzem Kinn, schmalen Lippen und langer Nase. Er sah aus wie ein Raubvogel. Ich kannte ihn von dem Phantombild, das Herr Pöltz mir vorgelegt hatte. Frau Mooser holte eine Brille aus ihrer Handtasche und schaute sich das Foto an.

»Die Wirtin aus Porchertz' Stammkneipe hat ihn als den Mann identifiziert, mit dem Porchertz sich dort getroffen hat«, berichtete Herr Mengert. »Schwinkler hat zuletzt als Fahrer bei verschiedenen Unternehmen gearbeitet. Die Nachbarin wusste, dass er jetzt bei Sökow-Transport war. Aber dort ist er seit einer guten Woche nicht mehr aufgetaucht. Die dachten, der hätte hingeschmissen, weil es ständig Krach mit der Chefin gab. Er war auch unter anderem mal für einige Monate in Mannheim beim Benz, davon gibt es noch einen Arbeitsvertrag in einem Ordner hier. Das war Anfang letzten Jahres, zur gleichen Zeit wie Porchertz. Der hat dort im Lager gejobbt. Vermutlich kennen die beiden sich daher.«

»Wo habt ihr den Zettel gefunden, auf dem Korffkes' Name stand?«

Frau Mooser war anscheinend informiert. Zumindest zum Teil.

»Es war der oberste auf einem Notizblock. Er lag im Wohnzimmer, neben einer Schale mit allerlei Kram. Den Zettel hat die Spusi mitgenommen.«

»Was genau stand drauf?«

»›Korffkes 40.000‹. Vielleicht geht es um eine Zahlung. Entweder Schwinkler schuldete Korffkes noch vierzigtausend, oder er sollte sie noch bekommen. Vermutlich war Schwinkler dafür zuständig, die Ware zu verticken. Bis auf das Ripolaxin. Roland geht davon aus, dass Korffkes das selbst in die Hand genommen hat, weil er die Eltern kannte und wusste, wer von denen bereit war, dafür zu zahlen.«

»Habt ihr sonst noch Hinweise auf Korffkes entdeckt?«

»Nein, allerdings etwas anderes sehr Interessantes.« So wie Herr Mengert es sagte, hatten er und seine Kollegen zumindest den Jackpot geknackt. »Schwinklers Wagen steht im Hof in der Garage. War ihm sicher zu heikel, mit dem eigenen Fahrzeug abzuhauen, falls wir ihm auf die Schliche kommen und nach ihm fahnden würden. Auf der Fußmatte vor dem Fahrersitz haben die von der Spusi einiges an Dreck gefunden. Sie meinten, das könnte von einem Waldweg stammen. Die Proben sind per Boten an die KTU gegangen, die müssten sich bald melden.« Ludwig Porchertz war auf einem Waldweg erstochen worden. Herr Pöltz hatte es erwähnt, als wir bei ihm gewesen waren. Ich vergaß zwar manches, aber das würde ich nie vergessen. Genauso wenig wie das Foto vom Toten mit den Messerstichen im Bauch.

»Nehmen Sie sich die Schuhe vor, Mila.« Frau Mooser stellte das Foto zurück. »Bis Roland kommt, schaue ich mich ein wenig um.«

Ich sah mir jeden einzelnen Schuh ganz genau an. Einige waren schwarz, teils abgestoßen, aber leider hatte keiner solch einen Kratzer wie der, den ich unter meinem Kabinenvorhang gesehen hatte.

Herr Mengert blieb abwartend neben mir stehen.

»Vielleicht hat er die Schuhe mit dem Kratzer an«, sagte ich.

»Viel wahrscheinlicher ist, dass Lars Schwinkler schon fort war, als Sie diesen Mann vor Ihrer Kabine bemerkt haben. Seit er auf der Arbeit fehlt, ist auch sein Briefkasten nicht mehr geleert worden.«

Meine Hoffnung, alles würde sich klären, schwand dahin wie Softeis in der Sonne.

»Warum bin ich dann hier?«

»Das fragen Sie besser die Chefin.«

Die kam aus einem der Zimmer zurück in den Flur.

»Keine Zahnbürste und kein Rasierzeug«, stellte sie fest.

»Es sind auch keine Unterhosen mehr im Schrank«, erklang eine Stimme von der Haustür her. »Wenn du Fragen hast, kannst du dich gern an mich wenden, Maria.« Es war Herr Alsberger im hellen Trenchcoat, die Hände in den Taschen vergraben. »Wie nett, dass du mich über dein Kommen informiert hast.«

»Hallo, Roland. Ich war mit Frau Böckle gerade in der Nähe und dachte, wir schauen mal, ob sie vielleicht den Schuh entdeckt, der unter ihrem Kabinenvorhang zu sehen war.«

»Wir hätten uns bei Frau Böckle schon gemeldet, wenn Schwinkler dafür in Frage gekommen wäre.«

»Wahrscheinlich habe ich den Mann vor meiner Kabine sowieso nur erfunden«, rutschte es mir heraus.

Herr Alsberger warf seiner Schwiegermutter einen fragenden Blick zu, auf den sie gleich reagierte. »Ich habe Mila von der Vermutung berichtet, die im Raum steht.«

»Tut mir leid, Frau Böckle.« Herr Alsberger hob bedauernd die Schultern. »Aber auch daran müssen wir denken.«

»Schon gut.« Ich bemühte mich, mir nichts anmerken zu lassen. Aber nichts war gut. Gar nichts. Überhaupt nichts.

»Sehen Sie, wir müssen immer mehrere Optionen in Betracht ziehen. Das ist wie mit dem grauhaarigen Mann, den Sie an der Kapelle auf der Bank haben sitzen sehen.«

»Soll ich den auch erfunden haben?«

»Nein, sicherlich nicht. Eine Option ist natürlich, dass es sich um denjenigen handelt, der die Rätsel gestellt hat, und dass er dort saß, um sich an der Verzweiflung der Suchenden zu erfreuen. Das ist die These, die meine Schwiegermutter vertritt und die für sie ein Grund war, an Korffkes' Täterschaft zu zweifeln. Denn der konnte nach Ihrer Beschreibung nicht der Mann an der Kapelle gewesen sein.«

Frau Mooser hatte die Arme vor dem Körper verschränkt und stand ganz aufrecht da. Wie eine Ringerin, die sich vor dem Kampf sammelt.

»Eine andere Option ist, dass es sich um eine harmlose Koinzidenz handelt«, fuhr Herr Alsberger fort. »Ich hätte mich deshalb sowieso heute noch mit Ihnen in Verbindung gesetzt.«

Er zog sein Handy hervor und zeigte mir ein Foto. Ein Mann, der auf einer Bank saß, den Kopf gesenkt. Genauso hatte der Mann dagesessen, der mir an der Kapelle aufgefallen war. Und sein Haarschopf hatte auch so ausgesehen.

»Ja, das könnte er tatsächlich sein«, sagte ich.

»Dietmar Kerberg. Er wohnt in Schlierbach und spaziert mehrfach in der Woche zur Kapelle. Dort sitzt er eine Weile, dann geht er wieder nach Hause. Er ist genauso wenig an dieser ganzen Sache beteiligt wie der Mann, der in der Friedenskirche seinen Kaffee getrunken hat. Wir haben halb Schlierbach gefragt, und siehe da, wir haben den großen Unbekannten gefunden, den meine Schwiegermutter für den Täter hielt. Wie Sie daran merken, nehmen wir Ihre Aussagen durchaus sehr ernst.«

Herr Alsberger ließ sein Handy wieder in der Tasche des Trenchcoats verschwinden.

»Tja, die Fragen, die noch offen waren, klären sich. Eine nach der anderen. Sicher wird sich auch klären, welche Ursache die Attacken auf Sie haben, Frau Böckle. Aber ein Zusammenhang zu unserem Fall erscheint mir inzwischen sehr unwahrscheinlich.«

»Unwahrscheinlich, aber nicht unmöglich«, ergänzte Frau Mooser.

Dafür, dass auch sie an mir zweifelte, fand ich das ziemlich nett. Der Groll, den ich auf sie hatte, schrumpfte deutlich zusammen.

»Ich bin optimistisch, dass wir den Fall demnächst abschließen können. Die Fahndung nach Schwinkler läuft auf Hochtouren.« Herr Alsberger hob den Kopf, als müsste er sich groß machen. »So wie es aussieht, haben Lars Schwinkler und Richard Korffkes gemeinsame Sache gemacht. Porchertz war vielleicht nur ein Handlanger, den sie aus irgendeinem Grund loswerden mussten.«

»Roland, wenn du noch vierzigtausend Euro zu bekommen oder zu zahlen hättest, müsstest du dir das aufschreiben? Jemand lässt euch einen anonymen Hinweis zukommen, und siehe da, alles klärt sich auf wunderbare Weise. Ist das nicht ein bisschen viel des Guten?«

»Keine Sorge, Maria, wir werden natürlich prüfen, ob es sich auf dem Zettel um Schwinklers Handschrift handelt.«

»So einen Zettel schreibe ich dir auch, wenn hier irgendwo

etwas Handschriftliches von Schwinkler in der Wohnung liegt, von dem ich mir die paar Buchstaben abschauen kann.«

»Dann viel Erfolg. Vielleicht wäre das eine schöne Urlaubsbeschäftigung für dich.«

Frau Mooser überging seine Bemerkung einfach.

»Was wirst du weiter wegen Emmas Cousin unternehmen?«, fragte sie. »Zu deiner Information: Ferdinand Ahrveld hat einen guten Grund, Emma zu hassen. Die Narbe in seinem Gesicht verdankt er ihr. Die beiden hatten als Jugendliche einen Unfall mit dem Motorroller. Sie waren auf einer Feier, hatten getrunken, und Emma ist in der Dunkelheit auf einen geparkten Wagen aufgefahren. Sie hatte Glück und ist über das Dach geflogen, aber Ferdinand, der hinter ihr saß, ist mit dem Kopf auf die Heckscheibe geprallt, hatte ein Schädel-Hirn-Trauma und schwere Gesichtsverletzungen.«

»Du ermittelst also hinter meinem Rücken?«

»Ich habe nur einen Kollegen aus der Region, in der die beiden früher gewohnt haben, gebeten, nach einem alten Unfallbericht zu suchen, in dem der Name Ahrveld auftaucht. Das hättest du auch tun sollen. Ich hatte dir von dem Unfall erzählt.«

»Vielleicht solltest du mir als deinem Stellvertreter einfach einmal glauben, dass ich tue, was notwendig ist.«

»Ferdinand Ahrveld braucht Geld. Er kennt sich mit dem Thema Epilepsie aus, er kennt die Eltern, und er hat sich auf der Weihnachtsfeier gedemütigt gefühlt. Vor allem hat er eine alte Rechnung mit Emma offen.«

»Und was ist das hier?« Herr Alsberger zeigte hinter sich. »Gibt es hier Hinweise auf Korffkes oder nicht? Bilde ich mir das nur ein, oder liegen hier im Keller Medikamente aus dem Lagerdiebstahl? Und außerdem: Die KTU hat mich gerade eben angerufen. In Schwinklers Wagen haben wir Erde gefunden, die eindeutig von dem Weg stammt, auf dem Porchertz ermordet wurde.«

»Ich sage doch nicht, dass du in allem falschliegst. Lars

Schwinkler mag in der Sache drinhängen. Aber Korffkes als Drahtzieher ...«

Herr Alsberger trat einen Schritt auf sie zu.

»Im Moment führe ich hier die Ermittlungen. Ich bin dir keinen Rapport schuldig, du bist nicht im Dienst. Es reicht jetzt, Maria.«

Das war dann wohl so etwas wie ein Rauswurf. Die beiden starrten sich einen Moment an, dann räumte Frau Mooser das Feld.

»Sicher. Grüß mir Vera und Jannik. Kommen Sie, Mila.«

Wir verließen die Wohnung. Unten vor der Haustür blieb Frau Mooser stehen und holte tief Luft.

»Na, das ist ja super gelaufen«, schnaubte sie, um gleich weiterzupoltern: »Wissen Sie, was der wahre Grund ist, warum ich damals meinen Antrag auf vorzeitigen Ruhestand zurückgezogen habe? Weil ich wusste, dass Roland noch Zeit braucht. Er ist noch nicht so weit. Er bleibt am Offensichtlichen kleben.«

In der Hauswand waren zwei kleine metallene Türen, so wie es aussah, führten sie zum Verschlag, in dem die Mülltonnen standen. Vor Frau Moosers Füßen lief etwas im Eiltempo darauf zu. Es war klein, bräunlich, hatte viele Beine und ein Paar Fühler. Das musste eine Kakerlake sein.

»Kaum hat sich herausgestellt, dass Korffkes ein Alibi für die Zeit des Mordes an Porchertz hat, bekommen die Kollegen einen anonymen Hinweis auf diesen Schwinkler und alle Beweise, die sie benötigen, auf dem Silbertablett geliefert. Samt der Verbindung zu Korffkes. Aber unser Rätselkönig kann unmöglich jemand wie Korffkes sein. Roland hat sich verrannt.«

Die Kakerlake änderte ihre Richtung. Jetzt lief sie auf mich zu. Gleich hatte sie meinen Schuh erreicht. Ich ging einen Schritt zurück. Nun schaute auch Frau Mooser nach unten und sah mein Dilemma.

»Mein Gott, Mila, lernen Sie endlich, sich zu wehren. Wenn

eine Kakerlake Sie in die Flucht schlagen kann, wie wollen Sie dann in dieser Welt überleben?«

Leider wusste ich darauf keine Antwort.

»Wir werden Roland etwas liefern, an dem er nicht mehr vorbeischauen kann.« Sie schob das Krabbeltier mit ihrer Schuhspitze zur Seite. »Fakten, Beweise, damit er endlich in eine andere Richtung sehen muss. Und wenn mich das beschissene Gefühl, das ich bei der Sache habe, nicht täuscht, sollten wir uns damit beeilen.«

19

»Wir fahren jetzt zu Emma, Sie schwätzen ein bisschen mit ihr, und dann fragen Sie, wo Ferdi die Ausbildung zum Automechaniker begonnen hat. Emma hat davon erzählt, als sie zum Abendessen bei uns war.«

Wir waren am Wagen angekommen. Frau Mooser zog ihren Umhang aus und warf ihn auf den Rücksitz.

»Porchertz und Schwinkler haben beide bei Mercedes Benz gearbeitet. Würde mich nicht wundern, wenn Ferdinand Ahrveld auch in der Zeit dort war.«

»Lassen Sie das doch Herrn Pöltz herausfinden«, schlug ich vor.

»Arthur hat mir heute noch die Info mit Schwinkler gegeben und gesagt, ich soll ihn nicht mehr anrufen, solange ich im Urlaub bin. Er würde ständig zwischen den Stühlen hängen, davon bekäme er Magenschmerzen. Sie werden das übernehmen. Aber Emma darf keinen Verdacht schöpfen, dass es eigentlich um Ferdi geht. Ich vermute, sie erzählt ihm alles weiter. Sagen Sie, Sie überlegen, auch eine Ausbildung zur Automechanikerin zu machen.«

»Ich, eine Ausbildung zur Automechanikerin?«

»Mechanikerin, Mechatronikerin oder wie auch immer das heute heißt. Es soll schon mal vorkommen, dass Frauen sich für Autos interessieren. Ohne Bertha Benz gäbe es in Mannheim wahrscheinlich gar kein Mercedes-Werk.«

Die Rückfahrt nach Heidelberg verging wie im Flug, was vor allem daran lag, dass Frau Mooser jede Geschwindigkeitsbegrenzung ignorierte. Ich ergab mich in mein Schicksal, Hauptsache, sie fand heraus, wer hinter mir her war. Ich würde alles tun, was sie wollte, wenn ich mein altes Leben zurückbekam. Eines, bei dem ich mich nicht nur im Keller sicher fühlte.

In Neuenheim manövrierte sie den Wagen in einiger Entfernung von Emmas Wohnung in eine Parklücke. Ich stieg aus, um meinen Auftrag zu erledigen, doch je mehr ich mich dem Haus näherte, umso größer wurde mein Unbehagen. Was sich hier mit Korffkes abgespielt hatte, war noch zu gegenwärtig. Mein Finger zitterte ein wenig, als ich auf die Klingel drückte.

»Frau Brixener ist nicht zu Hause.«

Hinter mir stand Loreley, die blonde Frau aus der oberen Etage, die das Drama im Flur mitbekommen hatte. In der einen Hand hielt sie eine Einkaufstasche, mit der anderen zog sie einen Schlüssel aus ihrer Manteltasche. Sie hatte mich gleich wiedererkannt.

»Das war furchtbar, was?«, sagte sie. »Zwei Nächte lang habe ich nicht schlafen können, so hat mich das mitgenommen. Der Typ ist in der Klapse, wissen Sie das?«

»Ja, das weiß ich. Haben Sie eine Ahnung, wo Frau Brixener ist?«

»Die ist für ein paar Tage weggefahren. Heute Morgen, mit ihrer Tochter. Sie hat mich gebeten, nach der Post zu sehen. Sie muss mal aus allem raus, hat sie gesagt. Kann ich gut verstehen, nach dem, was passiert ist. Der hätte sie kaltgemacht, wenn er da reingekommen wäre. Ich würde mir an ihrer Stelle ein Gitter an der Terrassentür anbringen lassen.«

»Wissen Sie, wohin Sie gefahren ist?«

»Sie hat vom Hunsrück gesprochen. Da war sie schon häufiger mit der Kleinen. Irgendein Familienhotel, aber genau weiß ich es nicht.«

Also ging ich unverrichteter Dinge zurück. Frau Mooser sah nicht sehr erfreut aus, als ich nach so kurzer Zeit wieder auf das Auto zukam. Ich ließ mich auf den Beifahrersitz fallen und berichtete, was ich von Loreley erfahren hatte.

»In den Hunsrück?«, wiederholte Frau Mooser. »Mit wem? Hoffentlich nicht mit ihrem Cousin!«

»Nein, mit Paulina.«

»Nur mit Paulina?«

»Hörte sich so an.«

»Was heißt, hörte sich so an? Ja oder nein?«

»Keine Ahnung, es hörte sich eben so an, als wäre nur Paulina mit.«

Frau Mooser hielt das Lenkrad fest umschlossen, mit einem Ausdruck im Gesicht, als sähe sie einen neuen Jahrhundertsturm heraufziehen.

»Dann machen wir das jetzt telefonisch«, entschied sie. »Rufen Sie Emma an und fragen Sie sie wegen Ferdis Ausbildung. Und auch, mit wem sie unterwegs ist.«

Aber mein Handy lag noch zu Hause, auf den Stufen der Kellertreppe. Frau Mooser reichte mir ihres. Doch unter Emmas Nummer bekam ich nur eine freundliche Ansage zu hören: »Hallo, hier sind Emma und Paulina Brixener. Pech gehabt, wir sind jetzt nicht erreichbar. Versucht es später noch einmal. Tschüssi.« Es war nicht einmal möglich, eine Nachricht zu hinterlassen.

»Tschüssi«, grantelte Frau Mooser. »Tschüssi nutzt uns nichts. Dann müssen wir uns an jemand anderen halten, der Ferdinand kennt. Machen wir einen Ausflug in den Kraichgau. Zu Luise, die war immerhin mal mit ihm befreundet.«

Frau Mooser rief in der Klinik an, wo man ihr mitteilte, dass Luise heute Dienst, aber um siebzehn Uhr Feierabend hatte. Es war schon kurz nach vier, also flogen wir noch einmal über die Autobahn. Frau Mooser schwieg während der ganzen Fahrt und schien ihren Gedanken nachzuhängen. Erst als wir auf dem Klinikparkplatz standen, redete sie wieder mit mir.

»Das letzte Mal haben wir gesagt, ich wäre eine Bekannte, die Sie begleitet. Dass Sie zweimal hintereinander mit derselben Bekannten ganz zufällig vorbeikommen, ist unwahrscheinlich. Sie werden da ohne mich reingehen.«

Und dann teilte sie mir das Ergebnis ihrer Grübeleien mit.

»Wenn wir hier nichts herausfinden, dann lasse ich es auf sich beruhen.«

Was war jetzt los, wollte die etwa aufgeben?

»Aber Sie haben gesagt, Sie glauben nicht, dass Korffkes dahintersteckt! Er kann unmöglich vor meiner Kabine gestanden haben und dieser Schwinkler auch nicht. Sie müssen weitermachen! Ich habe nicht gelogen. Alles, was ich gesagt habe, ist wirklich passiert!«

Die Tränen traten mir in die Augen. Der nächste Beweis für meine labile psychische Verfassung.

»Mein Schwiegersohn hatte schon einmal vor, ins Ausland zu gehen. Damals hatte er ein Angebot von einem Sicherheitsdienst. Ich habe ihn schon genug verärgert, ich sollte den Bogen nicht noch weiter überspannen, Mila. Wenn er die Nase voll von mir hat und kündigt, wird er vielleicht weggehen. Und Vera wird mitgehen. Und Jannik.«

»Aber Sie können mich nicht einfach aufgeben und für Ihren Familienfrieden über die Klinge springen lassen.«

»Ich gebe nicht auf, ich gebe an jemand anderen ab.«

»Sie wollen also die Füße hochlegen, obwohl Sie überzeugt sind, dass Ihr Schwiegersohn sich täuscht?«

»Lassen Sie uns nicht streiten, Mila. Wir haben nicht mehr viel Zeit, es ist bald fünf.«

Ich traute mich nicht, noch mehr Druck zu machen, vor lauter Sorge, sie könnte sauer werden und sofort alles abbrechen. Wir besprachen, was ich herauszufinden hatte.

»Fragen Sie auch, ob noch mehr vorgefallen ist, was Ferdi gegen die Eltern aufgebracht haben könnte. Vielleicht war die Weihnachtsfeier nicht der einzige Krach, den es gab«, wies sie mich an. »Und jetzt los. Es ist schon Viertel vor.«

Ich hastete zur Klinik. Vor der Anmeldung stand ein Pulk von Leuten. Die Angestellte, die dort saß, war vollauf beschäftigt. Eine gute Gelegenheit, unbemerkt an ihr vorbeizukommen. Ich fuhr mit dem Aufzug in den ersten Stock. Doch statt Luise traf ich im Stationszimmer auf einen jungen Mann in weißer Hose und weißem Sweatshirt. Pfleger Steffen, so stand auf dem kleinen Schild an seiner Brust.

»Hallo, ich wollte zu Luise. Ich hatte mit ihr schon einmal

über die Angehörigengruppe gesprochen. Ich hätte da noch ein paar Fragen.«

Pfleger Steffen blickte auf, zwei graublaue Augen in einem freundlichen Gesicht.

»Da haben Sie leider Pech. Luise ist heute etwas früher weg, weil sie Kopfschmerzen hatte. Kann ich Ihnen weiterhelfen?« Wir waren zu spät. Das war es. Aus. Vorbei. Und nun?

»Ja, ich … also, ich war schon einmal hier«, begann ich. »Ich hatte von ihr eine Adressenliste bekommen, aber ich finde sie nicht mehr.«

»Kein Problem, dann gebe ich Ihnen eine neue. Vielleicht kann ich auch Ihre Fragen beantworten. Wir vom Personal sind im Wechsel immer wieder mal bei der Gruppe dabei. Ich zwar nur ab und zu, aber ich bekomme trotzdem einiges mit.« Steffen stand auf. Er war sicher an die eins neunzig groß. Ein weißer Riese. »Kommen Sie, schauen wir mal nach der Liste.«

Er führte mich in den kleinen Aufenthaltsraum, in dem ich auch schon mit Frau Mooser gewesen war.

»Ist in so einer Gruppe eigentlich viel Wechsel? Ihre Kollegin hat letztens erzählt, dass eine ganze Reihe aufgehört hätte.«

»Ja, vor einer Weile war das mal so, das stimmt.« Der Riese bückte sich und schob die Tür am Sideboard auf. »Aber es sind auch wieder Neue nachgekommen. Meistens gibt es einen festen Kern, Leute, die längerfristig dabei sind und auch regelmäßig teilnehmen.«

Ich würde mein Glück einfach bei ihm probieren. Pfleger Steffen würde mir helfen, er musste mir einfach helfen. Ich brauchte neue Infos, Futter für das Krokodil.

»Ich kenne Emma Brixener«, sagte ich. »Und auch Ferdinand Ahrveld. Die waren doch früher auch dabei?«

»Stimmt, aber soviel ich weiß, jetzt nicht mehr. Zumindest nicht mehr regelmäßig. Emma kommt aus Heidelberg, nicht wahr? Sind Sie auch von dort?«

»Ja, genau. Daher kenne ich sie auch. Sie hat mir von einem

Streit bei einer Weihnachtsfeier erzählt. Kommt so etwas öfters vor?«

»Nein, keine Sorge.« Steffen reichte mir ein Exemplar der Adressenliste. »Ich war nicht bei dieser Feier, aber ich habe davon gehört. Das war wirklich die absolute Ausnahme. Bei uns geht es normalerweise sehr friedlich zu. Das sind alles nette Leute.«

»Ich dachte nur, weil ... also, ist Ferdi nicht auch aus der Gruppe ausgetreten, weil es Streit gab?«

Eine Fangfrage, die Frau Mooser mir mit auf den Weg gegeben hatte.

»Davon weiß ich nichts. Aber ich glaube, der Krach auf dieser legendären Weihnachtsfeier war das einzige Mal, dass es in den letzten Jahren in der Gruppe Zoff gegeben hat. Sonst hätte ich davon gehört.«

»Vielleicht habe ich da etwas missverstanden. Ferdi hat dann eine Ausbildung zum Automechaniker gemacht. Womöglich hatte er einfach keine Zeit mehr zu kommen. Ich glaube, der war bei Mercedes Benz in Mannheim, oder?«

»Also, das weiß ich nun wirklich nicht.«

Das war es. Keine spektakulären Neuigkeiten. Nichts. Wusste dieser Mensch überhaupt etwas? Ich erkundigte mich nach Ausflügen, Kosten und allem, was mir sonst noch einfiel. Doch ich fand den Bogen nicht mehr, noch einmal auf Ferdi zu sprechen zu kommen, ohne dass es aufgefallen wäre. Was würde Frau Mooser jetzt tun, nach Hause fahren und sich den Rest des Urlaubs die Nägel feilen?

Schließlich verabschiedete ich mich.

»Vielen Dank. Nun weiß ich schon eine Menge mehr.«

»Gern geschehen.« Steffen schob die Tür am Sideboard wieder zu. »Und falls Sie Emma sehen, grüßen Sie sie von mir. Und die kleine Paulina. Und ihren Papa. Wie heißt der noch, Hannes? Schade, dass die drei nicht mehr kommen.«

»Rolf«, erwiderte ich. »Paulinas Vater heißt Rolf. Rolf Brixener.«

»Ach, ich dachte, der heißt Hannes.«

»Nein, der heißt Rolf, ganz bestimmt.«

»Sind Sie sicher? Ich dachte, Emma und Hannes wären zusammen. Ich habe doch gesehen, wie die beiden ...« Riese Steffen ging zur Tür. »Na, da bin ich dann wohl derjenige, der etwas missverstanden hat. Aber stimmt, ein Rolf war auch in der Gruppe. Anscheinend habe ich da was durcheinandergeworfen. So oft war ich halt auch nicht dabei. Grüßen Sie auf jeden Fall Emma und Paulina.«

Frau Mooser saß im Wagen, den Kopf angelehnt, die Augen geschlossen. Vor ihr auf der Ablage thronte ein neuer Mitreisender. Sie musste meine Abwesenheit genutzt haben, um im Klinik-Shop einen weiteren Trostteddy zu kaufen. Ich riss die Autotür auf, Frau Mooser zuckte zusammen.

»Luise war nicht da. Nur ihr Kollege.«

Ich stieg ein und erzählte, was ich herausgefunden oder, besser gesagt, nicht herausgefunden hatte.

»Aber das sagt gar nichts. Dieser Pfleger hat nicht wirklich Ahnung von dem, was in der Gruppe passiert. Wir sollten uns davon nicht entmutigen lassen. Er dachte zum Beispiel, Hannes wäre der Vater von Paulina. Wir rufen am besten noch einmal Emma an. Vielleicht geht sie diesmal ans Telefon. Wir sollten jetzt auf keinen Fall aufgeben.«

»Hannes Freutner, der Vater von Paulina?« Frau Mooser setzte sich auf.

»Na, ich nehme mal an, dass es um den Hannes ging.«

Mir klebte die Zunge am Gaumen. Ich angelte Frau Moosers Pfefferminzbonbons aus der Mittelkonsole und bot ihr eins an, bevor ich mir selbst eins nahm.

»Wieso kommt der auf die Idee, dass Hannes Freutner Paulinas Vater ist?«, fragte sie.

»Hat er nicht gesagt.«

»Aber er muss doch einen Grund haben, das anzunehmen?«

»Ich weiß es nicht. Er hat nur erwähnt, er hätte einmal gesehen, ›wie die beiden‹. Dann hat er nicht weitergesprochen.«
Ich sah ein Funkeln in Frau Moosers Augen, das nichts Gutes verhieß.

»Sie Sherlock zu nennen ist der reinste Hohn.« Es knirschte, als sie das Bonbon zwischen ihren Krokodilzähnen zermalmte. Dabei schaute sie mich an, als wäre ich das Pfefferminzbonbon. »Ab heute heißen Sie Bambi.«

»Was habe ich denn getan?«

»Fragen Sie lieber, was Sie nicht getan haben. Wie kann man bei so einer Bemerkung nicht nachhaken! Wie kommt dieser Pfleger darauf, dass Emma und Hannes Freutner ein Paar sein könnten? Er hat etwas gesehen. Was? Hat er sie beim Sex auf der Toilette erwischt? Haben die beiden sich auf dem Ponyhof geküsst? Oder haben sie sich nur einmal nett zugezwinkert? Mein Gott, Mila!«

Sie nahm mir die Bonbonrolle ab und schob das nächste Pfefferminz in ihren Mund. Schweigend zerbiss sie es.

»Sie kennen Emma besser als ich«, sagte sie nach einer Weile. »Hat sie jemals etwas erzählt, woraus man schließen könnte, dass zwischen ihr und Hannes Freutner etwas läuft?«

Emma schien Hannes Freutner zu mögen, aber mehr? Sie nannte ihn HGF. So nannten ihn seine Freunde, hatte er mir gesagt.

»Ich glaube, die verstehen sich ganz gut, aber die haben bestimmt keine Affäre.«

»Weshalb sind Sie da so sicher?«

»Emma meint, dass Freutner Interesse an mir hat. Sie hat mir sogar seine Grüße ausgerichtet. Er hätte doch Emma keine Grüße an mich ausrichten lassen, wenn er ein Verhältnis mit ihr hätte.«

»Aber sie könnten einmal eines gehabt haben. Die beiden engagieren sich in der Angehörigengruppe, sie haben ähnliche Sorgen … Eine Affäre gibt niemand gern zu. Emma und Hannes Freutner. Wenn das stimmt, Mila …«

Vor uns ging eine junge Frau auf einen weißen Golf zu. Sie hielt inne und drückte auf einen Schlüssel. Doch die Lichter, die daraufhin blinkten, waren die von einem anderen weißen Golf, der einige Meter entfernt in der selben Reihe stand. »Vielleicht habe ich mich genauso verrannt wie mein Schwiegersohn. Von wegen Ferdinand, der böse Verwandte. Wenn Emma und Hannes Freutner wirklich ein Verhältnis hatten, dann gibt es möglicherweise noch einen ganz anderen Grund für alles, was geschehen ist. Das Motiv für Tausende und Abertausende von Verbrechen: gekränkte männliche Eitelkeit.«

Sie holte ihr Handy heraus.

»Niemand von den Eltern hat zugegeben, mitgespielt zu haben. Was, wenn es überhaupt nur zwei Personen gab, die die Rätsel bekommen haben?«

Frau Mooser verriet nicht, wen sie anrief. Aber ich konnte den Signalton hören, die Fetzen einer Bandansage: »... sind Emma und Paulina Brixener. Pech gehabt, wir ... Versucht es doch später noch einmal. Tschüssi.«

»Verdammt«, fluchte sie leise. Dann ließ sie den Motor an. »Ich muss das noch klären. Nur das noch, danach höre ich auf.«

Ich habe ein neues Buch angefangen. Sehr schade, dass ich das alte verbrannt habe. Vor allem war es völlig unnötig. Die kriegen mich sowieso nicht. Ich werde alles noch einmal auf-schreiben – eine Dokumentation meines überragenden »In-tellekts«. Ich überlege, die Aufzeichnungen nach meinem Tod dem Crime Museum in London zu vermachen, damit die Welt von mir erfährt.

Wenn ich später bei einem guten Glas Wein in dem Buch lese, werde ich meine Freude daran haben, wie ich sie alle an der Nase herumgeführt habe. Dabei war es so verdammt einfach. Wenn alle drei Rätsel gelöst sind, ist es so simpel, auf meine Spur zu kommen. Das ist wie ein Wegweiser, auf dem steht: Seht, das ist er! Aber diese Idioten haben es nicht gerafft.

Mit meinem Geschäftskonzept werde ich weitermachen. Man muss nur frühzeitig das bunkern, was knapp wird. Am besten, ich kaufe mir irgendwo die Wasserrechte, zum Bei-spiel in Südafrika, pumpe das Grundwasser ab und verkaufe es den Leuten dort als Tafelwasser. Gibt ja schon Firmen, die das erfolgreich machen. Da sitzen kluge Leute in der Geschäfts-führung. Das sind die Modelle, die Geld bringen. Viel, viel Geld. Und in Zukunft noch mehr Geld.

Ich werde reich, und wenn mein Buch nach meinem Tod ins Crime Museum kommt, auch berühmt. Denn ich bin nicht nur anpassungsfähig wie die Kakerlake, ich bin auch schlau wie der Fuchs!

Aber bevor ich mich neuen Ideen zuwende, muss noch für Gerechtigkeit gesorgt werden. Auge um Auge, Zahn um Zahn. Die Hexe darf nicht davonkommen. Es muss Vergeltung geben für das, was geschehen ist.

20

Auf der Fahrt zu Hannes Gereon Freutner ließ Frau Mooser mich noch einmal bei Emma anrufen, aber es blieb dabei: Emma meldete sich nicht. Genauso wenig reagierte sie auf die Nachricht, die ich ihr schickte.

Freutners Auto stand in der Einfahrt des gelb gestrichenen Einfamilienhauses. Der Rasen mit den weiß-gelben Tupfen darin war immer noch nicht gemäht, eine hübsche Abweichung in der genormten Vorgartenreihe.

Dieses Mal wollte Frau Mooser mitkommen. Nachdem ich in der Klinik beim Nachfragen versagt hatte, traute sie mir wohl nicht zu herauszufinden, was sie wissen wollte. Bambi war für Recherchezwecke nicht geeignet. Ich hatte keine Ahnung, wie sie einen Besuch bei Freutner vor ihrem Schwiegersohn rechtfertigen wollte, aber vielleicht hatte sie eine. Mir war es nur recht.

Als Hannes Freutner öffnete, sah er aus wie sein Vorgarten: ein bisschen ungepflegt, aber nett anzuschauen. Offensichtlich hatte er sich am Morgen nicht rasiert, das Hemd mit den hochgekrempelten Ärmeln war ein wenig verknittert, seine Jeans hatte einen Fleck über dem Knie, und seine Füße steckten in ausgelatschten Birkenstocksandalen.

»Oh, hallo! Was für eine Überraschung.« Dann lächelte er. Genauer gesagt lächelte er mich an. »Aber eine schöne Überraschung.«

»Haben Sie einen kurzen Moment Zeit für uns?«, bat Frau Mooser.

»Für Sie doch immer. Kommen Sie rein. Ich wollte mir gerade einen Kaffee machen. Möchten Sie auch einen?«

Ein Angebot, das Frau Mooser dankend annahm.

»Setzen Sie sich ins Wohnzimmer, gleich vorn rechts. Ich bin sofort wieder bei Ihnen.«

Das geräumige Zimmer, in das er uns geschickt hatte, wirkte ein wenig chaotisch, aber gemütlich. Die übliche Couchgarnitur fehlte, dafür gab es vier verschiedene Sessel und in der Mitte einen niedrigen Tisch, auf dem sich Spielzeugautos und allerlei Bücher stapelten. Die Tageszeitung lag neben einer karierten Decke auf dem Boden. Der Blick nach draußen, hinters Haus, war das Beste, denn auch hier gab es einen Garten, diesmal mit verblühten Stockrosen, Rosmarinbüschen und Sommerflieder, und auf der Terrasse vor dem Wohnzimmer prangte ein riesiger Oleanderbusch. Ein grünes Durcheinander, das mich an Flos Garten erinnerte, in dem ich meine halbe Kindheit verbracht hatte.

Ich nahm in einem zierlichen blauen Sessel Platz. Frau Mooser aber schaute sich ungeniert um, inspizierte Bücher und Kinderfotos, bis sich ein Klappern näherte und Hannes Freutner Tassen, Milchkännchen und Zuckerdose auf einem Tablett hereintrug.

»Tut mir leid, es könnte aufgeräumter sein, aber ich habe gerade einen Auftrag zu erledigen. Gibt es Neuigkeiten in der Rätsel-Geschichte? Das ist alles einfach nur schrecklich. Wenn ich gewusst hätte, dass ein Mord da dranhängt, hätte ich nie mitgemacht. Weiß man inzwischen Genaueres?«

Doch Frau Mooser hatte anscheinend nicht vor, von Lars Schwinkler und den Medikamenten in dessen Keller zu erzählen. Sie ließ sich in einem schwarzen Ledersessel nieder, dem Prototyp des Chefsessels.

»Herr Freutner, Sie wissen, dass ich bei der Kripo bin. Zurzeit habe ich Urlaub, deshalb bin ich sozusagen privat hier. Ich habe nur eine Frage: Haben Sie meinen Kollegen mitgeteilt, dass Sie ein Verhältnis mit Emma Brixener hatten?«

Einer von Frau Moosers kleinen Tricks, die ich inzwischen kannte. Sie fragte nicht erst, ob es so gewesen sein könnte, sondern setzte es in ihrer Frage voraus. An der Reaktion merkte man dann schon, ob man richtiglag oder nicht. Hannes Freutners Reaktion war eindeutig. Er verfiel für einen Moment in eine Art Schockstarre. Dann stellte er das Tablett ab und ließ sich in den nächsten Sessel fallen.

»Ich habe mich schon gefragt, wann das herauskommen wird. Ich habe Emma gleich gesagt, wir sollten das besser erwähnen. Aber ich wollte ihr überlassen, ob es bekannt wird oder nicht. Hat sie Ihnen davon erzählt?«

»Nein«, erwiderte Frau Mooser knapp.

»Das wundert mich nicht. Ich glaube, es ist ihr peinlich. Emma hatte einmal überlegt, es zu sagen, aber nachdem Korffkes bei ihr aufgetaucht war, fand sie, es sei unnötig.«

»Wie lange lief das mit Ihnen?«

»Nicht lange. Einige Monate. Es war für uns beide nichts Ernstes. Wir hatten ein paar nette Stunden miteinander, guten Sex, das war es. Emma war frustriert, weil ihr Rolf nie Zeit für sie hatte, und meine Beziehung mit Linda war damals schon am Nullpunkt angekommen. Wir brauchten beide mal etwas Abwechslung.«

Hannes Freutner schaute zu mir, ein verlegenes Lächeln auf dem Gesicht.

»Ich bin keiner von denen, die ständig fremdgehen. Treue ist mir wichtig, und Emma ist eigentlich gar nicht mein Typ. Sie ist damals auf mich zugekommen. Aber gut, ich habe auch nicht Nein gesagt, als wir uns dann näherkamen.«

Wie es sich anhörte, war nicht nur Emma diese Affäre peinlich.

»Wer wusste davon?«, fragte Frau Mooser.

»So gut wie niemand. Wir waren sehr diskret. Selbst Linda, meine Frau, hat nichts mitbekommen. Aber es hat mir den Anstoß gegeben, unsere Ehe zu beenden. Linda ist mit dem Jungen ausgezogen. Letztlich hat uns Dreien das geholfen. Vorher gab es nur noch Streit, die Situation hier war unerträglich.«

»Und Ihnen ist nie die Idee gekommen, dass Ihr Verhältnis mit Frau Brixener für den Fall wichtig sein könnte?«

Aus der Küche hörte man die Kaffeemaschine röcheln und spucken.

»Ich ... Nein, ich dachte ... Es scheint doch so, als ob Richard Korffkes hinter allem steckt, da muss man nicht unbedingt die Pferde scheu machen. Zumal Emma es lieber für sich behalten wollte.«

»Weiß Rolf Brixener von der Affäre?«

Statt zu antworten, stand Hannes Freutner auf.

»Ich glaube, der Kaffee ist durch.«

Er ging hinaus, aber es dauerte nicht lange, bis er mit einer gläsernen Kanne zurückkehrte. Er sprach erst weiter, nachdem er mir und Frau Mooser eingeschenkt hatte.

»Ja, er weiß davon.« Freutner setzte sich wieder. »Er hat beim Herumschnüffeln Nachrichten von mir auf Emmas Handy gefunden. Rolf behält gern die Kontrolle, auch über seine Frau. Er ist kurz darauf ausgezogen, und Emma und ich, wir haben unsere Affäre beendet. Das war alles zu viel Trubel, und etwas Längerfristiges sollte es nie werden. Es hatte keine große Bedeutung, sonst hätte ich es sofort gesagt. Aber so? Rolf ist ein eitler Fatzke. Er hätte bei der Polizei niemals ein Wort über diese Affäre verloren. Dass Emma ihm Hörner aufgesetzt hat, erzählt der nicht. Einen Rolf Brixener betrügt keine Frau, zumindest nicht offiziell.«

Aus den Augenwinkeln sah ich, dass sich auf der Terrasse etwas bewegte. Korffkes, schoss es mir durch den Kopf. Aber Korffkes konnte nicht da draußen sein, Korffkes war eingesperrt. Trotzdem pochte mein Herz so schnell, als wäre ich die Treppen zum Heidelberger Schloss hochgelaufen. Ich spähte rüber zur Terrasse, aber ich konnte dort nichts entdecken.

»Wie hat Herr Brixener sich Ihnen gegenüber verhalten, nachdem er von Ihrem Verhältnis mit seiner Frau erfahren hat?«

»Er stand nachmittags vor meiner Tür. Bleich wie der Tod.« Hannes Freutner rührte in seiner Tasse. »Dabei hielt er eine Hand so komisch in der Manteltasche, dass ich für einen Moment dachte, der hat eine Pistole dabei und ist gekommen, um mir eine Kugel in den Kopf zu jagen. Der Junge war da und kam angerannt, um zu sehen, wer an der Tür war. Du kannst froh sein, dass ich ein zivilisierter Mensch bin, hat Rolf gesagt. Mehr nicht. Dann ist er wieder abgezogen. Aber sonst wusste niemand von unserer Affäre, wie gesagt, wir waren sehr diskret.«

Offensichtlich nicht diskret genug. Zumindest Pfleger Steffen hatte etwas gesehen, was er nicht hätte sehen sollen.

»Natürlich ging es danach nicht mehr, sich in der Gruppe zu treffen. Ich bin raus, Linda sowieso, Emma und Rolf auch. Keine Zeit mehr, bla, bla, bla, was man dann so erzählt. Aber Rolf wird niemand eine Träne nachgeweint haben. Rolf ist so ein Neunmalkluger, der hört sich am liebsten selbst reden, das ist auf Dauer etwas ermüdend.«

Frau Mooser rührte in ihrem Kaffee, ohne Freutner dabei auch nur eine Sekunde aus den Augen zu lassen.

»Warum ist Ferdinand Ahrveld aus der Gruppe ausgeschieden?«

»Ferdi? Der ist raus, weil er eine neue Freundin hatte. Der schwebte auf Wolke sieben und hatte anderes im Kopf als die Angehörigengruppe.«

»Wissen Sie, wo er seine Ausbildung zum Automechaniker gemacht hat?«

»Nicht genau …« Hannes Freutner zögerte. »Ich glaube, er war an der Bergstraße in irgendeiner kleinen Werkstatt. Emma hatte wegen ihm oft Streit mit Rolf. Eigentlich hatten die beiden ständig Streit. Trotzdem wünscht Emma sich, dass er wieder zurückkommt. Rolf ist mal nett zu ihr, dann verhält er sich wieder wie der letzte Arsch. Zuckerbrot und Peitsche, das ist die neue Devise im Hause Brixener.«

Da draußen war doch etwas. Oder bildete ich mir das nur ein? Ich konnte nicht anders, ich stand auf, um besser hinaussehen zu können.

»Was ist denn, Mila?«, fragte Frau Mooser.

»Ich dachte, da wäre jemand.«

Frau Mooser ging zum Fenster und schaute in den Garten.

Dann machte sie die Tür auf und verschwand, um kurz darauf wieder zurückzukommen.

»Keine Sorge, niemand da.«

Ich schämte mich. Wahrscheinlich war es nur meine Angst, die mich zum Narren hielt. Frau Mooser nahm wieder in ihrem Chefsessel Platz. Doch nun sah ich es ganz genau: Ein kleines schwarzes Etwas, das war es, was mein Alarmsystem hatte anspringen lassen. Jetzt lief dieses kleine schwarze Etwas zur Terrassentür. Es war eine Katze, nur eine Katze. Niemand, der vorhatte, mit einem Blumenkübel die Scheibe zu zertrümmern.

Dieses Mal stand Hannes Freutner auf und ging zur Tür, um sie zu öffnen.

»Na, Murkel, komm rein. Hast du meine Gäste erschreckt?«

Die Katze huschte ins Zimmer. Eine Katze, das erklärte alles. So etwas wie bei Emma passierte niemandem zweimal im Leben. Das war so unwahrscheinlich wie das Gespenst unter dem Bett.

Hannes Freutner kam wieder zu uns und sprach aus, was längst im Raum stand.

»Rolf war maximal gekränkt wegen der Sache mit Emma und mir. Er ist sehr intelligent, der kann einiges, wenn er will. Aber einen Lagerdiebstahl organisieren und seiner eigenen Frau das Geld aus der Tasche ziehen, mit einem Medikament, das seine Tochter braucht? Das würde doch kein Vater tun.«

Murkel hatte sich vor ihm in Position gesetzt. Nun sprang sie auf seinen Schoß.

»Bei dieser Geschichte wurde ein Mensch ermordet. Wenn Rolf das alles eingefädelt hätte, um sich an Emma und mir zu rächen … dann wäre ich der Anlass gewesen.« Er streichelte seiner Katze über den Rücken. »Dann wäre diese Lawine wegen mir ins Rollen gekommen. Das wäre einfach nur furchtbar … Nein, das kann ich mir nicht vorstellen. Es sieht doch alles so aus, als wäre das Korffkes' Werk. Egal, wie eifersüchtig Rolf ist.«

»Wir haben gehört, dass Frau Brixener mit ihrer Tochter

in den Hunsrück gefahren ist.« Frau Mooser stellte ihre Tasse ab. »Wissen Sie zufällig, ob ihr Mann sie begleitet?«

»Keine Ahnung. Emma hat mir aber vor ein paar Tagen erzählt, dass sie wegfahren wollte.«

Hannes Freutner hatte die Katze von seinem Schoß gehoben und auf den Boden gesetzt. Vorsichtig, als wäre sie zerbrechlich.

»Emma und ich, wir haben in letzter Zeit ab und zu wieder telefoniert. Nur telefoniert. Da war nichts mehr, ganz bestimmt nicht. Ich hoffe nur, dass Rolf keine falschen Schlüsse zieht, wenn er wieder einmal Emmas Handy kontrolliert und meine Nummer auf der Anrufliste entdeckt.«

»Hat Frau Brixener erwähnt, in welchem Hotel sie ist?«

»Sie wollte in ein Hotel, das sie schon kennt. Da ist sie früher manchmal mit Rolf gewesen ... Wie heißt das noch? Der Name hat etwas mit Sonne zu tun. Sonnenberg oder Sonnenhof oder so ähnlich.«

Frau Mooser griff nach ihrer Handtasche neben dem Sessel. »Wir sollten fahren«, sagte sie zu mir.

Hannes Freutner schob die Katze beiseite, die um seine Beine herumstrich, und begleitete uns in den Flur. Vor der Haustür blieb er einen Moment unschlüssig stehen.

»Ich erzähle das nicht gern. Es tut vielleicht auch nichts zur Sache.« Die Hände in den Hosentaschen vergraben, stand er da wie ein Schuljunge, der etwas zu beichten hat. »Aber als Rolf damals bei mir aufgetaucht ist und mir gedroht hat, wissen Sie, was ich da gedacht habe? So wie der mich angestarrt hat ... Ich habe gedacht: Der ist dabei durchzudrehen. Der ist irre.«

»Meine Kollegen werden sicher sehr dankbar sein, dass Sie diese Informationen so lange für sich behalten haben.« Was Frau Mooser darüber dachte, stand ihr ins Gesicht geschrieben. »An Ihrer Stelle würde ich mich umgehend bei ihnen melden.«

Sie zog die Haustür auf und ging zum Wagen, ohne ein »Auf Wiedersehen« oder sich noch einmal umzudrehen.

»›Ich hätte das erzählen müssen‹, sagt der! Natürlich hätte

er das erzählen müssen. Diese Dummköpfe«, schimpfte sie, während wir einstiegen. »Emma und er haben uns die ganze Zeit im Dunkeln herumtappen lassen, nur damit der gute Ruf keine Kratzer bekommt. So ein Schwachsinn. Wo sind wir denn hier, im Kloster? Ich muss sofort meinen Schwiegersohn informieren. Wer weiß, wann Freutner die Kollegen über seine Affäre mit Emma in Kenntnis setzt. Es ist jetzt egal, wie viel Krach das gibt. Die Kollegen müssen herausfinden, in welchem Hotel Emma ist und ob es ihr gut geht. Vor allem, ob Rolf Brixener bei ihr ist.«

»Glauben Sie, der tut ihr etwas an?«

»Ich weiß es nicht. Aber der schöne Plan mit den Rätseln ist missglückt. Was macht unser Rätselkönig jetzt mit seiner Wut?«

Sie suchte in ihrer Tasche nach dem Handy. Kaum hatte sie es hervorgeholt, klingelte es. Ein Blick auf das Display und Frau Mooser sah so erleichtert aus, als hätte man einen Felsbrocken von ihrem Fuß gerollt. Hastig nahm sie den Anruf entgegen.

»Hallo, Vera! Wie schön, dass du dich meldest. Wie geht es euch?«

Ich konnte nicht verstehen, was ihre Tochter ihr mitteilte, ich bekam nur mit, dass am anderen Ende jemand schnell und ohne Pause redete.

»Oh nein! ... Wo bist du jetzt?« Frau Moosers Gesicht, eben noch voller Freude, verfinsterte sich zunehmend. »Weiß Roland Bescheid? ... St. Vinzentus. Ich komme! Ich fahre gleich los ... Nein, nein, ich komme. Bis später.«

Nachdem das Gespräch beendet war, saß sie da wie zur Salzsäule erstarrt.

»Das darf einfach nicht sein.«

»Was ist denn los?«

»Vera wollte mit dem Kleinen zurückkommen, weil seine Bronchitis immer schlimmer wurde. Sie sind auf der Autobahn in einen Stau geraten. Ein Lkw konnte nicht mehr rechtzeitig bremsen und ist in den Wagen meiner Tochter gefahren. Sie ist mit Jannik in einem Krankenhaus in der Nähe von Worms.« Inzwischen war sie so bleich, als hätte sie keinen Tropfen Blut mehr im Leib.

»Ich fahre gleich durch zum Krankenhaus, Mila. Mein Schwiegersohn ist schon unterwegs. Nehmen Sie sich zurück ein Taxi.«

»Und was ist mit Emma?«

»Ich informiere die Kollegen von unterwegs.«

Kaum war ich aus dem Auto gestiegen, raste sie auch schon davon.

Hannes Freutner hatte die ganze Zeit über in der Tür gewartet, nun kam er zu mir.

»Ist was?«

»Ihre Tochter hatte einen Unfall. Sie fährt zum Krankenhaus. Ihr Enkel war auch im Wagen.«

Gemeinsam schauten wir die Straße hinunter. Frau Moosers Wagen war nicht mehr zu sehen, und ich hatte nicht mal mein Handy dabei, um Hugo anzurufen, damit er mich holen kam, geschweige denn das Geld für ein Taxi.

»Kann ich bei Ihnen telefonieren? Oder gibt es hier einen Bus, der Richtung Heidelberg fährt?«

»Wenn Sie möchten, fahre ich Sie«, bot Hannes Freutner an.

Es gab sie doch noch, die Kavaliere.

»Gern, danke.«

»Ich muss nur schnell ein paar andere Schuhe anziehen. Kommen Sie kurz mit rein.«

Ich folgte ihm zurück ins Haus und blieb im Flur stehen. Freutner zog sich an der Garderobe Schuhe und Jacke an, dann klopfte er suchend seine Taschen ab.

»Bin gleich wieder da. Mein Autoschlüssel muss in der anderen Jacke sein.«

Er lief die Treppe hoch. Kaum war er weg, kam das kleine schwarze Etwas aus dem Wohnzimmer. Murkel schmiegte sich an meine Beine und ließ sich kurz streicheln, um dann mit hoch erhobenem Schwanz ins Wohnzimmer zu laufen. Sie gab ein jämmerliches Miauen von sich, so jämmerlich, dass ich ihr folgte. Die Katze saß vor der Terrassentür und schaute mich flehentlich an.

»Ich glaube, Murkel will raus«, rief ich Richtung Treppe. »Soll ich ihr aufmachen?«

Es kam keine Antwort, dafür maunzte die Katze schon wieder. Sie war hier hereingekommen, dann durfte sie hier wahrscheinlich auch wieder raus. Ich drückte den Hebel an der Tür hinunter, so wie es eben Hannes Freutner getan hatte.

Meine Angst meldete sich, ganz kurz nur. Korffkes' Fratze kam mir in den Sinn. Aber Frau Mooser hatte nachgesehen. Auf der Terrasse trieben sich keine bösen Menschen herum. Ich musste endlich lernen, meine Ängste in Schach zu halten.

Hätte es die Katze nicht gegeben, hätte ich die Tür nicht geöffnet. So aber zog ich sie auf. Die Zweige des Oleanders wiegten sich im Wind. Eine Biene summte, ein Vogel zwitscherte. Eine wahre Gartenidylle.

Hätte ich die Tür nur zugelassen.

21

Auf der Terrasse war niemand, der sich dort versteckt hielt. Niemand, der auf mich zugestürmt kam oder mit wutverzerrter Fratze einen Blumenkübel nach mir werfen wollte. Was das Unheil über mich brachte, war so banal, dass ich es fast übersehen hätte. Am Rand der Terrasse stand ein Wäscheständer. Daran hingen dicht an dicht Unterhosen, einige T-Shirts und eine ganze Reihe von Socken, die meisten in dunklen Farben, schwarz und grau. Zwei aber hatten ein frohes helles Blau, und es waren dicke gelbe Punkte darauf. Ich ging zum Ständer und nahm eine der Socken ab. Die gelben Flecken auf dem hellblauen Grund waren kleine Homer Simpsons. Zwei Streben weiter hing ein T-Shirt im gleichen Hellblau.

Der Jogger, der auf dem Stufenweg vom Schloss an mir vorbeigelaufen war – ich hatte immer nur an seine königsblaue Jacke gedacht. Aber ich hatte auch seine Socken gesehen. Socken, wie ich sie Hugo einmal zum Geburtstag geschenkt hatte. Und unter der Jacke des Joggers hatte ein T-Shirt herausgeschaut, im gleichen Hellblau wie seine Socken. Socken mit kleinen gelben Homer Simpsons darauf.

Hannes Freutner hatte behauptet, er wäre nicht am Schloss gewesen, weil es ihm angeblich nicht gelungen war, das Hexenrätsel zu lösen. Aber dass beides hier hing, das konnte doch kein Zufall sein? Freutner musste oben am Schloss gewesen sein. Er war es, der mir auf dem Stufenweg hinterhergelaufen war.

Irgendetwas stimmte hier nicht. Ich sollte mit jemandem von der Kripo sprechen, und zwar schnell. Doch erst einmal musste ich hier weg. Am besten, ich schlich mich einfach raus. Oder tat so, als wäre nichts. Als hätte ich nicht herausgefunden, dass er gelogen hatte. Warum nur? Er war doch selbst Opfer. An der Kapelle hatte er mich bedroht, um an den Umschlag zu kommen. Was war hier los? Ich wollte die Socke zurückhängen, doch es war zu spät.

»Und, können wir fahren?«

Hannes Freutner stand an der Terrassentür.

»Ich ...«

Die Art, wie er mich ansah, so als würde er bis in den hintersten Winkel meiner Seele schauen, ließ mich stocken. Er hatte mein Erschrecken längst bemerkt. Freutner kam auf mich zu, nahm mir mit einem Lächeln die Socke ab und hängte sie wieder zurück.

»Hübsch, nicht? Ich bin ein großer Fan von den Simpsons. Die Socken hat mir meine Frau einmal geschenkt. Sie sind schon ziemlich alt, ich hätte sie längst wegwerfen sollen.«

Er legte den Arm um meine Schulter und schob mich mit sanftem Druck Richtung Tür, als wäre ich eine Verwirrte, die man zurück ins sichere Haus begleiten musste. Dieser milde Tonfall. Der wusste, dass etwas nicht stimmte. Es hatte keinen Sinn mehr, so zu tun, als wäre nichts.

»Sie waren oben am Schloss. Sie sind auf dem Stufenweg hinter mir hergelaufen. Warum haben Sie gelogen? Sie haben gesagt, Sie hätten das erste Rätsel nicht gelöst!«

»Kommen Sie.« Er schob mich weiter. »Ich kann das erklären. Aber das muss nicht die ganze Nachbarschaft hören.«

Freutner schloss die Tür hinter uns und drückte den Hebel wieder hinunter. Wir standen uns gegenüber. Er sah nach unten, auf seine Schuhe.

»Warum haben Sie gelogen?«, fragte ich.

Freutner hob den Kopf. Dann holte er aus. Seine Faust traf meine Wange. Ich taumelte zurück, stolperte, stürzte rücklings zu Boden, betäubt vom Schmerz.

»Du hast mir schon genug versaut«, stieß er hervor. »Du wirst mir nicht noch mehr Ärger machen.«

Ich versuchte, mich aufzurichten. Der nächste Schlag. Der Schmerz war überall, dumpf und schrill zugleich. Ich sah die

Zimmerdecke. Ein Gesicht tauchte über mir auf, Augen voller Wut. Die Welt begann zu verschwimmen. Ich versank in der Dunkelheit.

Flo strich mir über die Wange. *Was machst du denn hier, Schätzchen?* Ich war so froh, dass sie da war. Ich lag auf der Wiese in unserem Garten. *Kommst du?*, rief Flo. Sie drehte sich weg, wurde kleiner und kleiner. Ein Punkt, der sich mit dem hellen Blau des Himmels vereinte. Ich musste ihr nachgehen, wollte aufstehen, aber meine Beine waren zusammengewachsen. Das Gras hatte sich um sie geschlungen. Der Schmerz kehrte zurück. Mein Kopf war voll davon. In meiner Wange pochte es. Der Boden unter mir war hart. Nein, ich lag nicht im Gras. Ich wollte nicht wissen, wo ich war. Ich wollte nicht zurück in das, was mich erwartete. Doch ich konnte ihn hören. Er hatte sich bewegt.

Meine Lider waren bleischwer, mit Mühe öffnete ich die Augen. Freutner saß auf dem Rand einer Badewanne, in der Hand eine offene Bierflasche. Durch ein Fenster mit einer Milchglasscheibe fiel gedämpftes Licht herein. Fliesen an den Wänden und am Fußboden. Das war das Badezimmer. Ein großes Badezimmer mit grauen Fliesen.

»Na, da sind wir ja wieder!«, begrüßte er mich.

Ich lag auf der Seite, einen guten Meter von ihm entfernt. Mein Gesicht berührte den Boden, meine Hände waren hinter dem Körper zusammengezurrt. Als ich versuchte, sie zu bewegen, spürte ich einen schneidenden Schmerz an meinen Handgelenken.

»Es war ein Fehler zu behaupten, ich wäre nicht am Schloss gewesen. Das sehe ich jetzt ein«, sagte Freutner. »Aber ich dachte, besser, die Polizei glaubt von Anfang an, ich wäre nicht die hellste Kerze auf der Torte. Dann kommen sie gar nicht auf die Idee, ich könnte auf der anderen Seite stehen.«

Ich krümmte mich und sah an meinen Füßen den weißen Kabelbinder, der meine Knöchel zusammenschnürte.

»An die Socken habe ich wirklich nicht gedacht. Die Jacke,

die ich anhatte, habe ich entsorgt. Aber die Socken? Na ja, auch der Klügste macht einmal einen Fehler.«

Hannes Freutner sah so freundlich und harmlos aus, wie er dasaß. Was für eine Täuschung.

»Trotzdem, bis auf dich läuft eigentlich alles perfekt. Was habe ich für ein Glück gehabt, dass Korffkes sich so aufgeführt hat! Und jetzt verdächtigt deine Kripo-Freundin auch noch Rolf. Das ist wie ein Sechser im Lotto! Ich hoffe, der Klugscheißer bekommt so richtig Ärger.«

Ich schloss die Augen, aber Flo kam nicht zurück. Hinter meinen Lidern blieb es dunkel, sosehr ich mir auch wünschte, ich könnte den hellblauen Himmel wieder sehen.

»Willst du wissen, was passiert ist?« Freutner beugte sich vor. »Ich erzähle es dir. Ich bin froh, dass ich jetzt einmal darüber reden kann. Ich musste immer alles für mich behalten, darunter habe ich gelitten, weißt du.«

Er reckte den Kopf vor und schaute auf mich herab, als wäre er ein Raubvogel, in dessen Krallen die Beute zappelt.

»Du sollst die Wahrheit erfahren. Du bist sozusagen eine Auserwählte, es ist eine besondere Ehre, die dir zuteilwird. Also, ich gebe zu, das mit den Rätseln war ein Flop. Aber nur, weil Emma sich nicht an die Spielregeln gehalten und dich eingeschaltet hat. Ich habe gedacht, für das Ripolaxin tanzt sie nach meiner Pfeife. Aber Emma ist nun mal eben Emma. Unzuverlässig und egoistisch.« Er drehte die Flasche in seinen Händen. »Man sagt, die Hexe ist die Geliebte des Teufels. Ich war kein Teufel, Emma hat mich dazu gemacht. Sie hätte es so gut mit mir haben können, aber sie wollte lieber mit ihrem verkorksten Rolf zusammen sein. Er verlässt sie, und was tut Emma? Beendet das mit uns, weil sie denkt, der tolle Rolf kommt dann zurück zu ihr.«

Es nutzte nichts, die Augen zu schließen. Ich hörte seine Stimme. Er war da, das war meine Realität, nicht Flo und der hellblaue Himmel.

»Ein halbes Jahr lang trifft sie sich mit mir in einem Hotel in Heidelberg zum Vögeln, nur um mich dann abzuservieren. Weißt du, was mich das gekostet hat? Alles. Absolut alles. Als sie mir den Laufpass gegeben hat, habe ich so getan, als wäre das kein Problem für mich. Ich habe ihr den Triumph nicht gegönnt, dass sie mich winseln sieht.«

Bisher war ich zu benommen gewesen, um Angst zu haben. Doch nun kroch sie vom harten steinernen Boden in mich hinein, flüsterte in meinem Kopf: Der lässt dich nicht mehr gehen. Der kann dich gar nicht mehr gehen lassen. Der wird dich töten. Aber ich wollte nicht sterben. Ich wollte auf Emilios und Hugos Verlobungsfeier weinen, wollte auf der Alten Brücke stehen und den Nebel sehen, der frühmorgens über dem Neckartal hing.

»Linda wusste von nichts. Ich habe gesagt, ich liebe sie nicht mehr. Damals stimmte das auch. Sie ist mit dem Jungen ausgezogen. Ich hatte vor, mit Emma neu anzufangen.«

Freutner trank an seinem Bier und fuhr sich danach mit dem Handrücken über den Mund.

»Für mich war klar, dass sie Rolf verlassen wird, wenn ich frei bin. Aber dann war Rolf derjenige, der sich getrennt hat, und es ging nur noch darum, dass sie ihn wiederhaben wollte. Emma hat mit mir gespielt. Die hat mich nur benutzt, um ihr Selbstwertgefühl aufzupäppeln.«

Eine Welle durchströmte meinen Körper, heiß und drängend. Ich sollte weglaufen, kämpfen, aber ich konnte mich kaum regen. Ich wusste nicht, wie lange ich bewusstlos gewesen war, zumindest lange genug, um ins Bad gezerrt zu werden, wo die Milchglasscheibe verhinderte, dass mich jemand sah.

Hugo und Emilio würden irgendwann Alarm schlagen, wenn ich nicht nach Hause kam. Aber wann? Noch dachten sie, ich wäre mit Frau Mooser unterwegs. Es konnte Stunden dauern, ehe jemandem auffiel, dass ich verschwunden war.

»Hörst du mir auch zu?«, herrschte Freutner mich an.

Ich bewegte meinen schmerzenden Kopf, nickte.

»Linda hat gleich nach unserer Trennung einen anderen

kennengelernt. Sie will von mir nichts mehr wissen, bis auf ihren Anteil am Haus, den ich ihr auszahlen soll. Mein Sohn sagt ›Papa‹ zu ihrem Neuen.« Ein verächtlicher Zug hatte sich um Freutners Mund gelegt. »Dann habe ich auch noch meinen größten Kunden verloren, weil ich nichts mehr auf die Reihe bekommen habe, nachdem Emma mich abserviert hatte. Ich habe den Auftrag nicht erledigen können, weil ich nur noch an sie gedacht habe. Wie soll ich kreativ sein, wenn ich verhext wurde?«

Er verstummte. Worüber dachte der Teufel nach? Darüber, wie er mich am besten beseitigen konnte? Ich sollte mit ihm reden. Besser, er redete mit mir, als dass er nachdachte. Sie würden mich irgendwann suchen.

»Und die Rätsel?« Das Sprechen fiel mir schwer. Erst jetzt merkte ich, wie geschwollen meine Wange war. »War das Ihre Rache?«

»Das hatte mit Rache nichts zu tun, da ging es um Gerechtigkeit. Ich habe mir geschworen, dass ich es Emma heimzahle. Alles habe ich mir wegen ihr ruiniert. Dabei war sie diejenige, die mich angebaggert hat.«

Freutner fing an, das Stanniolpapier am Flaschenhals abzureißen. Er ließ die kleinen Fetzen zu Boden fallen. Goldene Flocken auf grauem Grund.

»Dass ich Lars Schwinkler wieder getroffen habe, das hat das Schicksal so gewollt. Ich habe vor zig Jahren mit ihm zusammen Handball gespielt. Nach der Trennung war ich mal abends in Mannheim in einer Kneipe. Lars saß mit Porchertz am Tresen, einem Kumpel von ihm. Da lief ein Fernseher, sie brachten einen Bericht über ein paar Kerle, die einen Haufen Goldmünzen aus einem Museum geklaut hatten. Wir haben angefangen rumzuspinnen, was wir mit der Kohle machen würden. Dann kam Lars auf die Idee mit den Medis. Er hatte eine Freundin, die in einem Medikamentenlager gearbeitet hat. Das ist so gut wie Gold, hat er gesagt. Ich wusste, wie recht er hatte, nach dem ganzen Drama um das Ripolaxin.«

Freutner starrte mit leerem Blick vor sich hin. Aber das Herz des Teufels war so voller Hass und Traurigkeit, dass es überlief. Freutner wollte erzählen. Er musste erzählen.

»Bei den Rätseln hätte ich bestimmt, wie es läuft, nicht Emma. Sie sollte einmal dasselbe fühlen wie ich: erst voller Hoffnung sein, weil das, was man sich so sehr wünscht, zum Greifen nah ist – und dann leer ausgehen. Aus voller Höhe ungebremst auf den Boden knallen. Im ersten Brief habe ich angekündigt, sie könnte bei jedem Rätsel mehr Ripolaxin kaufen. Beim letzten Durchgang angeblich den Vorrat für ein ganzes Jahr. Hunderttausend hätte sie dann zahlen müssen, aber bei diesem Durchgang hätte sie für ihr Geld nichts bekommen, nur einen Sack voll Enttäuschung. So wie sie mich enttäuscht hat.«

Freutner stand auf und stellte sich breitbeinig vor mich.

»Es wäre eine klitzekleine Genugtuung für das gewesen, was sie mir angetan hat. Und wer hat's versaut?«

Das Pochen in meinen Ohren wurde zu einem Trommelwirbel. Ich drehte mein Gesicht zu Boden, doch er packte meine Haare und zog meinen Kopf hoch, sodass ich ihn ansehen musste.

»Welche dreiste Tussi hat sich eingemischt, obwohl es sie nichts anging?«

»Es tut mir leid.« Der Schmerz trieb mir die Tränen in die Augen. »Ich wollte nur helfen.«

Er ließ mich los. Gott sei Dank. Ich unterdrückte den Drang, durch den Mund zu atmen, um besser Luft zu bekommen. Es würde nur darin enden, dass ich mich vollpumpte, bis mir schwindlig wurde. Ich musste funktionieren. Musste mit ihm reden.

»Weshalb waren Sie dann an der Kapelle?«

»Weshalb?« Freutner lächelte, zynisch, überheblich. »Weil ich genial bin. Nachdem klar war, dass Emma geplaudert hatte, wollte ich die Rätsel erst einstellen. Aber dann hatte ich eine bessere Idee: Ich machte mich zum Opfer. Der beste Schutz von allen. Ich wusste nicht, ob sie auch Rolf davon erzählt hatte. Der wäre garantiert zu den Bullen gerannt. Als Mitspieler aufzutauchen war meine Tarnung. Und der Tanz auf dem Feuer. Ich habe es genossen. Ich habe sie alle in die Irre geführt.«

Er trank an seinem Bier. Der Trommelwirbel in meinen Ohren wurde leiser.

»Ich habe an der Kapelle gewartet. Statt Emma kamst du schon wieder. Ich hatte mich präpariert, für den Fall, dass die Polizei auftauchen würde, und die Tankquittung griffbereit in der Tasche. Als dann die Dicke angerannt kam und tatsächlich was von Polizei schrie, habe ich die Quittung fallen lassen. Ich wusste, die würden mich darüber ausfindig machen. Das war tausend Mal glaubwürdiger, als wenn ich einfach stehen geblieben wäre. Ich habe der Polizei bei meiner Vernehmung sogar bereitwillig das zweite Codewort genannt. Selbst wenn sie darüber weiterkommen würden, ich war ja auch nur armes Opfer. Ein guter Plan. Ein verdammt guter Plan.«

Wenn ich überleben wollte, musste ich Zeit schinden. Ihn bei Laune halten. Ihm etwas für seine gekränkte männliche Eitelkeit geben, um ihn zu besänftigen. Zum Glück sprach er weiter.

»Korffkes hatte in der Gruppe mal einen kleinen Vortrag über das AWS und Lewis Carroll gehalten. Das ist mir wieder eingefallen, als ich nach meinem ersten Codewort gesucht habe. ›Carroll2701‹. Ohne Korffkes wäre ich wahrscheinlich gar nicht darauf gekommen. Sehr passend für mein Spiel. Als ich Emma dann die Idee eingeflüstert habe, Korffkes könnte hinter den Rätseln stecken, hat sie sofort angebissen. Emma traut Korffkes alles zu. Was für ein Glück, dass der uns mal gedroht hatte.«

»Ja, das war alles sehr klug von Ihnen«, lobte ich ihn.

»Ganz genau. Aber weißt du, was Emma zu mir gesagt hat, als sie mir den Laufpass gegeben hat? Rolf gebe ihr so viel intellektuelle Anregung und Sicherheit im Leben, darauf wolle sie nicht verzichten. Schon als sie Rolf kennenlernte, hätte sie sich in seinen Intellekt verliebt. Emma hat nie im Leben damit gerechnet, dass ich hinter den Rätseln stecke. Ich bin sicher, sie glaubt, für so etwas fehlt mir der ... *Intellekt*.«

Er stützte eine Hand auf die Kante der Wanne, legte den Kopf in den Nacken, setzte die Flasche an und ließ das Bier durch die Kehle laufen.

»Bestimmt haben Sie sich etwas bei den Rätseln gedacht.«

»Allerdings, das habe ich. Rolf hat sich einmal über mich lustig gemacht, weil ich nicht wusste, dass Schlierbach zu Heidelberg gehört, das Arschloch. Was er nicht wusste, ist, dass ich Emma dort das erste Mal geküsst habe. Bei einem Spaziergang oben am Wolfsbrunnen. Aber der Wolfsbrunnen kam für ein Rätsel nicht in Frage, dann hätte Emma es vielleicht geschnallt. Also habe ich die Kapelle genommen. Schlierbach musste dabei sein. Unser erster Kuss. Eine kleine Sentimentalität.«

»Und warum die Kirche in Handschuhsheim?«

»Die Kirche. Die schöne Friedenskirche.« Ein Hauch von Wehmut lag in seiner Stimme. »Ich war dort einmal bei der Hochzeit von Freunden, da lief die Sache mit Emma und mir gerade. Als ich in der Kirche saß, habe ich mir vorgestellt, wie wir beide da vorn stehen. Dort wollte ich Emma heiraten. Ein Leben mit ihr, das wäre damals für mich der Himmel auf Erden gewesen. Ich habe Emma geliebt, wie ich noch nie einen Menschen geliebt habe. Ihr Lachen, ihren Körper, ihre Stimme, einfach alles an ihr. Ich denke immer noch an sie. Jeden Tag. Wenn ich aufwache, wenn ich schlafen gehe. Ständig. Aber heute hasse ich sie.«

Er sah auf die Fliesen am Boden. Wie eine Putzfrau, die einen hässlichen Fleck entdeckt hat und überlegt, wie sie ihn beseitigen kann.

»Und den Hexenring haben Sie ausgesucht, weil Emma so böse ist?«

»Ist doch ein passendes Rätsel für eine Hexe, oder etwa nicht?«

Er wischte mit der freien Hand über die Kante der Badewanne. Seine Augen glänzten, als würde er gleich anfangen zu weinen. Aber er hatte sich schnell wieder unter Kontrolle. »Die Rätsel sind gefloppt. Trotzdem, es war mir eine Genugtuung, auch wenn mein Plan nicht funktioniert hat. Ich bin nämlich genauso schlau wie Rolf, der Klugscheißer. Ich bin sogar noch viel schlauer. Der Torturm mit dem Hexenring, der ehemalige Gutleuthof und die Friedenskirche. Hexenring, Gutleuthof, Friedenskirche. H, G, F. Meine Initialen. Hannes Gereon Freutner. Eine kleine Raffinesse, auf die niemand gekommen ist, weil sie alle zu dumm sind.« Stolz schwang in seiner Stimme. »Genauso wie sie auf die falschen Hinweise reinfallen werden, die ich in Lars' Wohnung hinterlassen habe. Lars war leider zu gierig. Mein zweiter Mord, nach Porchertz. Aber nicht mein letzter. Wenn man einmal die Schwelle überschritten hat, passiert etwas … Danach wird ganz anderes denkbar. Auch für Emma. Ich habe mir etwas Neues für sie ausgedacht.«

Das Kribbeln in meinen Händen wurde unerträglich. Ich bewegte meine Finger, aber es kribbelte nur noch mehr. Ich konnte ihm ansehen, dass er auf meine Frage wartete. Er wollte sich weiter damit brüsten, wie klug und raffiniert er war. Ich tat ihm den Gefallen.

»Und was haben Sie sich ausgedacht?«

Freutner machte den Rücken gerade, als käme nun eine wichtige Ansage. Der Teufel gab seinen neuen, genialen Plan bekannt.

»Emma mit den Rätseln das Geld aus der Tasche zu ziehen, war sowieso viel zu nett«, sagte er. »Das nächste Spiel für Emma wird eine Art Russisch Roulette. Es ist allerdings so, dass es auf jeden Fall schlecht für sie endet. Die Frage ist nur, wann. Hexen muss man ausrotten. Emma muss sterben. Sonst bekomme ich sie nie aus meinem Kopf. Wenn sie tot ist, ist endlich Ruhe. Dann kann sie niemand mehr haben.«

»Soll sie sich einen Revolver an den Kopf halten?«

»Viel zu simpel. Nein, Emma schluckt solche weißen Vitaminkapseln. Sie hat davon eine Dose im Bad stehen. Ich habe mir die gleiche Sorte gekauft und in eine davon Zyankali gefüllt. Man sieht von außen keinen Unterschied. Von Lars konnte man alles kriegen, wenn man ihm genug Geld in den Rachen geworfen hat. Gift, eine Pistole, der hatte gute Kontakte. Ich werde Emma besuchen. Sie flirtet immer noch gern mit mir, wenn ihr Rolf außer Reichweite ist. Als ich einmal nach dir gefragt habe, hat sie sich geärgert. Ab da war es mir ein Genuss, so zu tun, als wollte ich etwas von dir. Die einzige Toilette in Emmas Wohnung ist im Bad. Nach meinem Besuch ist eine Kapsel mehr in der Dose. Aber das werde ich erst tun, kurz bevor ich hier abhaue. Ich überlege, nach Argentinien zu gehen. Oder nach Ecuador. Mal sehen.«

Ich schloss die Augen, ein paar Sekunden nur, ich wollte ihn nicht mehr sehen. Der redete davon, dass Emma böse war, weil sie ihre Affäre mit ihm beendet hatte, und plante selbst einen Mord. Wer war hier der Irre? Bestimmt nicht Rolf Brixener. Freutner hatte mich verfolgt, mit dem Stein nach mir geworfen und mich auf die Straße gestoßen. Meine Strafe dafür, dass ich dem Irren in die Quere gekommen war.

»Sie waren das«, sagte ich. »Sie haben versucht, mich umzubringen.«

Doch Freutner lachte nur heiser.

»Redest du von deinem Verfolger? Tut mir leid, da muss ich dich enttäuschen. Damit habe ich nichts zu tun, auch wenn du es verdient hättest.«

»Sie lügen.«

»Ach, Mädchen, weshalb sollte ich dich noch anlügen? Aber die Nummer ist echt gut. Als wir uns vor der Polizei getroffen haben und du mir davon erzählt hast, hatte ich echt Mühe, nicht loszuprusten.«

Ich erinnerte mich, wie er neben mir auf den Stufen gesessen und sein Gesicht hinter den Händen versteckt hatte. Ich hatte gedacht, er wäre verzweifelt und wütend wegen Korffkes. Dabei hatte er sich das Lachen verkneifen müssen.

»Während ich dir vom Schloss hinterher bin, war ich so

wütend auf dich, dass ich mir tatsächlich ausgemalt habe, dich zu erwürgen. Aber dafür warst du nicht wichtig genug. Ich habe unten in einem Hauseingang gewartet und bin dir weiter gefolgt, weil ich sehen wollte, ob du Emma triffst. Nachdem ich fast eine Stunde das Haus beobachtet habe, bin ich wieder weg. Das Risiko aufzufallen war zu hoch. Das war es auch schon. Mit dem anderen habe ich nichts zu tun.« Hannes Freutner stand auf. »Aber jetzt müssen wir unseren kleinen Plausch langsam beenden. Es war wirklich nett, sich mit dir zu unterhalten. Das tat richtig gut.«

Er ging hinaus. Was jetzt?

Es dauerte keine zwei Minuten, und er kam mit einer Rolle Paketband und einer Schere zurück. Dann verkündete er sein Urteil.

»Ich werde dich jetzt nach Heidelberg bringen und am Bismarckplatz absetzen. Du willst das unbedingt so.«

Ich wusste, was kam. Er wollte mir den Mund zukleben. Ich senkte den Kopf so weit es ging, aber Freutner drängte sich hinter mich, packte in meine Haare und klemmte meinen Kopf zwischen seine Knie. Ich schrie auf, er drückte mein Kinn nach oben. Dann klebte er mir das Band quer über den Mund.

»Das wird ein schönes Ende. Ich lasse dich fliegen. Ein wunderbarer letzter Augenblick in deinem kleinen, verzweifelten Leben.«

Der Druck seiner Knie an meinen Schläfen verschwand, er hatte meinen Kopf aus dem Schraubstock gelassen. Ich sank zu Boden.

»Keine Sorge, ich bin bald wieder zurück.«

Ich hörte, wie er die Badezimmertür von außen abschloss. Es dauerte eine Weile, bis ich mich traute, den Kopf zu heben. Doch, er war weg.

Was hatte er vor? Fuhr der nach Heidelberg – ohne mich? Wie viel Zeit blieb mir, um mein kleines, verzweifeltes Leben zu retten?

22

Ich suchte mit meinen Augen den Raum nach einer scharfen Kante ab, nach irgendetwas, das mir helfen konnte, das Plastikband an meinen Handgelenken durchzuscheuern. Aber es gab nur eine Heizung mit abgerundeten Rippen, eine Badewanne mit einer Kante, die mit Sicherheit nicht scharf genug war, und die Toilette, die überhaupt keine Kante hatte. Also versuchte ich, meine Hände hin und her zu bewegen, um das Plastikband zu lockern. Doch es gab nicht nach, sondern fraß sich nur tiefer in meine Haut. Je mehr ich mich abmühte, umso schneller ging mein Atem. Der Drang, nach Luft zu schnappen, wurde immer größer, aber das Paketband über meinem Mund machte es unmöglich. Es war so fest, dass ich schon jetzt meine Lippen kaum noch spürte.

Seit Jahren kämpfte ich gegen die Panik. Wenn sie mich erwischte, glaubte ich, ersticken zu müssen, schnappte nach Luft und pumpte mich voll wie ein Ballon, bis mir schwindlig wurde. Jetzt aber, wo ich nur durch die Nase Luft bekam, war die Angst, ersticken zu müssen, so übermächtig wie noch nie. Ich wusste, ich durfte nicht schneller atmen, es würde nur schlimmer werden.

Ich gab den Versuch auf, meine Hände zu befreien, schaute auf die Kacheln der Badewanne und versuchte, meine Atmung zu kontrollieren. Zählte beim Einatmen, zählte beim Ausatmen. Immer wieder.

Die Kacheln an der Wanne waren leicht marmoriert. Zarte weiße Schlieren hellten das dunkle Grau auf. Einatmen, ausatmen. Pause. Nicht an den Tod denken. Nicht an das, was noch kommen würde. Emilios und Hugos Verlobung. Wenn ich verschwunden bliebe oder meine Leiche schon gefunden worden wäre, würde es kein Fest geben. Ich sah die beiden in der Küche sitzen, Hand in Hand, sprachlos, schockiert. Frau

Mooser würde sich den Rest ihres Lebens Vorwürfe machen, weil sie mich allein gelassen hatte. Die Tränen stiegen mir in die Augen. Ich kämpfte dagegen an. Jetzt zu weinen wäre genauso schlimm wie eine Panikattacke. Ich würde keine Luft mehr bekommen.

Der Boden war im gleichen Grau gefliest wie die Wanne, aber mit kleinen quadratischen Kacheln. Ich zählte alle, die ich sehen konnte. Ruhig weiteratmen, sonst würde ich ersticken. Ich konnte mich jetzt und hier nicht befreien, es war unmöglich. Ich konnte nur dafür sorgen, mir nicht selbst die Luft zu nehmen, bis Freutner wieder zurückkam. Vierunddreißig Kacheln, achtundfünfzig Kacheln. Siebenundsechzig Kacheln. Noch einmal von vorn. Ich zählte die Kacheln immer und immer wieder. Die weißen Schlieren fingen an, sich in Bilder zu verwandeln. Wolken. Schaumkronen auf den Wellen. Fünfundvierzig. Vierundsechzig. Zählen, nicht weinen. Es war genug Luft da, wenn ich nur ruhig blieb. Siebenundsiebzig. Vierundachtzig. Eine Gardine. Ein Vogel, der mit ausgebreiteten Flügeln dahinschwebte.

Irgendwann hörte ich auf damit. Mein Kopf war leer. Ich schloss die Augen. Ich wollte Hugos und Emilios Trauzeugin sein. Ich musste hier rauskommen. Aber dazu brauchte ich Freutner.

Die Zeit kroch dahin. Es dauerte ewig, bis ein Geräusch zu hören war. Schritte auf dem Flur. Der Schlüssel an der Badezimmertür wurde umgedreht.

Hannes Freutner schaute kurz herein, sah, dass ich noch da war, wo er mich haben wollte, auf dem Boden, hilflos und sicher verschnürt wie ein Paket, und schloss die Tür wieder. Kurz darauf erklang seine Stimme. Hatte er jemanden mitgebracht? Nein, er telefonierte. Ich konnte nicht alles verstehen, aber es ging um mich. Und darum, dass er gerade aus Heidelberg zurückgekommen war.

»Ja, hallo, Linda. Ja, ich wollte dir nur … Stell dir vor … habe ich eben zurückgefahren. Die war vielleicht seltsam drauf … hat geheult, weil die Polizistin sie hier hat stehen lassen … war ätzend voll in der Stadt. Danach war ich noch bei der Kripo … Ach, nichts Wichtiges. Aber vielleicht hätte ich denen besser gesagt, dass die so mies drauf war … Wie gesagt, ich werde die Vereinbarung unterschreiben … Ich muss jetzt an meinen Schreibtisch, ich bin sowieso schon in Verzug … Ja, mach's gut. Ich bringe dir die Unterlagen vorbei …«

Noch zwei, drei Minuten, und die Tür öffnete sich wieder. Freutner kam herein, ich sah das Messer in seiner Hand, und er sah die Panik in meinen Augen.

»Keine Angst. Ich werde dich schon nicht abstechen.«

Er fing an, den Kabelbinder an meinen Fußgelenken aufzuschneiden. Ein Ruck und meine Füße waren frei. Ich konnte davonlaufen. Ich brauchte nur eine Chance.

»Also, auf geht's!«

Freutner zerrte mich hoch, doch meine Füße waren so taub, dass ich kaum darauf stehen konnte. Zum Davonlaufen völlig ungeeignet. Ich sackte wieder zusammen. Er stützte mich, legte seinen Arm um meine Taille und schleppte mich aus dem Bad, den Flur lang, bis zu einer Tür, die offen stand und ins Freie führte. Draußen umfing mich die Luft des Spätsommers. Ein Hauch von Leben. Der Rasen, eine verblühte Hortensie. Noch ein paar Meter auf einem plattierten Weg, der hinter dem Haus entlangführte, und er dirigierte mich durch die nächste offen stehende Tür in die Garage. Drinnen stand der schwarze Golf mit offener Heckklappe, die Rückbank war zurückgeklappt.

»Da rein!«, befahl er. »Nun mach schon!«

Freutner drängte mich in den Wagen, bis ich mit angezogenen Beinen auf der Ladefläche lag. Etwas Weiches fiel über mich, er hatte mich unter einer Decke verschwinden lassen. Ich versuchte, sie abzustreifen, bewegte den Kopf hin und her, aber es gelang mir nicht.

Dann fuhren wir. Etwas dumpf hörte ich von vorn eine Männerstimme, die sang »… ein Stern, der deinen Namen

trägt … alle Zeiten überlebt und über unsere Liebe wacht …«
Freutner hörte Musik. DJ Ötzi.

Ich begann, meine Füße zu bewegen. Sie prickelten, als würden tausend Nadeln hineingestochen, doch ich machte weiter. Mit tauben Füßen konnte ich nicht weglaufen. Er würde mich wieder aus diesem Wagen herausholen müssen, dann kam meine Chance. Ich krümmte die Zehen. DJ Ötzi sang in einer Endlosschleife »Ein Stern, der deinen Namen trägt«. Ein Liebeslied für Emma?

Wir fuhren auf ebener Strecke. Ich versuchte einige Male, mich aufzurichten, aber mit zusammengebundenen Händen war es unmöglich. Ich musste noch warten. Nicht mehr lange, und meine Chance würde kommen. DJ Ötzi. Immer wieder DJ Ötzi. Kilometer um Kilometer, sicher eine halbe Stunde lang. Nie mehr in meinem Leben würde ich dieses Lied anhören können.

Das Kribbeln in meinen Füßen wurde weniger, die Strecke änderte sich. Anscheinend ging es nun eine kurvige Straße hoch. Ich rutschte zur Seite, dann Richtung Heckklappe. Noch eine Kurve, wir fuhren weiter bergan.

Freutner verlangsamte das Tempo, und DJ Ötzis musikalische Liebeserklärung erstarb mitten im Wort. Wir hielten. Es war so weit. Sobald ich wieder auf den Beinen stand, würde ich losrennen.

Die Heckklappe ging auf, die Decke wurde weggezogen. Kühle, frische Luft strömte in den Wagen. Freutner half mir, mich im offenen Heck aufzusetzen. Wir parkten auf einem großen, leeren Platz, der von Bäumen und Gebüsch umgeben war, irgendwo im Wald. Meine Füße berührten den Boden. Ich stellte mich auf, langsam und unbeholfen, als würde ich jede Bewegung zum ersten Mal in meinem Leben machen. Diesmal trugen meine Füße mich. Ich sah mich um. Hier hatte es keinen Sinn davonzulaufen, Freutner würde mich sofort einholen. Ich musste auf eine bessere Gelegenheit warten. Als ich stand, schnitt Freutner auch den Kabelbinder an meinen Handgelenken auf. Meine Arme fielen auseinander und baumelten an mir herab wie zwei Äste, die nur noch durch ein paar Fasern mit dem Stamm verbunden waren. Aber sie waren frei. Damit hatte ich nicht gerechnet. Ein paar Minuten noch, dann würde ich wieder greifen, schlagen, stoßen können. Auch das Klebeband riss er von meinem Mund. Es tat höllisch weh, so als wäre meine Haut daran kleben geblieben. Ich holte Luft, wollte um Hilfe rufen, doch schon hatte Freutner eine Pistole aus dem Hosenbund gezogen und richtete sie auf mich.

»Halt die Klappe und tu, was ich sage, dann kann es für dich noch gut ausgehen. Aber nur ein Ton und ich knalle dich ab.« Er deutete auf das Gebüsch an der Seite, in das ein schmaler ausgetrampelter Pfad führte. »Da lang!«

Es könnte noch gut für mich ausgehen – ein Hoffnungsfunke. Hatte er vor, mich irgendwo einzusperren und sich abzusetzen? In einer Hütte, einem Verschlag, in dem man mich finden konnte? Oder war das nur eine Lüge, mit der er mich ruhigstellen wollte?

Ich traute mich nicht zu schreien, aus Angst, er könnte seine Drohung wahr machen und schießen. Freutner blieb direkt hinter mir, und das Gebüsch war nicht dicht genug, als dass es mir hätte Schutz bieten können. Also folgte ich dem Pfad. Dabei knetete ich meine Ameisenhände, damit ich sie benutzen konnte, fuhr mir mit der Zunge über die brennenden Lippen und ließ es gleich wieder bleiben, weil es den Schmerz nur schlimmer machte. Bis wir vor einem hohen Maschendrahtzaun standen. Ein, zwei Meter weiter schimmerte etwas Weißes, ein Schild, das am Draht angebracht war.

»Kletter da rüber!«, befahl Freutner. »Los!«

Ich griff in die Maschen und setzte meine Fußspitze in eines der Löcher. Als Kind war ich tausend Mal über solche Zäune geklettert, aber jetzt erschien es mir unendlich mühsam. Freutner fasste meinen Fuß und schob ihn in die nächste Masche, bis ich eines meiner Beine über den Zaun heben konnte, dort mit dem Fuß Halt fand und das andere hinterherzog. Dann konnte ich mich nicht mehr halten. Ich fiel hinunter wie ein fauler Apfel. Freutner sprang neben mir auf den Boden und richtete die Waffe wieder auf mich.

»Weiter!« Er trieb mich vor sich her. »Oder muss ich dir Beine machen?«

Ich hastete voran, den Teufel hinter mir.

»Schneller! Los! Schneller!«

Zweige streiften mein Gesicht. Kratzten über meinen Arm.

»Noch schneller!«

Wenn er mich erschießen wollte, warum tat er es nicht einfach? Hatte er doch nicht gelogen, wollte er mich gar nicht umbringen?

Plötzlich gab es kein Gebüsch mehr. Da war nichts mehr, kein Strauch, kein Erdreich, kein Fels, auf den ich meinen Fuß hätte setzen können. Vor mir fiel die Felswand steil hinab, ich stand am Abgrund. Ich hatte so abrupt innegehalten, dass ich fast vornübergekippt wäre. Hastig trat ich einen Schritt zurück.

Jetzt war mir klar, was auf dem Schild gestanden hatte. Es musste eine Warntafel gewesen sein, so wie sie an den Zäunen um die alten Steinbrüche hingen, die es hier in der Gegend gab. Über der Landschaft in der Ferne schwebte ein feiner Dunst. Er hatte mich in den Tod hetzen wollen, hatte wohl gehofft, ich würde weiterlaufen und in die Tiefe stürzen.

Ich drehte mich zu ihm. Freutner stand anderthalb Meter von mir entfernt.

»Du musst hier leider Abschied nehmen«, sagt er. »Die arme Mila hat noch einen Ausflug gemacht, nachdem ich sie abgesetzt habe. Sie ist mit der Straßenbahn nach Dossenheim gefahren. Das konnte ich nicht ahnen. Obwohl – sie war so verzweifelt! Emma hat mir erzählt, sie halten dich für selbstmordgefährdet. Emma tratscht gern, sie erzählt mir alles. Euer letztes Telefonat war für mich Gold wert. Sie hat mich gleich danach angerufen.«

Deshalb hatte er mich von den Fesseln befreit und das Paketband von meinem Mund gezogen – es sollte so aussehen, als wäre ich freiwillig in den Tod gesprungen. Und ich musste in den Steinbruch fallen, weil er mich geschlagen hatte. Der Sturz in den Abgrund würde die Verletzungen in meinem Gesicht erklären.

»Während wir hier stehen, liegt mein Handy zu Hause. Ich habe dich in Heidelberg abgesetzt, bin noch zur Kripo gefahren und habe meine Affäre mit Emma gebeichtet. Danach war ich brav zu Hause. Sie werden sehen, in welchen Funkzellen ich eingeloggt war. Zurzeit sitze ich an meinem Schreibtisch, während du deinem kleinen, verzweifelten Leben ein Ende bereitest. So, und jetzt dreh dich wieder um!«

Nein, ich würde mich nicht umdrehen. Sollte er doch schießen. Aber das konnte er nicht tun, denn dann hätte ich eine Kugel im Leib, wenn man mich fand. Dann wäre klar, dass ich ermordet wurde.

»Dreh dich um!«

Doch ich blieb stehen.

Was wusste der schon über mein Leben? Was wusste dieses Arschloch über mich? Nichts. Was hatte ich in den letzten Monaten gelitten. Weil Emilio mich nicht liebte, weil ich mein Zuhause verlieren würde. Weil Flo ohne Abschied gegangen war. Was hatte ich geheult und gejammert. Nicht nur in den letzten Monaten, in den letzten Jahren und überhaupt. Wegen meiner Mutter, die viel zu früh gestorben war, meinem Vater, der mich bei meiner Tante abgesetzt hatte und verschwunden war, meinem Ex, der mich betrogen und verlassen hatte. Ich hatte so viel und so oft geweint, dass man das große Fass im Heidelberger Schloss mit meinen Tränen hätte füllen können. Doch eines wusste ich in diesem Moment ganz genau: Alles, um das ich geweint hatte, war es wert gewesen. Ich hatte geliebt, ich hatte gehofft, ich hatte mich gesehnt, ich hatte vermisst. Dieses kleine Scheiß-Leben würde ich niemals freiwillig hergeben, auch wenn ich einmal für ein paar Sekunden anderer Meinung gewesen war.

In diesem Moment gab es keine Angst mehr, keine Panik. Als ob auch ich eine Schwelle überschritten hätte. Oder das Adrenalin in meinem Körper einfach aufgebraucht wäre.

»Ich kenne das«, sagte ich. »Ich weiß, wie weh es tut, wenn man nicht wiedergeliebt wird.«

»Halt die Schnauze! Du sollst dich wieder umdrehen.«

»Als mein Ex mich verlassen hat, habe ich gedacht, ich komme nie drüber weg. Aber jetzt bin ich wieder verliebt. Unglücklich verliebt. Aber ich bin verliebt.«

»Halt den Mund!«

»Sie können sich auch wieder verlieben. Sie müssen Emma nicht umbringen.«

Drohend hielt Freutner die Pistole in meine Richtung.

»Ich spring da nicht runter. Wenn ich jetzt sterben soll, dann müssen Sie mich erschießen.«

Er kam näher, sodass nur noch wenige Zentimeter zwischen mir und der Waffe waren. Ich sah, wie seine Hand zitterte.

Was würde mit Emma geschehen, wenn er mich tötete? Wie viel Leid würde Freutner noch anderen Menschen zufügen? Vielleicht konnte ich nicht fliehen, aber ich konnte ihn mitnehmen. Wenn er mich stieß, würde ich ihn festhalten und mit in die Tiefe reißen. So bekam alles seinen Sinn. Dann würde er niemandem mehr etwas antun. Am Ende war das der Grund, weshalb ich Emma getroffen hatte. Ich ging auf ihn zu. Die Waffe berührte nun fast meinen Körper.

»Sie sollten jetzt schießen.«

Auf einmal schnellte seine linke Hand vor und packte meinen Arm. Er zerrte mich Richtung Abrisskante, ich ließ mich auf den Boden sinken. Doch statt mich zurückzulehnen und zu widerstreben, folgte ich seiner Bewegung, krallte mich mit der freien Hand an einem seiner Beine fest und presste mich so nah daran, wie es ging. Wie ein Paket hing ich an ihm. Überrascht ließ Freutner meinen Arm los, ich nutzte den Moment und verschränkte schnell meine Hände hinter seinem Bein.

»Verdammtes Miststück«, fluchte er.

Er bewegte sich Zentimeter für Zentimeter auf den Abgrund zu und schleppte mich mit, den Klotz an seinem Bein. Dabei schlug er von oben mit der Pistole auf meinen Kopf. Für den Bruchteil einer Sekunde sah ich nur noch ein helles Flimmern vor den Augen. Aber ich klammerte mich weiter fest, zog die Schultern hoch und versuchte, meinen Kopf so gut es ging zu schützen. Freutner schleifte mich weiter. Bis er plötzlich nach hinten kippte und ich losließ. Etwas hatte ihn zu Fall gebracht. Ich versuchte hochzukommen, doch er war schneller als ich. Ich stand noch nicht ganz, schon war er wieder auf den Beinen und bei mir. Mit all meiner Kraft stieß ich ihn weg. Freutner strauchelte erneut, taumelte zurück, einen Schritt, noch einen Schritt. Zu weit. Mit einem Schrei des Entsetzens rutschte er an der Abbruchkante ab. Beim Versuch, sich festzuhalten, griffen seine Hände ins Leere. Der Abgrund verschluckte ihn, als lauerte dort unten etwas, das ihn in die Tiefe zog.

Vor mir sah ich den Stein auf dem Boden liegen, über den er zweimal gestrauchelt war, hell schimmernd und groß wie ein Buch. Meine Rettung.

Doch dann hörte ich ein Knistern, kleine Steine, die in die Tiefe fielen. Ein Rufen.

»Mila, hilf mir! Ich bin hier!«

Der Abgrund hatte ihn nicht verschluckt. Der Teufel war nicht weg. Der Teufel rief nach mir.

»Mila, bitte! Hilfe!«

Zögernd trat ich an die Kante. Pass auf, sagte eine Stimme, pass auf!

Ich ging nur so weit, dass ich hinabschauen konnte. Freutner hing keinen halben Meter unter mir. Er klammerte sich an einen dünnen Baumschössling, nicht dicker als ein Seil, der sich unter seinem Gewicht nach unten bog.

»Zieh mich hoch, Mila! Gib mir deine Hand!«

Immer mehr Steine rieselten aus dem Felsspalt, in dem der rettende Schössling sich verwurzelt hatte. Nicht lange, und er würde unter Freutners Gewicht nachgeben. Wenn ich mich auf den Bauch legen und etwas über die Kante strecken würde, könnte ich ihn erreichen.

»Bitte! Ich tue alles, was du willst. Ich stelle mich. Bitte!«

Mach das nicht, sagte die Stimme in mir.

»Denk doch an meinen Jungen! Soll das Kind ohne Vater aufwachsen? Selbst wenn ich ins Gefängnis gehe, bin ich doch sein Vater!«

Gemeinsam mit Hannes Freutner zu sterben, war das eine. Aber ihn abstürzen lassen, obwohl ich die Macht hatte, ihn zu retten?

»Es tut mir so leid, Mila! Du weißt doch, wie es ist, wenn man unglücklich verliebt ist. Bitte! Ich war wie von Sinnen. Das hier ist der Schock, den ich brauchte, um wieder zu mir zu kommen. Gib mir eine Chance!«

Vertrau ihm nicht, sagte die Stimme. Er wird dich töten, sobald er kann. Lass ihn abstürzen und du bist nicht besser als er, sagte eine andere Stimme.

»Mila! Bitte!«

Ich musste mich wehren können, wenn ich ihn hochzog. Sobald Freutner oben war, noch bevor er auch nur stand, würde ich ihn bewusstlos schlagen. Ich brauchte den Stein, über den er gestolpert war. Suchend schaute ich mich um. Da war er. Ich hob ihn auf, nahm ihn mit an die Kante und legte mich auf den Bauch. Zum Glück war hinter mir ein Busch, in dem meine Füße Halt fanden. Den Stein griffbereit neben mir, schaute ich in den Abgrund.

»Schnell! Schnell!« Freutners Stimme überschlug sich vor Angst. »Mila!«

Ich beugte mich hinunter und streckte meinen Arm aus. Hannes Freutner löste eine seiner Hände von dem Schössling. Für eine Sekunde berührten sich unsere Fingerspitzen. Dann gab der Schössling mit einem Ruck nach, und Freutner sackte ein paar Zentimeter nach unten. Ich sah die Verzweiflung in seinem Gesicht, das Flehen in seinen Augen.

Noch mehr Erde und noch mehr Steine, die aus dem Spalt

rieselten. Ein Geräusch, als würde ein Stück Leinen zerreißen, und Freutner stürzte in die Tiefe. Stumm, ohne zu schreien. Ich schloss die Augen und verharrte einige Atemzüge lang. Schließlich richtete ich mich auf. Unten in der Rheinebene lagen die Felder, Straßen und Wege, irgendwo am Horizont die sanften Hügel der Pfalz. Ich lauschte.

Dieses Mal gab es keine Stimme, die nach mir rief.

23

Ich erinnere mich nicht mehr besonders gut an das, was danach passierte. Ich weiß nur noch, dass ich wieder über den Zaun kletterte, an einem Haus klingelte und eine junge Frau mit erschrockenem Gesicht mir etwas auf die blutende Wunde drückte, die Freutners Schlag mit der Pistole mir zugefügt hatte. Das Martinshorn eines Krankenwagens ertönte, ein Polizeiauto hielt mit rotierenden Lichtern vor dem Haus, und irgendwann war ich in der Klinik.

Ich hatte den Beamten erzählt, was passiert war. Später kamen Frau Moosers Kollegen, Herr Becker und Herr Mengert, und ich musste noch einmal berichten, was ich lieber vergessen hätte.

Als ich in dem weiß bezogenen Bett lag und es auf der Station still geworden war, sah ich immer wieder Freutners Gesicht vor mir, glaubte, seine Fingerspitzen an meinen zu spüren, bis eine freundliche Pflegerin mir etwas gab, das mich von dem Horror erlöste. Auch von meinen Schmerzen, denn ich hatte mehr Blessuren davongetragen, als ich bemerkt hatte.

Am nächsten Morgen saß Hugo an meinem Bett. Ich sprach nicht mit ihm, weil ich nicht noch einmal von den Geschehnissen erzählen konnte. Am selben Abend entdeckte ich einen Teddy mit einem Verband um den Kopf auf meinem Nachttisch. Ein Lörberger Trostteddy. Da ahnte ich, dass Frau Mooser da gewesen war, während ich geschlafen hatte.

Ich sprach überhaupt nicht mehr in den nächsten Tagen, und wenn Besuch kam, ließ ich die Augen zu. Auch als Herr Alsberger vor meinem Bett stand und mit mir reden wollte.

Man machte ein CT von meinem Kopf. Bei der Visite murmelten die Ärzte etwas von Commotio cerebri, Trauma und Mutismus.

Im Nachhinein denke ich, ich brauchte einfach eine Pause

von einer Welt, in der ich an einem Abgrund gelandet war, weil ich jemandem geholfen hatte, ein Rätsel zu lösen. Und so schwieg ich auch, als eine Psychologin zu mir kam. Kein Anschluss unter dieser Nummer. Vorübergehende Störung. Auch wenn es nur wenige Sekunden gewesen waren – aber hätte ich keine Zeit verloren, um den Stein zu holen, wäre Hannes Freutner vielleicht noch am Leben. Ich versuchte den Gedanken, dass ich schuld am Tod eines Menschen war, wegzuschieben, aber oft genug gelang es mir nicht. Was hätte ich anderes tun können?

Manchmal mischten sich im Halbschlaf Realität und Traum. Ich war wieder an der Gutleuthofkapelle. Nebelschwaden zogen vom Neckar hoch. Ich holte den Umschlag aus seinem Versteck, und Freutner tauchte auf, mit einer Leprarassel in der Hand, die sich in eine Pistole verwandelte. Er drängte mich zurück, bis ich in einen Abgrund stürzte und schreiend aufwachte. Dann saß ich in der Friedenskirche auf den weißen Stufen. Ich schaute hoch, doch es gab kein Kirchendach mehr, über mir war nur der blaue Himmel, an dem ein kleiner schwarzer Punkt schwebte, ein Vogel, der seine Kreise drehte. Er schraubte sich tiefer und tiefer, bis ich erkannte, dass es Freutner war, eine Pistole in der Hand, mit der er auf mich zielte.

Wenn ich hochschreckte und das Chaos in meinem Kopf wieder sortieren konnte, dachte ich darüber nach, dass Freutner behauptet hatte, nichts mit dem Stein zu tun zu haben, den man nach mir geworfen hatte. Warum hätte er noch lügen sollen? Doch wenn nicht er mein Verfolger gewesen war, wer dann?

Am Morgen des dritten Tages lauerte das Krokodil an meinem Bett. Frau Mooser hatte es sich bereits auf dem Besucherstuhl bequem gemacht, als ich die Augen das erste Mal öffnete.

»Ich habe schon geglaubt, Sie wachen gar nicht mehr auf.«

Ich machte die Augen schnell wieder zu. Keine Chance. Das Krokodil hatte gesehen, dass ich wach war.

»Nett, dass Sie fragen, wie es meinem Enkel geht. Danke, gut. Ein paar kleine Prellungen, aber nichts wirklich Schlimmes. Vera ist mit dem Kleinen wieder in Heidelberg. Er ist noch am Tag des Unfalls aus der Klinik entlassen worden.« Frau Mooser schilderte mir die Größe jedes einzelnen Hämatoms, das ihr Enkel hatte, und ging dann nahtlos zum Wetter über. Sie redete ohne Unterlass über jede Lappalie, über die man nur reden konnte. Dabei stopfte sie die Bettdecke an den Seiten und dem Fußende unter mich, bis ich wie eine Mumie eingewickelt dalag. Meine Ruhe war dahin. Das Krokodil nervte so, dass ich ein Auge aufmachte, um mitzubekommen, was sie als Nächstes vorhatte.

»Ach ja …«, sagte sie, »… und was Hannes Freutner angeht: Sie haben ihn immer noch nicht gefunden.«

Nicht gefunden? Wieso nicht gefunden?

»Was?«, stieß ich hervor.

»Na, sieh mal einer an, Sie können also reden, wenn Sie wollen. Wusste ich es doch.«

Ich mühte mich ab, meine Arme unter der Decke hervorzuziehen.

»Ich dachte, Sie wüssten schon Bescheid«, sagte Frau Mooser. »Der Steinbruch wurde abgesucht. Es gibt keine Leiche.«

»Aber …«

Endlich hatte ich es geschafft, mich zu befreien, und setzte mich auf. Sie hatten keine Leiche gefunden! Das konnte nicht sein.

»Wenn er da runtergestürzt ist, wie soll er das überlebt haben?«

»Möglicherweise hat er sich im Fallen noch einmal festhalten können. Die Eichhörnchen werden seine Leiche sicher nicht weggetragen haben. Freutner ist sehr sportlich und früher eine Weile geklettert. Roland hat mit seiner Ex-Frau gesprochen.«

»Aber das ist ja …«

Mir fehlten die Worte. Es gab keine Leiche. War das eine gute oder eine schlechte Nachricht?

»Keine Sorge. Das war nur der erste Teil der Geschichte.« Frau Mooser strich meine Decke glatt, aber immerhin versuchte sie nicht wieder, mich zur Mumie zu machen. »Inzwischen haben sie ihn. Er hat es zwar geschafft, noch einen Tag abzutauchen, aber dann ist er am Frankfurter Flughafen gefasst worden. Der ist zäh, das muss man ihm lassen. Er hatte einen gebrochenen Arm und mehrere gebrochene Rippen.«

Freutner war nicht gestorben. Es war wie ein Freispruch.

»Sorry, ich hätte auch mit dem letzten Teil anfangen können. Aber jetzt wissen wir wenigstens, dass Sie noch reden können.«

Sie setzte sich auf die Bettkante. Unter ihren Augen lagen dunkle Schatten, wie bei einem Menschen, der einige Nächte nicht gut geschlafen hat.

»Es tut mir so leid, Mila. Ich hätte Sie niemals allein bei Freutner zurücklassen dürfen. Aber als meine Tochter anrief und von dem Unfall erzählte, war ich so … in Sorge. Dabei ist den beiden kaum etwas passiert. Ich hätte nur ruhig bleiben und nachfragen müssen. Vera wollte mir lediglich Bescheid geben.«

Noch einmal fuhr sie mit der Hand über meine Decke und zog sie ein wenig höher. Das Krokodil hatte ein schlechtes Gewissen. Wer hätte gedacht, dass ich das noch erleben würde.

»Als ich gehört habe, was Ihnen zugestoßen ist, weil ich einfach gefahren bin, habe ich mir geschworen, dass ich mich ändern werde. Ich muss aufhören, eine solche Glucke zu sein und alles an mich zu reißen. Roland war unterwegs zum Krankenhaus, ich wurde überhaupt nicht benötigt. Ich glaube immer, ich wäre die Einzige, die etwas regeln kann und es richtig macht. Was passiert ist, war mir eine Lehre.«

Ich wusste nicht so recht, was ich hätte erwidern können. Außer dass diese Erkenntnis wohl lange überfällig war.

»Bei diesem Fall war es genauso. Ich wusste zwar, dass Roland mit Korffkes falschliegt, aber ich lag mit meinem Verdacht gegen Ferdi oder Rolf Brixener auch falsch. Ich mache Fehler, genau wie mein Schwiegersohn. Nur andere. Das erleichtert mir meinen Abschied von der Kripo. Ist vielleicht besser, er macht die Fehler.«

»Wirklich? Sie wollen aufhören?«

»Na ja, irgendwann ist es halt so weit. Ich werde auch nicht jünger.«

Eine Frau Mooser im Ruhestand, das konnte ich mir nicht vorstellen. Wahrscheinlich würde sie dann das Rathaus übernehmen.

»Immerhin lag ich mit dem Motiv richtig: Rache. Freutner ist einer von diesen Männern, die glauben, eine Frau würde ihm gehören, wenn sie mit ihm im Bett war. Freutners Ex-Frau wusste tatsächlich nichts von seiner Affäre mit Emma. Aber sie war erleichtert, als er die Trennung vorgeschlagen hat. Sie hat Roland erzählt, sie hätte sich nicht getraut, ihren Mann zu verlassen, weil sie Angst vor seiner Reaktion hatte. Freutner ist kränkbar, besitzergreifend, und wenn etwas schiefläuft, liegt es immer an den anderen. Keine gute Mischung, vor allem nicht, wenn sie mit einem gewissen Gewaltpotenzial verbunden ist. Die Kollegen hätten Freutners Angaben zu seinem Verhältnis mit Emma sicherlich noch überprüft, spätestens die Aussage seiner Ex-Frau hätte sie aufmerksam werden lassen. Der wäre nicht davongekommen.«

Sie schaute zur Uhr, die über der Tür hing.

»Gestern ist in einem Waldstück bei Speyer eine Leiche gefunden worden. Ein Spaziergänger hat seinen Hund frei laufen lassen. Der kam nicht mehr zurück, weil er damit beschäftigt war, einen Toten auszugraben. Es war Lars Schwinkler. Er wurde erschossen.«

Draußen auf dem Flur waren Stimmen zu hören, doch gleich darauf war es wieder still.

»Freutner hat gestern Abend den Mord an Ludwig Porchertz und den an Lars Schwinkler gestanden. Ach übrigens, auch Korffkes hat inzwischen verraten, wen er auf dem Gewissen hat. Zumindest einen: Papst Benedikt. Über die anderen schweigt er noch.«

Eine Pflegerin steckte kurz den Kopf zur Tür herein, sah, dass Frau Mooser bei mir saß, und verschwand wieder.

»Nachdem Hannes Freutner Schwinkler getötet hat, ist er zu dessen Wohnung gefahren. Freutner ist geschickt, das muss man ihm lassen. Er hat in Schwinklers Wohnung einen Plastiküberzug getragen und den Zettel, auf dem er die Notiz zu Korffkes geschrieben hat, nur mit Handschuhen angefasst. Das Erdreich vom Waldweg, auf dem Porchertz starb, hatte er in einem Plastikbeutel mitgebracht und in Schwinklers Wagen auf die Fußmatte gestreut. Und den Brief mit dem letzten Rätsel hat er in Mannheim eingeworfen, weil Korffkes dort wohnt. Er wollte auch noch den dritten Umschlag hinterlegen, aber als er kam, stand Herr Lüsebock schon mit der Thermoskanne vor der Kirche. Im Moment ist Freutner dabei, auszupacken. Ich glaube, er will unbedingt, dass alle Welt erfährt, wie intelligent er ist, selbst wenn er sich damit schadet.«

Wieder sah Frau Mooser auf die Uhr, dann stand sie auf, ging zur Tür und schaute in den Flur.

»Ah, da sind Sie ja«, sagte sie zur Tür hinaus. »Ich bin gleich so weit, kleinen Moment noch.«

»Wer ist da?«, fragte ich.

»Besuch für Sie.« Sie kam und griff nach ihrem Cape, das über dem Stuhl hing. »Ich muss jetzt auch gehen. Emma lässt Sie grüßen. Die nimmt übrigens keine Vitamintabletten mehr.«

Ich setzte mich auf. Die Sache war noch nicht beendet. Nicht für mich.

»Und der Mensch, der mir den Stein an den Kopf werfen wollte und mich auf die Straße gestoßen hat? Hat Freutner dazu auch etwas gesagt? Er hat mir gegenüber behauptet, er hätte damit nichts zu tun.«

»Gut, dass Sie fragen.« Frau Mooser zog ihr Regencape

über. »Die Kollegen haben den Kerl. Aber dazu muss Ihnen jemand noch etwas erklären. Emilio wartet draußen. Ich werde ihn reinschicken.«

»Emilio? Was hat denn Emilio damit zu tun?«

»Das soll er Ihnen besser selbst erzählen. Übrigens kann ich morgen wieder in meine Wohnung zurück. Die Wände sind trocken. Ich melde mich, Mila. Bis bald.«

Dann ging sie, und Emilio kam herein. Ich bemerkte die Unsicherheit, sein Lächeln sagte alles. Dabei sah er so umwerfend aus wie immer. Rasch fuhr ich mir mit den Fingern durch die Haare. Wie lange hatte ich mich nicht gekämmt? Bestimmt wirkte ich wie eine der drei Hexen aus Macbeth.

»Hallo, Mila! Schön, dass es dir wieder besser geht. Frau Mooser hat gesagt, sie würde es hinbekommen, dass du wieder redest. Wurde auch Zeit. Hugo und ich haben uns wie verrückt Sorgen gemacht.«

Jetzt zog ich selbst die Decke hoch. Ich trug eine Art Kittel, der vom Krankenhaus war. Nicht sehr kleidsam.

»Was hast du mit meinem Verfolger zu tun?«

»Leider viel.« Emilio rückte den Besucherstuhl ganz nah an mein Bett. »Die Polizei hat ihn an dem Abend erwischt, an dem du ins Krankenhaus gekommen bist. Er stand gegenüber der Pension im Eingang und hat rübergeschaut. Sie waren mit einer Zivilstreife unterwegs und haben ihn kontrolliert. Hugo hat es zufällig mitbekommen und ist gleich raus.«

»Von wem redest du?«

»Von Caspar, meinem ehemaligen Freund. Er hat alles zugegeben. Das Auge auf der Wand, den Steinwurf, dass er dich auf die Straße gestoßen hat, und das vor deiner Kabine war er auch.«

»Aber ich kenne ihn doch überhaupt nicht. Wieso tut der so was?«

»Weil ich eine Dummheit gemacht habe.«

Emilio, der Frauen und Männer liebte, hatte Caspar als Grund für die Trennung genannt, dass er sich darüber klar

geworden sei, sein Leben doch lieber mit einer Frau teilen zu wollen.
»Ich dachte, das würde die Sache für ihn einfacher machen. Dann lag es an mir, dass es mit uns nicht geklappt hat, und nicht an ihm.«

Er war anfangs lose mit Caspar in Kontakt geblieben und hatte auch von der Pension erzählt, aber nie, mit wem er in Heidelberg zusammenlebte. Also war Caspar gekommen, um es herauszufinden. Er hatte mich mit Emilio aus dem Haus gehen sehen und gefolgert, dass ich die Frau sein musste, die ihm den Liebsten genommen hatte. Seitdem war er ab und zu in Heidelberg gewesen, hatte hier im Hotel übernachtet, um mich zu beobachten, mit Steinen nach mir zu werfen oder mich beim Anprobieren zu Tode zu erschrecken. Mich, den Grund seines Unglücks.

»Ich habe ihn zweimal in der Altstadt gesehen, da habe ich mich schon gewundert, weil er doch in Tübingen wohnt, aber ich habe einfach nicht geschaltet. Caspar hat ausgesagt, er wollte dich nicht töten. Das kann ich mir auch nicht vorstellen, so ist er nicht. Er wollte dir nur Angst machen, sich irgendwie abreagieren.«

Es hörte sich fast so an, als wollte er diesen Caspar auch noch in Schutz nehmen.

»Ich bin auch manchmal wütend oder gekränkt, deshalb stoße ich doch niemanden auf die Straße. Meinst du, wenn man wütend ist, darf man das einfach mal so machen, oder was? Damit man sich abreagieren kann?«

»Nein, natürlich nicht«, versicherte Emilio. »So war das nicht gemeint.«

Er nahm meine Hand und hielt sie in seiner. Jetzt erst sah ich, dass er Hugos Ring trug. Ich schloss die Augen. Meine Hand in Emilios. Das war, was hätte sein können. Was nicht sein sollte. Ich spürte seine Wärme, drei, vier Sekunden lang. Dann zog ich meine Hand weg.

Es war meine letzte Nacht im Krankenhaus. Und es war

das letzte Mal, dass ich wegen Emilio weinte. Die Tablette, die ich sonst bekommen hatte und die mir half, einige Stunden im Tiefschlaf zu versinken, gab es an diesem Tag nicht. Ein Lieferengpass, sagte die Pflegerin. Sie gab mir eine andere, die wahrscheinlich nur aus Zucker bestand, denn ich lag bis in die Morgenstunden wach und grübelte.

Hannes Freutner, Caspar. Die beiden waren sich ähnlich, auch wenn Caspar harmloser zu sein schien, sofern man davon reden konnte. Wenn Caspar ein Tornado war, dann war Freutner ein Zyklon. Beide waren gefährlich.

Wie würde ich enden, wenn ich weiter an meiner unglücklichen Liebe zu Emilio festhielt? Ich würde bestimmt keinem Menschen etwas antun, aber die Chancen, mit der Zeit zu verbittern, so wie Frau Mooser es mir prophezeit hatte, standen ziemlich gut. Und wenn selbst das Krokodil sich ändern konnte, dann konnte ich es auch.

Ich musste Emilio gehen lassen. Ich wollte nicht länger wegen einer Liebe leiden, die nicht erwidert wurde. Nachdem ich durch Freutner dem Tod so nah gewesen war, wusste ich: Ich wollte leben, und ich wollte glücklich sein. Aber als Single. Freutner und Caspar hatten mir gereicht – es gab definitiv zu viele Männer, die nicht ganz sauber tickten.

Nachdem ich aus dem Krankenhaus entlassen worden und in die Pension zurückgekehrt war, fehlte mir das Krokodil. Doch es dauerte nur drei Tage, bis Frau Mooser auftauchte. Ich hätte mir denken können, dass sie es war, denn die Klingel blieb wieder einmal stecken, und der schrille Dauerton hallte durch das Haus. Mit dem Messer in der Hand eilte ich zur Tür, um den drängelnden Gast hereinzulassen und den Klingelknopf rauszuhebeln. Dieses Mal hatte sie keinen Koffer dabei, dafür aber gleich mehrere Einkaufstüten.

»Hallo, Mila. Ich koche heute etwas für Sie, Hugo und Emilio und wer gerade so da ist oder noch kommt. Ich habe Hugo angerufen, er sagte, Sie wären zu Hause.«

Sie drängte sich an mir vorbei und trug ihre Tüten in die Küche. Ich ließ sie gewähren. Was sollte ich auch dagegen haben? Frau Mooser kochte ziemlich gut, und ich war froh, sie wiederzusehen.

Sie packte die Tüten aus, band sich meine Schürze um, und schon bald zogen köstliche Gerüche durch die Pension. Ich half, schälte Möhren, hackte Knoblauch und schnitt Zwiebeln und Sellerie in kleine Würfel, während das Krokodil von seinen Reiseplänen erzählte.

»Tundra und Taiga und wahrscheinlich ein Haufen Rentiere. Wer hätte gedacht, dass ich doch noch nach Lappland komme. Arno freut sich auf jeden Fall, auch wenn ich nur ein paar Tage bleiben kann. Nächste Woche geht die Arbeit wieder los.«

Frau Mooser freute sich ganz offensichtlich auch, sie war bester Laune.

Eine gute Stunde später saßen wir am Tisch vor einem großen Teller voller Häppchen, als es erneut klingelte. Kein Aggro-Klingeln, sondern ein normales höfliches, kurzes Klingeln.

»Oh, das hatte ich ganz vergessen«, sagte Frau Mooser. »Ich habe einen Gast eingeladen.«

Sie eilte in den Flur und ließ Hugo, Emilio und mich verdutzt in der Küche zurück. Fünf Sekunden später kam sie mit einem groß gewachsenen Mann wieder herein. Er hatte nicht im Entferntesten Ähnlichkeit mit dem aus der Coca-Cola-Reklame, trotzdem sah er ziemlich gut aus. Er erinnerte mich an Daniel Craig, allerdings war er um einiges jünger, vielleicht Ende dreißig, und hatte entschieden mehr Haare.

»Das ist Peer, unser neuer Kollege. Seine Küche ist noch nicht eingerichtet, da habe ich ihn eingeladen. Setz dich am besten da vorn hin, Peer, neben Mila.«

Ich warf dem Krokodil einen giftigen Blick zu. Diese elende Kupplerin. Ich hatte ihr gesagt, dass ich das nicht wollte. Aber was interessierte das die Weltmeisterin der Einmischung, die mir gegenübersaß und so tat, als würde sie aus reinem Mitgefühl hungrige Kollegen zum Essen einladen.

Peer bedankte sich für die Einladung und bemühte sich um freundliche Konversation. Nach der Vorspeise musste das Krokodil ins Bad. Ich ging ihr hinterher und fing sie noch im Flur ab.

»Was soll das?«, zischte ich ihr zu. »Ich brauche keine Partnervermittlung. Ich dachte, Sie wollen sich nicht mehr einmischen? Oder gilt das nur für Ihre Tochter?«

»Ach was«, entgegnete Frau Mooser. »Das ist doch keine Einmischung. Betrachten Sie es als einen Vorschlag.«

»Und demnächst stricken Sie mir eine Mütze, oder was?«

»Wenn Sie möchten, gern.«

Damit ließ sie mich stehen und stieg die Treppe hoch.

In der Küche rührten Hugo und Emilio in den Töpfen und probierten, ob das Gulasch schon gar war. Also musste ich mich allein zu Peer an den Tisch setzen. Kaum hatte ich Platz genommen, beugte er sich zu mir.

»Das ist mir so peinlich«, sagte er leise. »Glauben Sie mir, ich lade mich nicht einfach bei Leuten zum Essen ein, die ich nicht kenne. Aber sie hat darauf bestanden. Sie hat so etwas in der Richtung gesagt, wenn ich nicht käme, würde ich das nächste halbe Jahr nur Formulare ausfüllen. Ich meine, vielleicht habe ich das missverstanden ...«

»Nein, das war garantiert genauso gemeint. Die ist so.«

»Na, das kann ja heiter werden«, flüsterte Peer.

»Ich glaube, sie will uns verkuppeln«, sagte ich. »Aber das schafft sie nicht.«

»Auf keinen Fall«, stimmte er mir zu. »Was denkt die sich!«

Es wurde dann doch noch ein sehr netter Abend. Wir aßen, tranken, lachten und spielten nach dem Essen Poker. Peer lachte mindestens so laut wie Emilio und so herzlich, dass ich jedes Mal mitlachen musste.

Am Ende, als Frau Mooser schon im Flur stand und es nicht mitbekam, tauschten wir schnell unsere Handynummern. Falls einer von uns einmal Langeweile haben würde und der andere ganz zufällig gerade Zeit hätte, könnte man einmal eventuell und möglicherweise etwas zusammen unternehmen. Nur, falls es sich so ergeben würde. Man konnte ja mal schauen. »Dann bis bald«, sagte Peer mit dem schönen Lachen.

Als er und Frau Mooser weit nach Mitternacht gegangen waren und ich allein in meiner Kammer im Bett lag, schaute ich durch das Dachfenster in den nachtblauen Himmel. Es war so klar, dass ich sogar einige Sterne sehen konnte, kleine silbern schimmernde Punkte am Firmament.

Hier zu liegen, fühlte sich nach langer Zeit wieder gut an.

Ich hatte mich gegen Hannes Freutner behauptet, gegen einen Mann, der mich töten wollte. Ich würde nie mehr vor einer Kakerlake davonlaufen. Es gab Menschen, die Hass und Wut in die Welt brachten, vor denen wir uns schützen und gegen die wir uns wehren mussten. Leider.

Doch es gab auch die anderen. Menschen, die ich in meinem Leben nicht mehr missen wollte. Hugo. Emilio. Das Krokodil. Ich wusste, sie waren für mich da. Sie sorgten sich um mich, saßen an meinem Bett, wenn ich krank war, oder versuchten, mich zu verkuppeln, weil sie wollten, dass es mir gut ging. So lag ich zwar allein in meinem Bett, aber ich war nicht einsam.

Und vielleicht war dort oben am Firmament unter all den Sternen irgendwo Flo, die sich freute, dass ich in diesem Moment glücklich war.

Dank

Bei der Entstehung dieses Buches haben mir viele Menschen hilfreich zur Seite gestanden, denen ich an dieser Stelle danken möchte:

Dem Team des Emons Verlages für die konstruktive und stets freundliche Zusammenarbeit, ganz besonders Christel Steinmetz und Stefanie Rahnfeld für ihre Unterstützung und kompetente Beratung, sowie Marion Heister für das gewohnt sorgfältige und hilfreiche Lektorat.

Vita Funke und meinem Mann Joachim für die Hilfe beim Kampf mit dem Fehlerteufel, für ihre Anregungen und ihre stete Ermutigung. Schön, euch an meiner Seite zu wissen!

Den Menschen, die sich mit viel Engagement um die Gutleuthofkapelle in Schlierbach kümmern und dazu beitragen, dass dieses geschichtsträchtige Heidelberger Kleinod bewahrt wird.

Und ganz besonders meinen wohlwollenden Leser*innen – dank Ihnen ermittelt Frau Mooser nun schon seit siebzehn Jahren in Heidelberg!

Quellen

Für alle, die gern mehr über Heidelberg erfahren möchten, hier einige der Quellen, die bei diesem Roman für mich hilfreich waren:

Bast, Eva-Maria & Thissen, Heike. »Heidelberger Geheimnisse: Spannendes aus der kleinen Metropole. Mit Kennern der Stadtgeschichte.« Rhein-Neckar-Zeitung in Kooperation mit Bast Medien GmbH, Überlingen, 2018.

Fiek, Susanne & Schwegler, Yvonne. »Mit ganz viel Herz! Geschichten und Anekdoten aus Heidelberg.« Wartberg Verlag GmbH & Co. KG, Gudensberg-Gleichen, 2013.

Wahl, Joachim. »Der Heidelberger Spitalfriedhof. Einblick in das mittelalterliche Gesundheitswesen.« In: Denkmalpflege in Baden-Württemberg. Nachrichtenblatt des Landesdenkmalamtes, Bd. 30, Nr. 3, Stuttgart, 2001.

Marlene Bach
KURPFÄLZER INTRIGE
Broschur, 240 Seiten
ISBN 978-3-89705-520-9

»Der zweite Krimi von Marlene Bach überzeugt vollauf und ist humorvolles Lesevergnügen.«   Rhein-Neckar-Zeitung

»Eine mit viel Lokalkolorit erzählte spannende Geschichte.«
Fränkische Nachrichten

www.emons-verlag.de

Marlene Bach
KURPFALZGIFT
Broschur, 272 Seiten
ISBN 978-3-95451-057-3

»*Marlene Bachs Heidelberg-Krimi überzeugt auf ganzer Linie durch eine ansprechend erzählte Geschichte, durch Ermittler mit Ecken und Kanten und eine gelungene Mischung aus Spannung und Humor. Die Lektüre lohnt sich!*«   Rhein-Neckar-Zeitung

www.emons-verlag.de

Marlene Bach
SAMTSCHWARZ
Broschur, 256 Seiten
ISBN 978-3-7408-0766-5

Gleich bei der ersten Begegnung in ihrer Heidelberger Pension
fühlt sich Mila Böckle zu dem attraktiven Fremden hingezogen –
wenig später verschwindet er unter mysteriösen Umständen.
Mila bittet Hauptkommissarin Maria Mooser um Hilfe. Die Suche
führt das ungleiche Duo nach Handschuhsheim, einst Zentrum
der europäischen Füllerproduktion, wo ein kostbarer Füller aufgetaucht sein soll. Über Feder und Tinte geraten Mila und Maria
in den Kampf einer radikalisierten Gruppe, aus dem es nur eine
Chance gibt, lebend herauszukommen: gemeinsam.

www.emons-verlag.de